# 匠の
# 魔剣製作
# ぐらし

## 4

著―荻原数馬　画―カリマリカ

*Isekai tousho no maken seisaku gurashi*

口絵・本文イラスト
カリマリカ

装丁
AFTERGLOW

# Contents



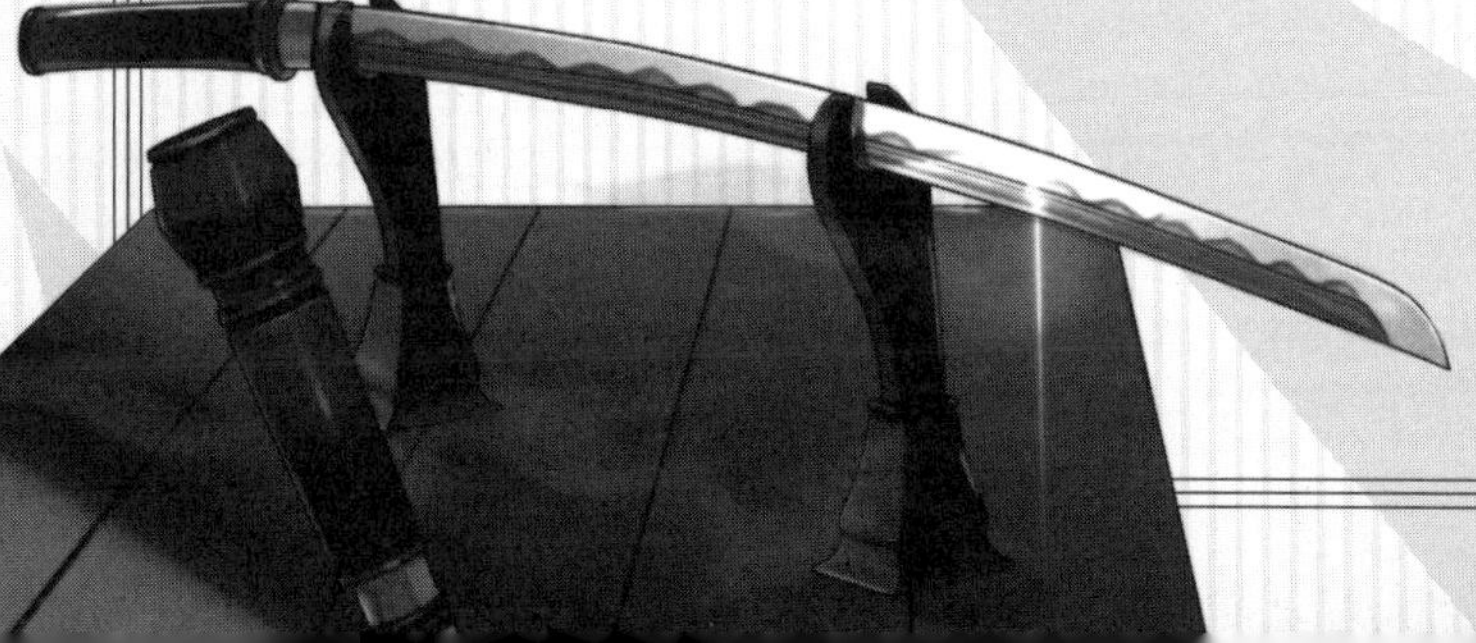

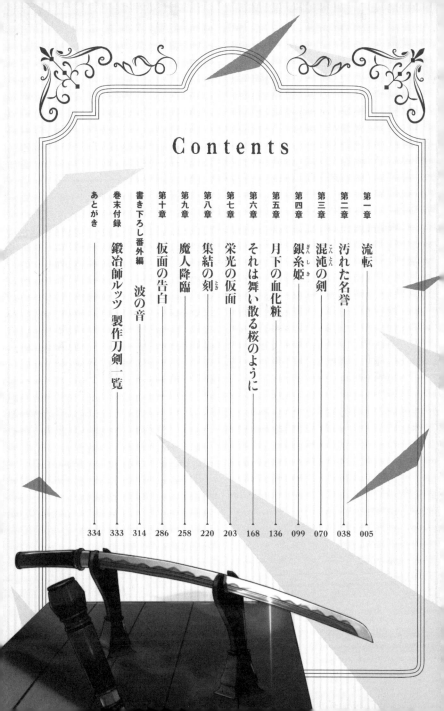

# 第一章　流転

「ある日……、ある日ふと気が付いた。その飼い犬はとても器用で首輪を自由に付け外しする事が出来て、散歩にも勝手に行っているのだと」

　マクシミリアン・ツァンダー伯爵は今まで読んでいた書簡を丸めながら憮然《ぶぜん》として呟《つぶや》いた。何の話をされているのかまだよくわからないのでゲルハルトは黙って頷《うなず》き、主《あるじ》の言葉を待った。

「しかし餌の時間になればちゃんと帰ってくる。誰かに噛《か》みついて怪我《けが》をさせる訳でもない。放っておいても問題はない、今のところはな。だがそれは健全な関係とは言い難いだろう」

「余所《よそ》の家でも餌をもらって可愛《かわい》がられているようですしな」

　ゲルハルトの答えにマクシミリアンは薄く笑った。

　この悪趣味なたとえ話が誰を指しているのか、ルッツとクラウディアだ。彼らは第三王女リスティルの為《ため》に行動し、エルデンバーガー侯爵とも交流を深めているが、いずれもマクシミリアンが指示した事ではない。結果としてツァンダー伯爵家の利益に繋《つな》がるとしてもあまり好き勝手に動かれるのは不気味でもあった。

　しかし今、これを咎《とが》めて中止させる訳にはいかなかった。マクシミリアンの手の中にエルデンバーガー侯爵のお墨付きがある。交易を活性化させることは国全体の利益になるかもしれない。好きにさせておく他はなさそうだ。

彼らは常にツァンダー伯爵領に利益をもたらしてくれた。マクシミリアンの佩刀《はいとう》はルッツの作であり、伯爵領の主要産業とする為の刀の量産計画もルッツがいてこそ可能な話だ。王家や侯爵に近付けたのは伯爵家を代表する三職人の活躍あってこそである。

ルッツたちを手放すという選択肢などあるはずもなかった。首輪が付いていない、唯一にして最大の問題はそれである。

「やはり頼れるのはお主だけだな。ルッツ、クラウディア、そしてパトリック。奴《やつ》らの手綱をしっかり握っておいてくれ」

話は終わりだとマクシミリアンが手を振り、ゲルハルトは一礼して伯爵の私室を後にした。

「奴らを大人しくさせろというのは……」

薄暗い廊下を歩きながらゲルハルトは命じられた三人の顔を順番に思い浮かべ、軽くため息をついた。

「無理だなあ……」

どいつもこいつも自分の世界で生きているような連中だ。家で大人しくして、伯爵に呼ばれた時だけ来いなどと言って聞くような奴らではあるまい。

よくわかる。何故《なぜ》ならゲルハルトもそちら側の人間だ。

「ルッツ、クラウディア、いるかあ？」

昼前になってリカルドはルッツ工房のドアを叩《たた》いた。相変わらず暇を持て余しており、昼飯をたかりに来たのだった。

いや、昼食はあくまでも口実。正直なところ寂しいだけであった。人付き合いは苦手だが孤独は嫌だ。冒険者なのだから仲間が欲しければ酒場へ行けとゲルハルトたちにも言われているが、自分から話しかける事が苦手なリカルドにとって、あそこはより一層孤独を感じる場所でしかなかった。

誰も居ない場所で感じる孤独と、人混みの中で感じる孤独、どちらが辛《つら》いかと聞かれればリカルドは迷わず後者と答える。ここはお前の居場所じゃないと思い知らされる事こそ孤独の本質だと考えていた。

ドアが開かれルッツが顔を出す。

「よう、暇人」

それだけ言うとルッツは鍛冶場《かじば》に引っ込んでしまった。勝手に入って勝手にくつろいで、勝手に帰れ。そうした適当な無関心さがリカルドには心地よかった。

「あれ、クラウディアは？」

「仕入れに行っているよ。連合国の駐屯地で商売しながら情報収集をするんだとさ」

前線は常に物資が不足しており、行商人は兵士たちに歓迎されるものであった。クラウディアは手ぶらで行くよりも商人として彼らに喜ばれる物を提供しながらの方が情報を集めやすいだろうと判断したのだ。

今回の遠征にはリカルドも同行する事になっている。連合国内で野盗に襲われるかもしれない、内乱に巻き込まれるかもしれない。そうした時、彼の持つ妖刀『椿《つばき》』の呪殺能力は非常に役に立つだろう。

「なあ、ルッツ……」

「何だ？　飯なら台所にスープが残っているから勝手に食え。俺も食ったばかりだからまだ温かいはずだ」

「それは後でいただくとしてだな、ひとつ頼みがあるんだ」

リカルドは珍しく真剣な声で言った。

「金を貸せって話と、尻《しり》を貸せって話以外なら聞こうじゃないか」

「俺の刀を打って欲しい」

「うん、……うん？」

ルッツは訳がわからないといった顔でリカルドの腰に眼《め》をやった。リカルドはいつも左右に一本ずつの刀剣を差している。左にはルッツの打った妖刀『椿』を、右には魔物討伐の褒美として伯爵から下賜された剣を。『椿』は無論のこと、褒美の剣も相当な業物《わざもの》であった。

『椿』を手に入れた事ですっかり満足してしまったようだが、彼は本来刀剣のコレクターである。今使っている剣の他にも、名剣と呼ばれる物をいくつも所持しているはずだ。

「何だお前、『椿』に飽きたのか？」

ルッツは唇を尖《とが》らせて言った。『椿』はルッツにとって最高傑作のひとつであり、クラウディアと結ばれる切っ掛けにもなった思い入れのある刀である。これを気に入らないと言われてしまうのは不愉快であった。

「いやいや、『椿』を手放すとか倉庫に押し込めるとかそういう話じゃない。だからハンマーから手を離せ」

どういう事だ、とルッツは訝《いぶか》しげな顔をしているがとりあえず話くらいは聞いてくれそうだ。

「俺はさ、普段はこっちの剣を使って、敵に囲まれたり強敵に出会ったりした時は『椿』を使うようにしている訳だよ」

ルッツはリカルドと共に戦った事があり、彼の戦い方はよく知っていたので頷いて先を促した。

「それでせっかくだから普段使いの剣も刀に交換して『椿』とお揃《そろ》いにしたいんだ。いっその事、二刀流なんかにしちゃってもいいな」

「……二刀流か、あれは難しいぞ」

明るい未来を語るリカルドに対して、ルッツは気乗りしない様子で言った。

「刀は本来、両手で使うように出来ているからな。それを片手で振り回すとなると相当な手首の強さが必要だ。それと刀は結構長いから、場合によっては自分の腕が邪魔になる事がある。常識外れな筋力と器用さ、これが両立して初めて出来る技だ」

「ふぅん……」

「あまりピンと来ないって顔だな。それなら……」

ルッツは立ち上がり、物入れから三本の木刀を取り出した。

「模擬戦でもやってみるか？」

「何を言っているんだ、俺は本職の冒険者だぞ、鍛冶屋の片手間剣術なんかで……」

呆《あき》れたように言うリカルドであったが、ルッツは平然として答えた。

「勝てるぞ」

「……何だって？」

リカルドの声色が険しくなる。友人といえど聞き捨てならぬ発言であった。

「お前には致命的な弱点がある。ついでだからそれも教えてやろう」

リカルドにもずっと冒険者として戦い続けてきたプライドがある。そんな彼に対してあまりにも無礼、あまりにも挑発的な物言いであった。リカルドは大股《おおまた》でルッツに歩み寄り、木刀を二本奪い取った。

「ご教授願おうかい、ルッツ先生。俺が負けたら刀の代金に金貨二百枚払ってやるぜ」

「その流れで行くと、俺が負けたらタダで作らにゃならんのか」

「ま、吐いたツバは飲めねえってこった」

意地の悪い笑みを浮かべながら工房を出た。そんなリカルドの背をルッツは複雑な心境で眺めていた。

彼は一流の冒険者だ。その点は素直に尊敬しているし、貶《おとし》める意図などない。

「一流だ。なればこそ、脆《もろ》い」

ルッツは暗い声で呟き、ドアに鍵《かぎ》をかけてからリカルドの後を追った。


職人街の資材置き場、ちょっとした広場にてルッツとリカルドは木刀を持って対峙《たいじ》していた。ふたりの額には鉢金が巻かれている。

鉢金とは額に当たる部分に鉄の板を張り付けたハチマキだが、これはルッツがどうしてもと言って渡し、リカルドも渋々と装着したのだった。どうせ自分が食らう事はないのにとぼやいているリカルドをルッツは感情の抜けたような眼で見ていた。

ルッツは一本の木刀を両手でしっかりと握り、リカルドは二本の木刀を左右それぞれの手に持っ

ている。

「いいのか、慣れない二刀流で」

「それくらいのハンデは必要だろう？」

リカルドはルッツがある程度戦えることを知っている。甘く見ているつもりはないが、本職の冒険者として実力差は示しておかねばならなかった。

舐《な》められる訳にはいかない、この男と対等の友人である為にも。

「そうか」

とだけ言ってルッツは前に進み出た。まるで地面を滑るかのような静かな動きだ。

正面から斬りかかるルッツに対して、リカルドは右手の木刀を水平に構えて受けの姿勢を取った。片手で相手の攻撃を受け、同時に空いた手で攻撃。それが二刀流の必勝パターンだ。

勝った。確信した瞬間、世界が揺れた。一瞬遅れて鈍痛。混乱していたのは僅《わず》かに数秒だが、戦場では致命的となる空白時間だ。

気が付けばルッツは木刀を正眼に構えたまま距離を取っていた。スタート地点に戻っている、戦ったというよりもまるで淡々と作業をこなした後のようだ。

リカルドは呆然《ぼうぜん》として右手の木刀を見た。正面からの、何の変哲もない振り下ろしを確かに受けたはずだ。だが受けきれずそのまま押し切られてしまったのだ。それで額を打たれてしまった。

わかってしまえば当然と言えば当然。片手持ちで相手の渾身《こんしん》の一撃を受けきれるはずがない。片手で防いで片手で攻撃という二刀流の理想型を実現させるには相手の攻撃を受けるのではなく逸《そ》らすべきであったが、両手に意識が分散した状態でそれをやるには相手をずっと上回る技量が必要だ。

二刀流という概念は誰でも知っているのに、実行している者は少ない。リカルドの知る限り冒険者の上位ランカーで二刀流の使い手はいなかった。

ルッツの言葉が思い起こされる。使いこなすには常識外れの筋力と常識外れの技量が必要だと。実現出来ている人間がいない訳ではないのが剣術の世界の恐ろしいところだが。

「……これが、俺の弱点だってのかい」

リカルドが鉄板の上から額をさすりながら言った。出血などしていないのが不幸中の幸い、などとは思わなかった。手加減されたという屈辱を理性で何とか抑えこんでいた。

「いや、今のは二刀流の弱点だ」

まだ他にもあるのか。リカルドは木刀を放り投げて悪態をついて帰ってしまいたかった。そうしなかったのはルッツの顔に勝ち誇るような色がなかったからだ。彼は本心から自分に何かを伝えようとしている。

こうなるとリカルドに弱点があるという指摘に嘘《うそ》はなさそうだ。一流の冒険者であろうというプライドが、たかが鍛冶屋に剣術を教わるという屈辱に耐えさせた。

「悪いが三本勝負って事でいいかい？」

「ノーカンと言い出さなかった事だけは褒めてやる」

ルッツの許可も得た事でリカルドは木刀を一本投げ捨て、残る一本を両手で絞るように握った。

リカルドの表情から自分の方が強いはずだという驕《おご》りが消えた。単純な戦闘力で言えば確かにリカルドの方がずっと上だろうが、ルッツの眼にはリカルドに見えていない何かが見えている。そこが恐ろしい。

ルッツは正眼にリカルドは上段に構えて対峙する。互いに隙をうかがい身動きが取れなかった。集中力が高まる、日中の喧噪《けんそう》が遠くなりやがて何も聞こえなくなった。

ルッツが一歩進み出る。ここだ、とリカルドは踏み込んで斬りかかった。

強烈な振り下ろしをルッツは木刀を斜めにして逸らした。十分に力が込められ、刀一本に集中できるからこそ受け流しも上手《うま》くいく。

受け、即、斬。王女誘拐犯との戦いでも見せたルッツの得意技だ。体勢が崩れたところを狙う厳しい一撃をリカルドは持ち前の反射速度でなんとか受けた。

力任せに振り払い反撃しようと木刀を振りかぶったところで、脇腹にペシリと軽い衝撃があった。

「え……？」

大した痛みなどない、本当にちょっとした衝撃だ。だが確かにルッツの木刀がリカルドの脇腹を叩いたのだ。勝負あった、とルッツはまた定位置に戻って行った。

「真剣ならば腸《はらわた》が飛び出していたな」

「……ああ、特にお前の打った刀ならばな」

負けた。油断はしていない、不慣れな構えでもない。本気で戦って負けたのだ。わからない、本当に何か重大な欠点でもあるというのか。

聞くのが怖い。聞かねばならない。

「教えてくれ、俺の何が悪い？」

「これはリカルドがというより冒険者全員に言える事なんだが、基本的に振りが大きくなるクセがある」

どういう事だ、とリカルドは首を傾《かし》げる。

「人間を殺す為に相手の身体《からだ》を両断する必要はない。たった数センチ斬り込んで太い血管のひとつも切ればそれで無力化出来る。でも魔物相手だとそうはいかないよな」

「あいつらは回復力が凄《すさ》まじいからな、ちょっとやそっとの傷なんか戦っている間に塞《ふさ》がりやがる。だから身体をぶった切ってやらないと安心出来ないんだ。……ああ、そういう事か」

「いつも大振りになるから対人戦に慣れた相手からすると隙が大きい」

「しかし今まで誰からもそんな事は……ッ」

そう言いかけてリカルドは口をつぐんだ。仲間がいない、基本的にソロ活動を続けてきた弊害が出て来たのだ。

対人戦と言えば自分は誘拐犯十数人と渡り合ったではないかとも思ったが、すぐに考え直した。あの時は妖刀『椿』の呪殺能力を撒《ま》き散《ち》らしていたのであって正面から切り結んだ訳ではない。

落ち込むリカルドにルッツが声をかけた。

「単に相性の問題ってだけで、お前が俺より弱い訳じゃない」

「つまらん慰めはよせ」

「事実を述べているだけだ。俺が野郎を慰めてやるほど優しい人間に見えるか？」

「……最低の説得力だな」

魔物退治専門でやっていくなら今のままでも何ら問題はない。そういうものだと納得してしまえるか。

……冗談ではない。

人間相手の戦い方を身につければ自分はもっと強くなれる、そういった可能性を示してもらえたのだ。なんともありがたい話ではないか。

ただ名刀を持つだけではなく、それに相応《ふさわ》しい戦士でありたい。自分は『椿』の所有者だ。『椿』の付属物などとは言わせない。

リカルドは不敵に笑い木刀を構え直した。

「今思い出したが、五本先取の勝負だったよな⁉」

「ええ？　弱点もわかったし、それでいいじゃないか……」

「自分で持ちかけた話だろう、最後まで付き合え！」

「最後ってどこまでだよ」

「俺が対人戦の感覚を掴《つか》むまでだ！」

お前が言い出した事だと言われてしまえば反論も出来ず、友人がやる気を出しているというのに見捨てる事も出来ず、結局は渋々と付き合う事にした。

「わかったよ、五本先取でこっちが二本勝ちの状態でスタートだ。それと今さらだが突き技は使うなよ、危険だから」

「わかっているって。さあ、覚悟しやがれ」

こうしてふたりは模擬戦を続けた。五本勝負が十本勝負になり、日が暮れた頃にはふたりとも全身アザだらけになっていた。

工房に帰るとふたりはクラウディアに叱られた。

「数日後に連合国へ出発だという事がわかっているのかね君たちは⁉」

返す言葉もなく、ごめんなさいと謝るしかないルッツとリカルドであった。

いくら剣術を鍛えても、女に勝てるかどうかは別問題である。


狭い、馬車が狭い。

それもそのはず、荷台の主役は樽《たる》に入ったワインや干し肉、ソーセージなどであってルッツとリカルドの方こそ遠慮すべき居候なのだ。

ツァンダー伯爵領を出て国境際へと向かう幌馬車《ほろばしゃ》。今回は伯爵家から借りた物ではなく、伯爵家の紋章も入っていない。当然だ、つい最近まで戦争をやっていた隣国の国境警備隊の駐屯地に行くというのに、伯爵家の紋章を付けた馬車で乗り込むなど喧嘩《けんか》を売っているようなものである。

目的は行商人として訪ねて情報収集する事だ。連合国の内乱や対立はどの程度の規模なのか。交易を妨げる者は誰か、原因は何か。唯一の伝手《つて》となってくれそうな騎士グエンはどこに居るのか。知りたい事は山ほどあった。

これは第三王女リスティルの願いを叶《かな》える為の重要な任務だと、クラウディアは気合いを入れていた。戦争が終わり行き場のなくなった帰還兵たちを集めた国境際の村、ここを発展させる為には連合国との交易が必要不可欠だ。しかし連合国内ではなにかトラブルが起きているらしく、交易が上手くいっていなかった。これを調べるのが今回の目的である。

身分が違いすぎて口にするのも憚《はばか》られるが、クラウディアはリスティルを大事な友人だと思っていた。友に向かって『安心しろ』、『必ず解決してみせる』と豪語したのだ、ならばやってみせねばなるまい。あの娘《こ》には、幸せになってもらわねばならない。

舗装されていない、ただ踏み固められただけの道路を馬車が進む。王家や大貴族が所有する馬車は吊《つ》り下《さ》げ式などで衝撃が抑えられるのだろうが、商人が使う幌馬車にそんな工夫はされていない。道によっては上下に激しく揺れて、吐きたくなるほど快適だ。

馬車は所々が鉄で補強され頑丈である。クラウディアがルッツに頼むと意外とすぐに作ってくれたのだ。刀作製以外でも器用なものだなと感心していたが、よくよく考えれば伯爵家お抱えになる前は城壁外で鍛冶《かじ》の何でも屋をやっていたのだ、出来るはずである。

御者席にはクラウディアが乗って手綱を握っていた。馬車を操るというのは案外技術が必要なもので、ルッツたちと気軽に交代という訳にはいかなかった。馬が暴れて馬車が横転、といった最悪の状況を回避する為にも多少時間がかかっても安全運転でといった方針を取っていた。

「しかしお前らもよくやるもんだよなあ」

ワイン樽の隙間に身体を押し込んだリカルドが車輪の騒音に負けない大きな声で言った。

「何がだい？」

と、御者席のクラウディアが振り向かずに声だけで聞いた。

「連合国の調査だの、交易の活性化だのと、鍛冶屋と商人の仕事じゃないだろう。一体何が目的でやってんだ？」

「リスティル様が可愛いからかなあ」

行き場のない帰還兵たちの為に、開拓村を率いている第三王女リスティルとは懇意の仲であった。

「それだけでここまでやってんのか。こう言っちゃあ何だがお前らアホか」

「女が命を賭《か》ける理由としては十分だと思うねえ」

などと、平然と言ってのけるクラウディアであった。

「まあ、強いて言えば逃げ道の確保だねえ」

「逃げ道だって？」

意味がわからない、といったふうにリカルドが聞き返した。

「そう、逃げ道。姫様に恩を売って好意を持たれて、ついでに開拓村も発展させておけば伯爵に嫌われて追い出されたとしても逃げ込む場所があるって事さ。そのまま姫様にお仕えすればいい。諸《もろ》手《て》を挙げて歓迎してくれるだろうさ」

「伯爵の事、あまり信用していないのか？」

「好かれていないという自覚はあるよ」

ふん、とクラウディアは薄く笑った。伯爵の信頼を得ていない事自体はどうでもいいといった態度であった。

「何故労働者は嫌な上司にも従わなければならないと思うね？」

「うん？」

「仕事をクビにされたら生活に困るからさ。でも、その職場を辞めても他に行く場所があるとなれば精神的な余裕が出来る。いざとなれば、という考え方が出来る。選択肢が多いというのは大事な事だよ」

もっとも、と付け加えて話を続けた。

「私もルッツくんを振り回したい訳じゃないからね。今すぐ伯爵領から抜けてどうのこうのって事じゃない。あくまで保険の話さ」

「案外ドライな考え方してんのな」

「情が絡まなければこんなものさ」

ルッツが伯爵家お抱えになってから半年以上経《た》っているが、貴族を全面的に信用する方がどうかしているといったクラウディアの考え方が揺らぐ事はなかった。

一ヶ月以上かけたのんびりとした旅であった。各地で宿に泊まり、馬を休ませ無理せず国境際まで辿《たど》り着《つ》いた。開拓村のリスティルに挨拶《あいさつ》をしてから連合国へと足を踏み入れた。

ここからは別世界、血と砂と戦士の国。

王国の人間ということで国境警備の兵士たちに警戒されはしないかと心配していたが、行商人だと名乗ると意外に歓迎された。

常に物資が不足しており、戦争以外の刺激に飢えている。余所から人が入ってくるのはありがたいらしい。見渡せばクラウディアたちの他にも馬車がいくつも並んでおり、移動販売店のようにして客を呼び込んでいた。

「さあて、私たちも商売を始めようか」

にぃっとクラウディアが頼もしい笑みを浮かべた。土地が変わってもやるべき事は変わらない。

五台並んだ馬車商店。王国から来たのはクラウディアたちだけであるが、クラウディアは物怖《ものお》じするどころかむしろ、

「ヴァルシャイト王国直送のワインですよ！」

と言ってアピールしていた。

本当に商売の事となると強い、あの度胸はどこから出てくるのかとルッツは研ぎ道具を広げなが

らクラウディアを横目で見ていた。

　暇を持て余していた兵士たちがひとり、ふたりと集まってくる。本当にただの冷やかしに来た連中だったが、クラウディアは言葉巧みに彼らの興味を引き出してワイン、干し肉、焼き菓子などを売りつけていった。

「兄ちゃん、これ頼むぜ」

　ルッツは差し出された剣を受け取った。使い込まれた鋳造品の剣だ。武器の性能という面では王国の兵士たちとそう大差はなさそうだ。

　砥石車《といし》を回して刃《やいば》を当てる。飛び散る火花を見ながら刃の角度を調整し全体を仕上げていった。

　王国の剣を研ぐ時とはなんとなく手応えが違う。

　……鉄の質が違うのだろうか？

　異国に来ると何かと学ぶ事も多いなと、ルッツは心中で頷《うなず》いていた。

　研いでいる間ずっと剣を預けた兵士がじっと見ていた。その眼は鋭く、興味があるというより監視に近い。鍛冶屋とはいえ他国の人間に武器を預けているのだ、警戒もしよう。表面上は仲良くなれても心の底まで、とは難しいものだ。

「はした金をもらって敵の武器を研いでいる気分はどうだ？」

　兵士が意地の悪い声で聞いた。何だコイツは、と思わなくもなかったがルッツはすぐに考え直した。つい最近まで戦争をやっていた間柄だ、ケチな嫌味のひとつで済ませてくれるなら結構な事だろう。

「俺とアンタが敵になるのは金を払わなかった時だけさ」

「出来が良ければ払ってやるよ」

「新品以上にしてやるからイイ子で待ってな」

ふん、と唸《うな》って黙る兵士。その視線は相変わらず挑戦的である。

ルッツは剣の荒研ぎを終えて、目の細かい砥石で仕上げに入った。国が変わってもやるべき事は変わらない。全力を尽くすのみだ。

「お待たせ、今日からアンタは最強の剣士だ」

乾いた布で刀身を拭《ぬぐ》い、剣を渡すと兵士は粗を探すように刀身をジロジロと眺めた。やがて剣を納め、不機嫌そうに銀貨を取り出してルッツに渡した。どうやらケチを付ける点が見つからなかったようだ。

なんとも嫌な態度であるが、言いがかりをつけてこなかっただけ伯爵領の騎士たちよりよほどマシだろう。そう思うと落ち着くと同時に何だか情けなくなってきた。

見物客にも仕事ぶりが気に入ってもらえたのか、次の客はすぐにやって来た。剣、短剣、斧《おの》、槍《やり》の穂先と次々に依頼をこなす。そろそろ店じまいしようかと考えていたところで、目の前に簡易な装飾の入った剣が差し出された。

「やってくれるか」

顔を上げると、そこに立っていたのは他の兵士たちよりも少しだけ身形《みなり》の立派な男であった。隊長格といったところか。

「お客さんで最後ということで」

ルッツは剣を受け取り鞘《さや》から抜いた。鍛造品、魔術付与はなし。使い方は荒っぽいが雑ではない。

自然と口角が吊り上がった、ルッツ好みの逸品だ。他人の佩刀を見てそこから腕前や辿ってきた人生を推測するというのもちょっとした楽しみであった。

「実に見事な一振りかと」

「お褒めに与《あずか》り光栄だが、王国兵を斬った話など聞きたくはあるまい？」

確かに、と頷いてルッツは作業に入った。

研ぎ上がった剣を渡すと隊長はじっくりと仕上がりを確かめた。最初の男のように粗探しの為という訳ではないようだ。その出来に満足したのか、微笑《ほほえ》みを浮かべながら言った。

「お前ら、何を探りに来た？」

「はい？」

隊長は笑顔のままである。何を言われたのか理解するのにたっぷり十秒もかかってしまった。いつまでも黙っているのは不自然だと焦ってしまい、ルッツは考えのまとまらぬまま口を開いた。

「いやあ、それはもちろん商売の為で……」

「仕上がりが見事すぎる、銀貨一枚の仕事じゃない。さぞかし名のある鍛冶師と見たが、どうだ」

面と向かって褒められて嬉《うれ》しいのだが、こんな時にどんな顔をすればよいのかわからぬルッツであった。

「色々やらかして国に居られなくなりましてね……」

「そうか、ならば警備隊の専属にならないか。あるいはどこか大きな部族に紹介してもいい。お前ほどの腕ならどこでも歓迎されるだろう」

「ええと……」

「どうした、行き場がないのだろう。遠慮するな」

どうしたものかとクラウディアに視線を向けると、彼女は肩をすくめてみせた。今からでも言い訳の言葉はいくらでも思い付くが、一度疑われてしまったというのが問題なのだ。もうさっさと認めてしまった方が良い。

「もう言っちゃいなよルッツくん。私たちは悪い事をしに来た訳じゃないんだ」

出来る限り自然に情報を集めたかっただけで、王国の密偵などではない。この隊長がどういった立場、どこの派閥に属するのかはわからないが沈黙というのは悪手であろう。

「実は、グエンという騎士を探していまして」

ピクリと隊長の眉《まゆ》が動く。心当たりがあるようだが、隊長はまだとぼけて見せた。

「さあて、うちの国ではありふれた名前だからなあ。親戚《しんせき》が飼っている猫の名前だってグエンだ」

「少し前に、第三王子の処刑を執り行った男です」

「……お前と、奴との関係は？」

「俺がグエンさんの為に処刑刀を打ちました。猫ではありませんでしたがね」

「そうか、お前が……」

隊長は己の剣とルッツの顔を見比べながら何度も頷いていた。これほどの腕があるならば、と納得しているらしい。つまり彼はグエンと面識があり、グエンの愛刀『蓮華《れんげ》』も見た事があるかもしれない。

「ご存じなのですか、グエンさんの事？」

「ご存じも何も……」

と、何故か隊長は呆《あき》れたような顔をしている。その理由がわからず、ルッツとクラウディアは揃《そろ》って首を傾げていた。

「すぐ近くの開拓村でリーダーやっているぞ」

「すぐ、近くッ？」

「西に真《ま》っ直《す》ぐ五キロくらいだな。馬車なら一時間もかからないだろう」

「ごきろッ？」

本当にご近所であった。情報収集などと回りくどいことを言わず、そこら辺の通行人に『グエンさん知りませんか』と聞くだけで教えてもらえたかもしれない。

クラウディアは額を押さえて俯《うつむ》いた。策を弄《ろう》しすぎた、そんな自分が馬鹿らしくもある。

「しかし何故グエンさんが開拓村のリーダーを？」

ルッツが疑問を口にした。自国で第三王女リスティルが開拓村のリーダーになった経緯は知っているが、グエンがそうなる理由が想像もつかなかった。

彼は一介の騎士である。人々を導くための資金も、肩書きも、義務もないはずだ。

「さあな、何故あいつがそんな事をしているのか、金はどこから出ているのかもわからん。むしろどうでもいい。重要なのは多くの兵が行き場を失わずに済んだ事、俺たち国境警備隊もお役御免になったら受け入れてもらえるという事だけだ。首都では死神だの変節漢のコウモリ野郎だのと散々な評価らしいが、それも俺たちにはどうでもいい事だ」

どうでもいいと言いながらも、隊長の言葉からは信頼を感じた。世間からどう思われていようとも自分たちの為に働き、生活を保障してくれようとしている男を嫌いになれるはずもない。

ぽん、とルッツの肩が叩《たた》かれる。そこには気持ちを切り替えてやる気に満ちたクラウディアの顔があった。

「すぐに出発しようじゃないか。今から出れば日が暮れる前に着けるはずだよ」

クラウディアはリカルドを叩き起こして撤収準備に取りかかり、ルッツも砥石を持って馬車に向かおうとしたところでふと振り返った。

「もうひとつだけ聞きたい事があるんですが」

「何だ？」

「グエンさん、元気でやってます？」

「ああ、元気だよ」

「そりゃあ良かった！」

荷物をかき集め暴れイノシシのように飛び出す馬車を、隊長は微笑ましく思いながら見送った。グエンが手放しで褒めちぎっていた鍛冶屋《かじや》夫婦というのは、彼らの事で間違いはなさそうだ。


開拓村は本当にすぐ近くにあった。駐屯地との往来も頻繁にあるのか、人や馬車が通ることでなんとなく道が出来ていて迷う事もなかった。

戦争が終わり、帰還兵たちを受け入れて作った村がある事は知っていた。そもそもリスティルが作った村はその話を参考にしたものなのだから。

しかし、そこのリーダーがグエンだとは想像もしていなかった。ちょっと調べればわかるはずの事だが、調べる為の伝手がなかった。連合国に出入りしている顔見知りの商人でもいればよかったのだが、そんな奴はいない。

すぐ目の前で起きている事がわからない。クラウディアはここが異国なのだと思い知らされた。

誤算と言えば商売にしてもそうだ。主力商品と考えていたワインは半分売れ残ってしまった。干し肉やソーセージなどは予想通りの売れ行きだった。意外な事に真っ先に売り切れたのが、品揃えが少ないとなんだか見映えが悪いというだけの理由でオマケ程度に用意した焼き菓子であった。

屈強な戦士たちと甘い焼き菓子という組み合わせがいまいちイメージしづらかったのだが、それも自分の想像力の欠落によるものだろうか。

国を跨《また》げば好みも常識も、何もかもが違ってくる。異国で商売をする事を自国の延長線上で考えていたからこその思い違いであった。

ひょっとすると、舌が繊細という点では王国よりも連合国の民の方が上かもしれない。蛮族とは何だったのか、王国貴族が優越感を得るためのくだらないレッテル貼りに過ぎなかったという事か。

結局はその『蛮族』を相手に苦戦を強いられ、貴族たちの実態のない優越感はそのまま屈辱へと変わったのだが。

……いい勉強になった、そう思う事にしよう。

成長とは己の未熟さを知る事から始まる。それはそれとして腹が立つ。後でストレス解消にルッツが搾り取られる事になるだろうが、それも仕方のない事だ。

「そこで止まれ、何者だ貴様ら⁉」

村の入り口で槍を持った兵士数名に誰何《すいか》された。

「私たちはヴァルシャイト王国からやって来ました、鍛冶師ルッツと妻クラウディア、他に護衛が一名です。騎士グエン様にお取り次ぎをお願いします」

「グエン様にだとお……？」

兵士は警戒心を表に出して、垂直に立てていた槍を倒す。その肩を別の兵士がぽんと叩いた。

「ルッツってあれじゃないか、グエン様の自慢話によく出てくる……」

「ああ、あれか……」

よく見ると兵士の数がひとり減っていた。グエンに知らせに行ったのだろうか、判断と行動が早い。クラウディアたちは馬車から降ろされ、その場で待つように指示された。

「グエンさんは私たちの事をどう話しているのだろうねえ」

「悪い意味ではなさそうだ」

答えるルッツの顔には困惑の色が浮かんでいた。褒めてもらえるのは結構な事だが、兵士たちが知っているほどに自慢話を広めているのかと。

待ち時間はたったの数分、身形の良い男がその身形に似合わぬ豪快な走り方で向かって来た。顔が見える位置まで来た。グエンだ、貴族風の衣装がまるで似合っていない。

「お前らよく来てくれた！　歓迎も歓迎、大歓迎だ！　あっははは！」

奇妙なひげ面男はルッツと肩を組んでハイテンションで笑い出した。

ルッツだけでなく周囲の兵士たちも眼を丸くしていた。グエンのこんな姿は見た事もないのだろう。彼は公私で仮面を使い分けるタイプだが、その落差があまりにも激しいので付き合わされる側はこんな風に戸惑う事がある。

「クラウディアも元気そうで何よりだ。何だそのデカいケツは、密輸とかされたら困るんだが？」

「自前です」

「そうかそうか、そりゃあ失礼した！」

笑いながら兵たちに向き直って言った。

「こいつらは俺のダチだ、次からはフリーで通してやってくれ」

事情はよくわからないが、グエンがそう言うのであればと頷《うなず》く兵士たち。予想外の特別扱いと歓迎ぶりに困惑するルッツとクラウディアであった。

「ところでグエンさん、何ですかその格好」

「似合うか？」

「いや、まったく」

先ほどのセクハラのお返しだとばかりにクラウディアが言うと、グエンは苦笑いを浮かべた。

「そうだろう？　俺もそう思うよ。ただな、お偉いさんとの話し合いとなるとちゃんとした身形でないと舐《な》められるというか、場合によっては門前払いされる事もあってな。個人的には薄汚れた革《かわ》鎧《よろい》ほど尊い格好はないと思うんだがな」

考え方がどこまでも『最前線の人間』であった。

「ところでお前ら、何の用でこんなド田舎に来たんだ。俺のハンサム顔を見に来た訳じゃあるまいよ」

「それも理由のひとつですが……」

ルッツが心にもない事を言いながら続けた。

「王国と連合国で交易をしようって約束をしていたはずなのに上手くいっていないようで。その原因を確かめに来たんですよ」

交渉も何もない直球の物言いであったが、グエンのようなタイプの人間はむしろこれくらいの方が好ましかった。駆け引きとか建前なんてものは面倒臭い。返事は『イエス』か『ノー』か『ぶっ殺す』、この三つだけでいい。結論をすぐに出したがるという点でルッツとグエンは同類であった。

「こんな所で立ったままする話じゃないな。中央にある俺の家に行こう、村の仕事なんかもそこでやっている」

そう言ってから部下たちに、馬車を運んで馬に水を飲ませて休ませるように指示を出した。

クラウディアが思い出したように、

「馬車にあるふたつのワイン樽《たる》は皆さんへのお土産です。どうぞ飲んでください」

と言うと、兵士たちは早足で作業に取り掛かった。

グエンの客とはいえ王国の連中の為に働くのは癪《しゃく》にさわると考えていたが、酒がもらえるならば話は別だ。荷台にはなくそを付けてやろうという計画も中止された。

現金な連中だなと呆れながらもグエンは歩き出し、ルッツたちも後に続いた。

「売れ残りか？」

グエンが笑いながらクラウディアに聞いた。

「いえいえ、皆さんの為に用意した上酒ですとも」

「売れ残りだな？」

「……はい、売れ残りです」

観念するクラウディア。そうだと思った、とグエンは楽しそうに頷いていた。

帰還兵たちの村という事で王国側にあるリスティルの村と雰囲気は似ているが、こちらの方がずっと活気があった。人口はどれくらいかと聞くと、なんと二千人もいるらしい。王国側の倍以上だ。

「その資金はどこから出たのですか？」

ルッツが聞いた。いきなり金の話というのも失礼とは思ったが、同じように村を経営しながら金に困っている姫様の為にも是非とも聞いておきたかった。

「……悪いがそれは言えん。他の誰にも言っていない事だ」

グエンが申し訳なさそうに言い、ルッツも大人しく引き下がった。彼の立場は何かと複雑だ、言えない事もあるだろう。

無理にほじくり返すのは多分、男の礼儀に反する。それが交渉事など何もわからぬルッツの判断基準であった。


「まず、お前たちに礼を言いたい」

村長の家に入るとグエンはルッツとクラウディアを椅子に座らせてから頭を下げた。ちなみにリカルドは面倒くさそうな話はパスだと言って村の中を適当にぶらついている。

「ルッツに打ってもらった処刑刀『蓮華』のおかげでウェネグ様は苦痛なく逝く事が出来た」

本当に苦痛がなかったかどうかは本人にしかわからないが、処刑された第三王子ウェネグの顔は安らかなものであり、苦痛で歪《ゆが》んでなどいなかった。

敬愛する主君の息子を処刑した、そう語るグエンの心中はどのようなものだろうか。それを思えばルッツの胸は詰まり何も言えなかった。ありきたりでくだらない慰めの言葉はむしろ、この場に相応しくないだろう。ルッツも黙って頭を下げた。

「俺はお前たちに借りがある。恩義がある。命は祖国に捧《ささ》げたものでくれてやる訳にはいかないが、それ以外の事であれば出来る限り協力しよう」

「グエンさんも義理堅いというか何というか。依頼を受けて、刀を打って、報酬を受け取った。それで鍛冶屋と依頼人の関係は対等じゃあないですか」

報酬を受け取ったという点に関しては少し引っ掛かる所もあるが、今そこを指摘するのは野暮かもしれない。

「俺が勝手に恩を感じているだけだ、儲《もう》けものくらいに思ってくれ」

さて、と呟《つぶや》いてグエンは話を切り替えた。

「交易が上手くいかない理由だったな。簡単だ、交易に参加しているのが国境際に領土を持つ部族ひとつだけだからだ。当然、用意出来る品もそれなりでしかない」

「王家は参加していないのですか？」

クラウディアは形の良い眉《まゆ》を歪めながら聞いた。交易は国と国との約束で行っているのではなかったのか。それを地方豪族に押し付けて後は知らないというのでは信義に欠ける。

「まあ待て、アルサメス王とて交易がしたくない訳じゃない。むしろ金儲けの手段はあればあるだけありがたいはずだからな」

グエンの表情はますます曇る。ここから先は連合国の恥になる、しかし彼らを納得させる為には話さねばならない。

「……この国がどういう状況にあるかは知っているな。国王派と反国王派で争っている、建国当時からずっとだ。それが最近の暗殺騒ぎでさらに酷《ひど》くなった」

その辺の事はあまり触れたくないと、グエンは話を先に進めた。

「首都から交易の為に荷馬車を出すとな、確実に襲われるんだよ。表立って争う訳にもいかないから山賊を装ってだが」

「王家の馬車が襲われるのですか？」

クラウディアが眼を見開いた。王国でも王女襲撃事件が起きたが、それは帰還兵たちによる死を覚悟しての直訴のようなもので、当然のように襲われ続ける訳ではない。

「王家の紋章が入った馬車が襲われる訳がない、というのは王家とその他勢力に絶対的な差があった場合の話だ。こっちは数百の部族の中で一番大きな所が王を名乗って国をまとめあげているだけだからな。王が絶対とか、忠義の対象といった意識は薄い。いつ自分達が成り代わってもいいと考えているんだ。それをあの馬鹿が証明してしまったようなもので……」

ついこぼれてしまった本音を聞かぬ振りをする情けがルッツたちにも存在した。軽く頷いただけで話を流す。

「各地の勢力図みたいなのは無いのですか？」

敵と味方を色分けし、味方の勢力圏だけを通れば国境に辿《たど》り着《つ》けるのではないかとクラウディアが聞くが、グエンは『わかっていないな』と自虐気味に薄く笑った。

「そんなもの作っている間に立場が入れ代わる。この国の混沌《カオス》とはそうしたものだ。仮に色分けした勢力図を作ったら汚いまだら模様になるだろうな。とても首都から直線で結べるようなものじゃない」

「粘り強く交渉して味方を増やしていくしかないのですね」

「そうだな、問題は反国王派も同じ事をしているという点だ」

どうすればいいのかわからない、もうどうしようもない。そんな疲れがグエンの言葉から滲《にじ》み出《で》ていた。

「さっきからうちの恥ばかり晒《さら》しているけどな、こんな内輪もめばかりしている国と戦ってようやく引き分けに持ち込めるレベルの王国はどうなっているんだよ」

「うちは何と言いますか、忠義だ愛国心だと口にしながらいざ金を出す段階になると誰もが渋るといった有り様で」

「金、金、金。そっちの主人は王か金かどっちなんだ」

「主人である為に金が必要なのでしょうね」

クラウディアは他人事《ひとごと》という程ではないが『数軒先で火事があったよ』くらいの距離感で答えた。王侯貴族の気持ちなどわかるはずもなく、こんな曖昧《あいまい》な感覚にしかならなかった。

「どこも楽園とは言い難いか」

そう呟いて、グエンは遠くを見るような眼をした。

「カサンドロス王は……」

と、先王の名を出した。彼にとっては本当の主君だ。主君だった。

「国内統一を焦りすぎたのかもしれない。ただ、少ないながらも人の命を預かる立場になった今なら焦った気持ちもわかるような気がする」

このままでは国が滅ぶ、そうしたビジョンがはっきりと見えていたのだろう。そして国の滅びに国民を巻き込む訳にはいかなかった。王の重圧《プレッシャー》を想像するだけでグエンは息が詰まるような思いがした。

　王は背後に控える身内の気持ちは見えていなかった。自立心の強い豪族たちの反発を甘く見ていた。『ヴァルシャイト王国の連中は間抜けのブタ野郎どもです』とでも進言していればカサンドロスの焦りを少しは解消出来ていたのだろうか。今となっては全てが遅すぎる。

「……まあ、そんな訳でな。交易の正常化というのは諦《あきら》めてくれ。王国に帰るまでの安全は俺が保証する。これこれこういう理由で出来ませんでしたと報告するだけでお前らは責任を果たした事になるだろう？」

　クラウディアたちは外交使節として来た訳ではないし、何の権限も与えられていない。今回の顛《てん》末《まつ》をエルデンバーガー侯爵に報告するだけで、そこから先どうするかは侯爵が考える事だ。

　納得は出来るだろうか、出来るはずがない。国も侯爵もどうでもいいが、懇意にしている姫様の村を豊かにさせるという目的は何ひとつとして果たされていないのだ。このまま手ぶらで帰る訳にはいかなかった。

「王家との直接交易が難しいというのはわかりました。ならばせめて参加者を増やすという形で交渉出来ませんか。たとえば現在交易を担当している所のお隣さんとか」

「そうは言うがな、国王派に引き込むのにどんな餌をぶら下げりゃいいものか。色よい返事をもらったところで明日にはひっくり返っているかもしれないいんだ」

「国王派に引き込む必要はありません。ただ交易の利を説くだけです」

　商売をするのに必ずしも味方である必要はない。

クラウディアは連合国絡みの話で致命的なミスこそ犯していないものの、ずっと上手く噛《か》み合わないような感覚を味わってきた。それらは全て情報の不足によるものだ。

商売の基本は人と人。まずは会って話をしてみなければ始まらない。クラウディアは基本に立ち返り意欲に燃えていた。

「出来る限りの協力はしていただけるのですよね？」

「お、おう……」

クラウディアの迫力に少々押され気味のグエンであった。これが商人の眼力か、戦場で出会えば人を殺した後だと勘違いしてしまいそうだ。

「周辺の部族に取り次ぎをお願いします」

グエンが綺麗《きれい》な格好をしているのは偉い人たちと話すためだと言っていた。今さら、出来ませんという言葉を聞く気はなかった。

# 第二章　汚れた名誉

湿った土の匂いが立ち込める林道を一台の幌馬車《ほろばしや》が進む。道案内を兼ねて御者席に座る騎士グエン。荷台にはルッツ、クラウディア、リカルドの三人が乗っていた。

彼らはまず交易を担っているアラフネ族の族長のところへ挨拶《あいさつ》に赴いた。交易が王家の意向であるとはいえ、現場責任者を無視して話を進めると余計なトラブルを招くかもしれない。下手をすればそれが王家を裏切る切っ掛けにもなりかねないのだ。

面子《メンツ》を潰《つぶ》された、この国の人間にとってそれは十分に寝返る理由になった。

にこやかな笑みを浮かべる白髪の老人は交易の参加者を増やしたいという申し出に快く賛同してくれた。彼らだけでは十分な交易品を集められず、ヴァルシャイト王国のエルデンバーガー侯爵に交易から手を引かれてはたまらないと懸念していたところだったのだ。

独占は出来ずとも今は規模が大きくなってくれる方がありがたかった。

ただし、と老人は鋭い目付きをして続けた。

アラフネ族の土地とはふたつの部族の土地が隣接している。そのうちサリガリ族を仲間に引き入れるのは構わないが、ミルミギ族とは関わりたくないと指定されてしまった。何故《なぜ》かと聞くと、ミルミギ族とは先祖代々争い続けてきた仲なのだという。

その場では頷《うなず》いて出たクラウディアであったが、後になってグエンに何とかならないだろうかと

聞いたところ、

「無理だな」

と、一蹴《いっしゅう》されてしまった。

サリガリ族の村へとのんびり進む馬車、御者席で真っ直《ま》ぐ《す》前を向いたままグエンは語り続ける。

「何百年単位で積もりに積もった恨みつらみがあるんだよ。それを赤の他人が仲良くしましょうと言ったところで解決する訳がない。むしろ何も知らないのに口出ししてくる奴《やつ》だと、こっちまで恨まれる可能性もある。一族の誇りを汚す奴だとな」

「数百の部族それぞれに、そうした事情があるのですか」

「人間関係ほど悪趣味なパズルはないという事だ」

「サリガリ族を仲間に引き入れる許可が得られただけでも御の字と思うべきですかねえ」

「そうだな。だが覚えておけ、誰かを味方に付けるという事は、他の誰かの恨みを買うという事だ」

忠告なのか自虐なのか、自分で言っておきながらよくわからなくなってきたグエンであった。

「このままでは滅ぶ、それはわかっている。意思統一をしなければいつか大国に飲み込まれる。なあ、どうすればいいと思う？」

他国の人間に聞くような話ではないが、グエンには政治の話が出来る側近などいない。今は他者の意見を取り入れるいい機会だ。彼は連合国の騎士らしからぬ柔軟さを持ち合わせており、連合国の騎士としての忠義から滅亡の未来を見過ごせず苦悩していた。

「商人の戯《ざ》れ言《ごと》と聞き流していただければ」

クラウディアはまず一言断った。ただの雑談という事にしておかなければ、他国の政治に口出しをしたなどと面倒事の種にしかならない。

「おう、雑談も雑談。ただの暇潰しだ。聞かせてくれよ」

軽い言葉に似合わず、グエンの口調は真剣そのものであった。

「現王家が他の誰よりも、圧倒的に強くなる他はないかと」

「屈強な兵隊でも大量に抱えろってのかい」

「戦争が終わった今、武力で威を示すのは難しいでしょう」

「数万人単位の大演習でも行うとか」

「それを脅威と感じるのはご近所さんだけですよ。遠く離れた部族からすれば他人事《ひとごと》でしかありません。そして武力による脅しというのは時間と共に効果が薄れるものです。コストパフォーマンスが悪すぎます」

コスト何とかという言葉の意味はよくわからないが、グエンはとりあえず頷いておいた。

「ならば、どうすればいい？」

「グエンさん、答えがわかっていながら聞くのはどうかと思いますよ」

「いいから、俺に止《とど》めを刺してくれ」

嫌な役目を押し付けられた、とクラウディアは眉をひそめながら言った。

「お金儲けを頑張るしかないかと」

「ああ……」

嘆きの慟哭《どうこく》と共にグエンは天を仰いだ。

連合国は戦士の国である、ずっとそこに誇りを抱いて生きてきた。よりによってそんな自分が、国を経済主体の方向に持っていかねばならないのか。いつか王に謁見する機会を得て進言せねばならないのか。

　金の価値を知らない訳ではない。戦後、帰還兵たちの受け入れ体制を作れたのは処刑された第三王子ウェネグの隠し財産あってこそだ。それがなければ、この国の混乱はますます酷《ひど》くなっていただろう。

　金は大事だ。それはそれとして自身の人生と価値観を自ら否定しなければならないのは身を切られるような苦痛であった。

「金を得るには交易が必要、交易をするには多くの部族の支持が必要、部族をまとめあげるには金が必要。なんだこのパズル、クソか」

　どこから手を付ければよいのかわからない。しかし自棄《やけ》になる事だけは避けねばならぬとグエンは己を戒めた。焦ってろくでもない事をした奴がいる、彼と同じ轍《てつ》を踏む事だけは嫌であった。個人的に、絶対に嫌であった。

　クラウディアの交易仲間を増やすという提案はグエンたちにとっても有益だろうか。もつれた糸をほどく切っ掛けになればいいが。

　グエンはふと、深い思考の海から抜け出し顔を上げた。人の気配がすると感じた次の瞬間、脇道から数人の男が現れ道を塞《ふさ》いだ。服を着ているというより、ぼろ布を巻き付けているといった方が近い。

「賊ですか？」

　ルッツが荷台から顔を出して聞いた。

「ああ、いずれにせよ馬車を止めねば馬が斬られる。強行突破を許してくれるほど優しい連中ではあるまい」

「この国は野盗も気合いが入っていますね」

「戦士の国か、泣けてくるな」

グエンは馬車を停止させ、賊の頭領らしき男に向かって叫んだ。

「俺は開拓村の騎士グエンだ、サリガリ族の族長どのにお目にかかりたい！」

反応はない。野盗たちは『何を言っているんだこいつは』という顔でグエンを見ている。それはルッツも同様であった。

「……何です、今の？」

「野盗を装ったサリガリ族の戦士ではないかと思ったのだがな、勘違いだったようだ」

以前にグエンが語っていたが、首都からの荷馬車が賊に襲われているという。どうやらあまり深く突っ込むべき話題ではないなとルッツは聞かなかった事にした。

「いずれにせよ……」

荷台でひとりの男が立ち上がった。

護衛として来ておきながらいままで何もしていなかった。護衛というのは暇な時は暇なものであり、何もないならそれに越した事はないのだが、若き勇者は力を持て余していた。

「ただの賊なら全員ぶち殺しても構わないって事だな？」

その男、リカルドは酷薄な笑みを浮かべて馬車から飛び降りた。金の話も政治の話もわからない、ようやく自分の出番が回って来たと張り切っていた。

「あいつの実力を知らないのだが、使えるのか？」

グエンが不安そうに聞くとルッツは首肯した。

「頼れる男です。ちょっと妖刀に取《と》り憑《つ》かれているだけで」

それを問題ないと言っていいものか疑問であったが、今やるべき事は変わらない。グエンも愛刀を掴《つか》んで御者席から跳び降りた。

ルッツはクラウディアに『ちょっとだけ待っててくれ』と優しげな笑みを向けてから斧《おの》を持って戦友たちに続いた。


馬車から降りた男三人。彼らは皆その手に武器を持っており、とても交渉や降伏に来たというようには見えなかった。

野盗の頭領は一歩前へと進み出た。

「降伏してくれんかね。馬車と武器を置いていけば命までは取らん」

「育ちが悪いもんでなあ、パパから降伏の仕方なんか教わっていないんだよ」

グエンがおどけて言い、ルッツとリカルドも笑い出す。

頭領は一瞬だけ不快感で顔を歪《ゆが》めたが、それはすぐに不敵な笑みに変わった。

連合国の男とはそうでなくてはならない、降伏などされてはむしろ興ざめだ。戦い、勝ち取ってこそ意味がある。

頭領がサッと手を振ると手下たちは散開して馬車を取り囲んだ。正面に五人、脇と背後で合わせて五人。

「リカルド、前を頼む」

「あいよ」

ルッツが平然と言い、リカルドも当然だとばかりに応じた。

信じられない、とグエンは眼《め》を丸くしていたが、この人数差では捨て石として使うのも止《や》むなしという事か。リカルドが命を捨てて正面の敵を押さえ、その間にルッツとグエンが敵の数を減らす作戦だろうと解釈していた。

「……意外に残酷な事をする」

「そうですね。考えようによってはとても残酷です」

ルッツはリカルドではなく、野盗たちに憐憫《れんびん》の眼を向けて言った。

「グエンさん、戦いが始まったらリカルドには近付かないでください。具体的に言うと半径五メートル以内には」

「そんなに激しいのか……?」

正気を失って暴れまわるのだな、と考えるグエン。ルッツは特に間違いを訂正しなかった。しないというよりも、あの不可思議な現象を言葉で説明する事が出来なかったのだ。そんな事をしている暇もない。

「それじゃあ、行くぜ」

リカルドが刀の鯉口《こいぐち》を切り頭領たちに向けて走り出した。その顔に捨て石の悲壮感はなく、彼は狩人《かりゆうど》の眼をしていた。

頭領の中で舐《な》めるなという気持ちと、何かがおかしいという疑いがせめぎあう。背にぞくりと冷たい感覚が走った。これは恐怖か、否、信じられない事だが快楽に近い。身を委ねれば死ぬという事だけがはっきりとわかった。背後に女の気配がする、血の臭いがする、意味《しさ》がわからない。

慎重である事と勇敢である事は矛盾しない。頭領はひとり、後方へと跳び退って距離を取った。

四人の手下たちはリカルドを囲み各々が手に取った斧や剣を振り下ろした。

彼らはリカルドが挽《ひ》き肉《にく》になる姿を見ただろう。しかし、彼らが得物を振り下ろした先は己の首であり腹であった。

「あ、……え？」

飛び散る鮮血、次々と倒れる男たち。何故こんなことをしたのかわからないという疑問は押し寄せる快楽の波に飲み込まれた。

法悦《エクスタシー》の笑みを浮かべて腰を震わせ、やがては息絶える男たち。誰がこんな死に様を予想しただろうか、誰がこんな死に様を望んだだろうか。

戦士の魂は今、一振りの妖刀に凌辱《りょうじょく》された。

ここは血の池、花地獄。

「馬車を盾にしろ！」

怯《おび》え震えている暇などない。頭領は生き残った手下たちに指示を出した。乱戦に持ち込めばあの刀は使えないと判断したのだ。

五人の手下は馬車を守るルッツとグエンに斬りかかった。これで彼らは魔剣の呪いに巻き込まれる事はないだろう。しかし頭領自身に逃げ場はなかった。正面に立ち塞がる色欲の魔人を倒さねば仲間と合流は出来ないのだ。

ひとりだけ背を向けて逃げる、それは連合国の戦士として相応《ふさわ》しい行いか。答えはノーだ。

頭領は覚悟を決めて懐からよく研がれたナイフを取り出した。どれだけ落ちぶれてもこれだけは手放さなかったという逸品だ。

投げるつもりか、とリカルドは警戒した。その隙に頭領は股《また》ぐらに手を突っ込んで一物を引き出した。一瞬だけ泣きそうな顔をして、またすぐに戦士の引き締まった表情に戻る。スッとナイフが振られ、一物が切り落とされた。

「ぐ、うう……ッ！」

苦悶《くもん》の呻《うめ》き、苦痛と憎悪の眼がリカルドに向けられた。

何をやっているんだこいつは、とリカルドは気圧《けお》されてしまった。

男のシンボルを自ら切り落とすなど信じられない、恐ろしい行為だ。普通に考えればそうだが、頭領にしてみれば単純な損得計算であった。

死ぬよりはマシだ、全ては勝利の為《ため》に。理屈ではそうだろうが、実行出来てしまうのが彼らの恐ろしさであった。

リカルドは妖刀『椿《つばき》』を頭領に向ける。しかし頭領は脂汗を滲《にじ》ませた顔から殺気を溢《あふ》れさせて大股で歩き近寄って来た。呪いが効かない、今の頭領に性欲の暴走などさせられなかった。

苦痛と、長年連れ添ってきた相棒を捨てたという罪悪感。それが頭領の身を支えていた。せめてリカルドを地獄に叩《たた》き落《お》とさねば気が済まない。

リカルドは圧力に負けて無意識に右足が退いていた。

「どうした、呪いがなければ何も出来ないかッ⁉」

林道に響く怒号。怯懦《きょうだ》に支配されたリカルドの足がピタリと止まる。

……俺は『椿』の付属物《ふまぞく》か。いや、『椿』の所有者だ。

妖刀『椿』は呪いを振り撒く道具ではない、順序が逆なのだ。妖《あや》しいほどに鋭く美しいからこそ人を魅了する呪いが生まれたのだ。純粋に刀として超一級品である。

リカルドは軽く息を整え、腰を入れて正眼に構えた。人を殺す覚悟の決まった顔をしている。

それでこそ、と頭領は口の端を吊《つ》り上《あ》げて斬りかかった。しかしその動きは精彩を欠く。出血が酷くバランスも崩れている。それでも気迫だけは衰えない。

リカルドは身を沈めて一閃《いっせん》をかわし、胴を払い抜けた。使い古した革鎧《かわよろい》など『椿』の前ではゆで卵の薄皮同然、頭領は脇腹からどす黒い血を撒き散らしながら仲間の死体に折り重なるように倒れた。

「戦いこそ、戦士の、愉悦……」

それだけを呟《つぶや》いて頭領は息絶えた。

倒した、生き残った。それなのにリカルドの腕は震えたままであった。勝つためならば何でもするし諦《あきら》めない。その凄《すさ》まじい闘争心に恐怖と尊敬の念を同時に覚えていたのだった。

「あんたみたいな人が賊に堕《お》ちなきゃいけない世の中ってのは、やっぱり間違っているよ……」

リカルドは微《かす》かに微笑《ほほえ》む死体に語りかけた。

自分が振るったのは正義の剣かどうか、わからない。ただ生きる為には戦わねばならなかった。

それだけが戦士たちの真実だ。

ルッツの斧と野盗の大剣が激しく打ち合った。

野盗は歴戦の兵士であったが鍛冶屋《かじや》の筋力は相手に劣らず、武器の性能は段違いであった。

大剣は弾《はじ》き飛ばされ、豪斧《ごうふ》『白百合《しらゆり》』の刃《やいば》が野盗の肩に深く食い込んだ。

「ぐ、うぅぅ！」

野盗が苦痛に呻く、だがまだ死んではいない。

左腕はピクリとも動かず使い物にならない。ならば残る右手で予備の短剣を抜き、ルッツの心臓を貫いて道連れにしてやろうと企《たくら》んでいた。

しかしそれは叶《かな》わなかった。傷口から焼けた鉄を流し込まれたような激痛が走り、野盗の身体《からだ》は一気に燃え上がった。

突如として現れた火柱。男の身は生きたまま煉獄《れんごく》へと堕とされた。新鮮な空気を求めて口を開ければ、そこから炎が入り込み喉《のど》と肺を焼いた。悲鳴を上げる事、苦痛を訴える事すら許されていない。

あまりにも凄惨《せいさん》な光景につい、ふたりの野盗が眼を向けた。それが彼らが最期に見たものとなった。第二の口が開いたかのようにふたりの喉がぱっくりと開いた。吹き出る鮮血。彼らは痛みを感じず、己が斬られた事にすら気付かずに死んだ。

グエンは愛刀『蓮華《れんげ》』を振るって刀身についた血を飛ばし、湿った土に血の直線が引かれた。

残る野盗はふたり。林道をのろのろと走る馬車を襲うだけの簡単な仕事のはずであった。それが今、仲間たちは不可解で残酷な死を遂げて、人数差でも逆転されてしまった。

それでもふたりは逃げようとはしなかった。ルッツが斧を構え、いつの間にかリカルドも戻って

来た。奴らはこの場で始末する他はないとルッツが進み出た時、

「待て！」

と、グエンが制止した。

「こいつらの相手は俺がしよう」

「ふたりともですか？」

「そうだ」

ルッツたちにどうしても戦いたい理由などなく、少々心配ではあったが大人しく引き下がった。

「悪いな、気を使ってもらって」

野盗のひとりが疲労と諦めと安堵《あんど》を混ぜ合わせたような声で言った。戦って死ぬにしても、生きたまま丸焼けにされたり快楽に溺《おぼ》れて自害したりするような死に方はしたくなかった。願わくは正々堂々、正面から戦って死にたかった。

魔法の炎は他に燃え移る事はなく、砕けた白骨だけが残されていた。そよ風が熱気と人肉が焼けた臭いを運んで来る。人を襲っておきながら勝手な物言いだとは思うがあまりにも非道なやり方だ。

野盗のひとりが少し下がった。ふたり一緒にかかって来る気はないようだ。

「ひとつ聞きたいのだが……」

前に進み出た野盗が剣を構えながら言った。

「あんたの名前は？　その立ち振舞い、さぞかし名のある戦士だろう」

「騎士グエンだ。国境際の村でリーダーをやっている」

「そうか。お前があの、王の仇《かたき》に仕えるコウモリ野郎か」

野盗の嘲《あざけ》るような物言いにグエンは何の反応も示さなかった。全て事実として受け止めていた。
野盗はつまらなそうにフンと鼻を鳴らした。
「何故そんな事をしている。保身が目的とは思えないが」
「言えば言い訳にしかならん」
「それでも言えよ、言わなきゃわかんねえんだ。自分だけが真実を知っています、他人に言っても
どうせ無駄だってツラがムカつくんだよ」
彼の苛立《いらだ》ちはただグエンにのみ向けられたものではない。自分たちが賊に堕ちねばならなかった、
その理由に少しでも関係があるのではと考えたのだ。つまり、戦争が終わったというのにどうして
こうも国が貧しく混乱しているのかと。
「国家安寧の為だ。アルサメス王を討てば国は無政府状態になり、ますます混乱する」
「それでひとりで生き恥を晒《さら》しているって訳かい、ご苦労なこった！」
野盗は地を蹴《け》りグエンに襲いかかった。安い、だがよく研がれた剣がまっすぐグエンの喉に向け
て突き出される。
グエンは踊るように身をかわし刀を振るった。剣を握ったままの右腕がぽとりと落ちる。野盗は
落ちた腕と、腕を失《な》くした断面を交互に見ていた。慌てる事はなく、叫ぶ事もなく、『仕方がない』
という眼をしていた。
「この世の賊を滅したところで、あんたの願いは叶わんぜ……」
男は首を差し出すように項垂《うなだ》れた。介錯の一閃が走り、男の首がその場に落ちた。少し遅れて首
無しの身体がゆっくりと前のめりに倒れる。

グエンの眼に感情はない。

最後のひとり、短槍《たんそう》を持った男が進み出た。

いつの間にかクラウディアも馬車から降りて戦いを見守っていた。もう安全だとルッツが声をかけて、彼女も見物に来たらしい。

男がクラウディアにちらと視線を向けて、おどけるように言った。

「ずいぶんとまあ上玉が乗っていたもんだな。そうと知ってりゃ皆もっと真面目に戦っただろうよ。いやあ、残念残念」

「舐めた事ぬかしていると燃やすぞ」

ルッツに睨《にら》まれ、男は肩をすくめてみせた。どうやら残り少ない命数をこのスタイルで通すらしい。

「さ、やろうかい」

男が短槍を構えるとグエンの背に緊張が走った。言動こそ飄々《ひょうひょう》としているものの、こいつは間違いなく手練《てだ》れだ。両者共に隙を窺《うかが》い動けなくなっていた。

グエンの視線が槍《やり》の穂先に集中する。穂先が上下に揺らされる度にグエンの視線も揺れた。良くない流れだ。敵の姿はもっと全体を見るようにするべきだとわかっていたが、今さら眼を離す事が出来なかった。

穂先が視界から消えた。どこだ、などと探している暇はない。グエンは咄嗟《とっさ》に横に跳んだ。

槍は真っ直ぐにグエンの腹を狙って突き出され、穂先が脇腹を軽く抉《えぐ》る。

必殺の一撃をかわされた。男の動揺はほんの一瞬であり、槍を抱えるようにして肩から体当たりを食らわせた。

予想外の攻撃に息が詰まり、体勢を崩すグエン。追撃の槍が心臓を狙って突き出されるが、グエンは左手で槍を掴《つか》んでぐいと引いた。

男の体勢も崩れる。グエンは片手で愛刀を振り下ろした。構えもなにもない無理な体勢での攻撃であったが、刀の鋭さにより十分な殺傷能力を発揮した。

男は袈裟《けさ》斬りにされ、血を吹き出しながら仰向けに倒れた。視界に映るのは葉と枝と青空。恥ずべき行いを繰り返してきた男の死に様としては悪くない、そんな事を考えていた。

「言い残す事あらば、聞こう」

グエンが歩み寄り、脇腹を押さえて荒く息を吐きながら聞いた。

「誰にも言えなかった事だけど……」

「うむ」

「死にたくなんかなかった。でも、今さらどうしようもないよな。罪なき民から奪い取って生きてきたんだ、今さらどうしようも……」

男の視界が暗く、黒く染まってきた。苦痛はないのに自分はこれから死ぬのだという事だけがはっきりとわかった。

「だから戦士として死ぬのは幸せな事だって思想にすがっていたけど、やっぱり誰だって死にたくなんか……」

男の声は段々と小さくなり、そして消えた。今はもう木々の葉が風に揺れる音しか聞こえない。

野盗の死体をグエンは呆然《ぼうぜん》と見下ろしていた。

敵は間違いなく手練れであった。グエンが一瞬、死を覚悟したほどの相手だ。そんな男が死に際に死にたくなかったと言った。戦いの中で死ねるのならばそれは幸せな事だという思想を押しつけられていたのだと。

誰も彼もが戦争好きの死にたがりでいられるはずがない。だがそれを認めてしまえば連合国そのものを否定する事になりはしないだろうか。戦いを否定する者たちの思いを広めたところで、大多数の国民にとっては迷惑なだけだ。

そうやって自分は、見捨てられた者たちの思いに目をつぶらねばならないのか。

賊に堕ちた者たちを哀れと思いながらも結局は何も出来ない、そんな我が身が惨めで情けなくもあった。

「……さん。グエ……ん」

誰かが呼んでいる。我に返って振り向くとそこには不思議そうな顔をしたルッツがいた。

「ああ、ルッツか。どうした?」

「どうした、じゃあないでしょう。グエンさんこそ腹から血をダラダラ流しながら何をぼけっとしているんですか。死にますよ」

言われてようやく自分が負傷しているのだと思い出した。槍で脇腹を抉られたのだ。幸い内臓にまでは達していないが皮と肉はざっくりと裂かれ、血が流れ続けている。

「ズボンもションベン漏らしたみたいにびしゃびしゃに濡《ぬ》れているじゃないですか。中でクラウが包帯と薬を用意してくれていますから、治療しましょう」

ルッツが肩越しに後ろの馬車を指差した。

「ああ、そうだな……」

グエンはルッツの手を借りて馬車に乗り込み、まずは針と糸を受け取った。自らの肉を針で貫き、糸を通す。白かった糸が身体を通るとすぐに真っ赤に染まった。指先が血塗《ちまみ》れになりぬるりと滑る。布で何度も拭《ぬぐ》って繰り返し針を通した。

「それ、痛くないんですか……?」

クラウディアがまるで自分が痛みを感じているような青ざめた顔で聞いた。

「ものすごく痛い」

「ですよね……」

グエンは呻《うめ》き声ひとつ漏らさずに耐えきった。ここで痛がる事は、死にたくもないのに死なねばならなかった者たちへの非礼ではないかと考えたのだ。無意味な感傷、そうとわかっていても他に出来ることは何もなかった。

肉体裁縫を終えるとグエンの額に脂汗がびっしょりと浮かんでいた。

やせ我慢。それが今のグエンであり、今の連合国だ。とても健全な状態とは言い難い。特にそれを他人に押しつけるなど言語道断だ。

ならばどうすればいい、わからない。

グエンの思考は堂々巡りで、さらにはそれを痛みが邪魔をする。

「これから先も道が揺れますので」

そう断ってからクラウディアが包帯をキツく巻いた。

「三十分ごとに緩めます」

「頼む」

野盗の死体を蹴飛《けと》ばして道を開けたリカルドが戻って来た。ルッツとクラウディアが並んで御者席に座り、馬車が発進した。

クラウディアの忠告通り道中はものすごく揺れた。グエンは脇腹を手で押さえながら、出血と痛みでぼやける思考の中で呟《つぶや》いた。

「貧しさで賊に身を堕とさねばならない者たちを救うには、どうすればいいんだろうなあ……？」

「国を豊かにするしかないんじゃあないですか」

クラウディアが前を向いたまま、当然だとばかりに言った。

「戦争とかの奪い合いを止《や》めて、畑を広げて狩りをして食料をたっぷり確保して、そうすりゃ誰も飢えずに生きていけるんです」

「冷害などで不作の年もあるだろう」

「そういう時の為の交易です。食べ物がないなら、あるところから仕入れる。単純な話じゃあないですか」

「そうだな。単純、当然、平凡。問題はそうとわかって実行できない事だ」

「世界平和実現の為には戦争を止めればいい、と言っているようなものですからねえ」

わかっていながら出来ない。最近はそんな事ばかりを思い知らされる。

「ひとつひとつ解決していくしかないですね。サリガリ族の皆さんが交易に参加して村が豊かになるところを見れば、他の部族も続々と参加してくれるんじゃあないですか」

「そう、だな……」

あそこの族長はそんなに物わかりのいい男ではない、と言いかけて止めた。その偏屈ジジイを説得するのは他国の人間任せではなく自分の役目なのだ。一介の騎士の身でありながら国を救いたいという、ある種のわがままを通したいのであればやらねばなるまい。

あらゆる問題を即座に解決できる方法などない。結果を焦って過激な手段に出ればどうなるか、それはグエン自身がよく知っていた。


雰囲気こそのどかな村であったが、その広さは都市と呼べるほどのものであった。サリガリ族はいざ戦争となれば三千人近い兵を用意できるほどの大部族だ。

しかし村はとても豊かとは言い難く、人々の顔も明るくはなかった。見えない明日に怯《おび》える表情、というのがクラウディアの感想であった。族長の家に向けて馬車を進める王国商人に対して、指差す人々の表情は好意的とはとても言えなかった。

ここは予想以上に閉鎖的で、排他的な空間であるようだ。国境がすぐ近くにあり交易が始まっているというのに、何の興味も示さないどころか裏で妨害している疑いもあるような連中だ。なるほどと納得せざるを得ないクラウディアたちであった。

許しを得て族長との面会に臨むグエンとクラウディア。そこで眼光の鋭い白髪の老人から聞かされた言葉も、ある意味で予想通りのものであった。

「断る、帰れ」

「……何故ですか？」

グエンは苛立ちを抑えながら聞いた。これくらいの歳《とし》の族長というのはどうも無駄に尊大な人間が多い。しかし今は交渉の為に来ているので殴りかかる訳にもいかなかった。

「何故か、だと？　それを貴様らに説明してやる義理があるか？」

「我々は交渉に来ているのです。断られたからハイそうですかと引き下がる訳にはいきません。実現に向け不安な点、不満な点があれば条件をすりあわせましょう」

「ならば言ってやる。交易の必要がない、貴様らが気に入らない、以上の二点だ」

取りつく島もない。族長は最初から会話をする気すらなさそうだ。

クラウディアはまだ諦《あきら》めなかった。会話から何か糸口が見付かればと話し続けた。

「しかし族長どの、交易を始めれば村はより豊かになり村人たちの生活も良くなりましょう。連合国の香辛料や質の良い宝石は王国で高く売れるのです」

ふん、と族長は心底軽蔑《けいべつ》したような視線を向けた。

「女が口を開いたかと思えば金の話か、下らん。何でもすぐに金、金と、そうした考え方が連合国を弱くしたのだ、戦士の国を堕落させたのだ。それがあの惨めな講和へと繋《つな》がったのではないか⁉」

自分のみならず先王カサンドロスまで侮辱されたようでグエンの忍耐力は今、表面張力を発揮するグラスのようであった。

大丈夫、まだギリギリ大丈夫だ。グエンは族長と眼を合わせぬように口を開いた。顔を見たらそのまま絞め殺してしまいそうだ。

「族長どの、我らは道中で野盗に襲われました」

「それがどうした、同情でもして欲しいのか？」

「……彼らは皆、自ら望んで賊に堕ちたのではありません。飢餓と貧困により止むに止まれず奪う側へと回ったのです。無論、飢えたからとて無辜《むこ》の民から奪うような真似《まね》は許されません、故にその場で討ち果たしました。しかし、しかしですね！　彼らの無念だけはどうか汲《く》み取って、交易の件をご再考願いたいのですッ！」

グエンに似合わぬ熱弁。まるで死にたくないと言った野盗がグエンの口を借りているかのようであった。これには族長も少しだけ考えるような仕草をした。

「……そやつらは戦って死んだのだな？」

「はい」

「ならば戦士の誇りは守られたな。何の問題もない。奪い、戦い、高め合ってこそ連合国の勇者というものだ」

グエンは脳内でグラスが倒れる音を聞いた。気が付けば敷物を蹴飛ばす勢いで立ち上がり族長を見下ろしていた。

「ふざけるな！　民を飢えさせて何の誇りを語るつもりだ貴様ッ⁉」

家全体が震えるほどの怒号であった。尊大な族長ですら一瞬だけ怯えの表情を浮かべ、自分が怒られた訳でもないのにクラウディアもぶるりと震えてしまった。

最近は村長としての仕事ばかりをしていたが、彼は元々先王カサンドロス付きの騎士である。その牙《きば》はいまだ折れてはいない。

異変を聞きつけ奥から剣を持った戦士が続々と現れた。これはまずい、もう交渉どころではないと判断したクラウディアは、

「失礼しましたぁ……」

と言って、グエンの腕を引いて族長の家を出た。護衛の男たちはグエンの眼光に圧されて動く事は出来なかったようだ

「やってしまいましたなあ……」

クラウディアが呆《あき》れたように言い、グエンが眼を逸《そ》らす。四人は族長の家から少し離れた所で馬車に集まり反省会をしていた。

グエンとしては間違った事を言ったつもりはない。死んでいった者たち、生かさねばならない者たちの為にもあそこで卑屈な笑みを浮かべる訳にはいかなかった。しかしあれが交渉人として正しい振る舞いであったかと言えば、明らかに間違いである。

耐えがたきを耐えて結果のみを求めるというのは為政者一年生のグエンには難しい話であった。クラウディアもグエンの気持ちはよく理解出来たのでそれ以上責める事はしなかった。

「まあ、あのまま話を続けたところで交渉がまとまったとは思えませんからねえ……」

「そうだろう?」

「次の交渉に持ち込めなくなったというだけで」

「あ、はい……」

物別れになった時こそ良い印象を与えておきたい。伝手《つて》を残しておくのは大事だ。とはいえ、今回は平身低頭していれば相手に気に入られたかといえばそんな事はないだろう。クラウディアは頭の片隅で、仕方がないとも感じていた。話し合いで解決するのは大事だが、話し合いで何でも解決

出来ると思うのは間違いだ。

「で、これからどうするよ？」

リカルドがいつもと変わらぬ調子で聞いた。彼の役目は護衛であり、交渉がまとまろうが決裂しようがどうでもよかった。

……俺も少し前までそういう立場だったんだがなあ。

グエンはリカルドの気楽さが憎たらしく、羨《うらや》ましくもあった。

「やるだけやってダメだったんだ。もう諦めて別の儲《もう》け話を探した方がいいんじゃないか？」

ルッツの言葉に、クラウディアは顎《あご》に手を当てて考え込んだ。

これにはグエンが慌てだした。当初は案内のつもりで付いてきたのだが、国全体を富ませる必要性を感じてからは彼が一番の交易推進者となっていた。

「まて、ここまでやって諦めるのか？」

「ここまでやったから、諦めるんですよ」

万策尽きた、これ以上はもう無駄でしかない。クラウディアの眼がそう語っていた。ここが異国であり敵地であるという事もクラウディアの判断を後押しした。

無理を通せば国際問題になるし、また襲われるかもしれない。

戦争が終わったばかりでまだ憎しみが燻《くすぶ》っている状態なのだ。賊ではない善良な倫理観を持った者でも、王国の人間にならば何をしても良いと考えるかもしれない。

……俺たちを見捨てるのか。いや、俺たちが差し伸べられた手を振り払ったのか。

グエンはクラウディアに考え直して欲しかったが、代案と呼べるものは何も思い付かなかった。

そもそも交渉をぶち壊したというか、止めを刺したのは彼自身である。あまり偉そうな事を言える立場ではない。

クラウディアは族長の無礼な態度を思い出し、もう勝手に滅んでしまえと投げやりで他人事の気分であった。

あの偏屈ジジイ《クソ》に比べ、いつもクラウディア様お姉様と慕ってくれる第三王女リスティルのなんと可愛《かわい》らしい事か。彼女には新しい儲け話を用意しよう、そうと決まればもうこんな国に構っている暇はない。

「じゃあ……」

帰ろう、と言いかけるクラウディアをグエンは手で制した。

「待った、待った。そう焦る事もないだろう。少し村を見て回らないか。何か解決のヒントが見つかるかもしれない」

無駄だ、と言いたかったがここまで案内してくれたグエンの顔も立てねばなるまい。それで気が済むのであればと皆も承諾した。

村はどこを見て回っても陰気であり、全体的に活気がない。それでいて警備の兵だけは妙に威勢がいい。心なしか、家畜たちも痩《や》せ細《ほそ》っているようにも見えた。

組織としてあまり健全ではない。グエンの気分はますます沈んでいった。

馬小屋の方から怒声が聞こえる。見ると、首枷《くびかせ》を付けられた奴隷が叱られているようだ。馬糞《まぐそ》掃除に何か不備があったようで小屋の主人らしき男が顔を真っ赤にして怒っている。

奴隷の歳は三十代半ばくらいに見えるが、髪も髭《ひげ》も伸び放題で正確なところはよくわからない。どうやら彼はこの国の者ではないらしい。戦争で捕虜になって、そのまま奴隷にされたというパターンだろうか。

国の為に必死に戦った兵士が奴隷にされる、これを姫様が知れば悲しむだろう。しかしこうした不幸な人間を無条件で受け入れていけば開拓村はすぐに破綻《はたん》する。

ここは見なかった事にしようと眼を逸らすクラウディアであったが、少し遅かったようで向こうに見つかってしまった。

理不尽な怒りを前にしてペコペコと頭を下げていた男が地獄で天使に出会ったかのような顔をして、じゃらじゃらと足の鎖を鳴らしながら駆け寄って来た。

「おい、あんたら王国の人間だな⁉　助けてくれ、俺をここから救い出してくれ！」

彼の歩みは遅く、すぐに牛のような体形の主人に襟首を掴まれ地面に叩《たた》きつけられた。

「人が話している最中に逃げ出すとはいい度胸だ。その汚ねえツラに馬糞を塗りたくってやる」

「や、やめろ！　やめてください！」

奴隷の悲鳴に男は満足げに笑った。当然止めるつもりはない、虐待すればもっといい声で鳴いてくれるからだ。

「おう、何だ。見せもんじゃねえぞ」

牛男が凄《すご》んでみせるが、同胞が痛め付けられるのを見て苛立《いらだ》っていたリカルドが進み出た。

「見せもんじゃねえならお家《うち》でやってろや。天下の往来でみっともなく喚《わめ》きやがって」

「王国のガキは躾《しつけ》もなっていないようだなあ？」

睨《にら》み合う牛男と勇者、勃発《ぼっぱつ》不可避の代理戦争延長戦だ。

「リカルド、刀は抜くなよ」

喧嘩《けんか》が避けられないならせめて殺し合いは止めてくれ、とルッツが忠告した。リカルドはにやりと笑って右肩を回す。

「任せろ、一発で気持ちよくおねんねさせてやるぜ」

「立ったまま寝言ぬかしてんじゃねえぞ！」

丸太のような腕が振るわれ、拳《こぶし》がリカルドの顔面に突き刺さった。首がもげてしまうのでは、と思うほどの強烈な一撃であった。

しかしリカルドは倒れない。拳が当たる瞬間に自ら首を捻《ひね》って勢いを殺していたのだ。まったくのノーダメージとはいかないが、意識を持っていかれずに済んだ。

お返しとばかりにリカルドは拳を固め、男の脇腹に叩き込む。踏み込んだリカルドの足跡がくっきり残るほどの衝撃だ。

「ぐうえ……ッ」

胃液を吐きながら悶絶《もんぜつ》し男は倒れた。

「変わった国だな、二本足の豚がしゃべりやがる」

リカルドは身を捩《よじ》る男を見下ろしながら言った。鼻血が流れたままなのであまり格好はつかなかったが。

リカルド大勝利、真っ先に反応したのは奴隷の男であった。

「よっしゃあ、ざまあみろ！　これで俺は自由だ、自由だ！　ふひひ、こいつにションベンかけちゃおっかなあ⁉」

今までずっと自分を虐げてきた男を見下ろして浮かれる奴隷に、クラウディアが遠慮がちに声をかけた。

「あの、ちょっといいですかね」

「おっと、ちんちん出すところは見ないでくれよ。あんたみたいな美人に見られたままだと興奮しちゃうからな」

「あなたは解放された訳じゃありませんよ」

「……何て？」

一瞬で凍りついたかのように男の動きが股間《こかん》を握ったままピタリと止まる。

「今の喧嘩にあなたの身を賭《か》けていた訳ではありません。あなたは連合国にとっては戦利品みたいなもので、勝手に連れて行ったら窃盗扱いになりますので……」

「何が戦利品だ、一方的に奪われただけだろうが！　ならば奪い返してくれたっていいだろう⁉」

「戦時中ならそれで通ったんでしょうけどねえ」

奴隷の思考に一瞬、空白が出来た。

「……ちょっと待った、戦時中ならって何だ。まさか戦争は終わったのか？」

「半年ほど前に」

「聞いてなぁい！」

がくりと膝《ひざ》から崩れ落ちる奴隷。自分が奴隷として扱われてきた期間は何だったのか。この半年間はまったくの無意味という事なのか。

「ところでその、捕虜交換の話とかは……」

「聞いた事ありませんね」

「おっふ……」

男の顔から血の気が引いていく。国に裏切られた、見捨てられた。自分はずっと奴隷のままだ。一生このまま馬や牛の糞《ふん》をかき集めながら生きていかねばならないのか。国を、故郷を家族を必死に守ろうとした結果がこれなのか。

クラウディアたちは男が哀れで、申し訳なくなってきたが、それでも安易に引き取りますとは言えなかった。人ひとりの人生を背負うというのはそう簡単な事ではない。

のそり、とリカルドに殴り倒された牛男が起き上がった。ボディブローで倒れるのは地獄の苦しみと言われているが、短時間で回復したこの男も相当にタフである。

牛男はリカルドを睨み付ける。まだやるつもりかとリカルドが身構えるが、牛男は急に相好を崩して人懐っこい笑みを浮かべた。

「負けたぜ兄ちゃん、王国の男もなかなかやるもんだな」

リカルドはぎこちないながらも笑って応えた。

「あんたに称賛の言葉は必要ないよな」

指先で鼻先をトントンと叩くと、牛男はガハハと豪快に笑った。お前のパンチでこうなったんだぞ、とは確かに最大の賛辞だ。

奴隷への扱いを見る限りこの男はお世辞にも善人とは言えまい。一方で殴り合って認めた相手には素直に好意を示す。なんとも不思議な男であるが、連合国では珍しいタイプという訳でもないようだ。事実、戸惑っているのは王国組だけであって、グエンはこの光景を平然と見ていた。

「おい、そこで何をしている」

若い女の声に振り向くと、そこには二十五、六くらいの背の高い、銀髪の女がいた。果実がたわわに実る、痩せた土地に似合わぬ豊穣《ほうじょう》の女神だ。

「でっか……」

リカルドが思わず呟《つぶや》き、ルッツに後ろから頭を叩《はた》かれた。気持ちはわかるが本人の前で口にするのは失礼だろう。気持ちはわかるが。

女がじろりと牛男を見ると、男は恐縮して言った。

「実はちょいと、客人と喧嘩をしていまして」

仕事中に喧嘩をしていましたと男は堂々と答え、身分の高そうな女は、

「そうか」

と、何でもない事のように流してしまった。殴り合いの喧嘩など日常茶飯事であり、特に咎《とが》めるような事でもないらしい。

女は切れ長の眼で部下とリカルドを見比べ、口の端を吊《つ》り上《あ》げて言った。

「負けたか」

「良い拳をしております」

負けた方が誇らしげに答えた。こうも真っ直ぐに好意を向けられては、この男を憎むべきか認めるべきか戸惑ってしまうリカルドであった。

「一応聞いておくが、喧嘩の原因は何だ」

本当にどうでもよさそうな口調で女が聞き、リカルドが気まずそうに答えた。

「うちの国の者が奴隷として扱われる事に何というかこう、ムカついちゃいまして……」

「そうか、ならば勝者の権利として持っていくといい。おい、こいつの枷を外してやれ」

「へい」

女の指示に素直に従い、牛男が腰に下げていた鍵《かぎ》で奴隷の首枷、手鎖、足枷を外してやった。

自由だ。状況の変化が飲み込めず、元奴隷は信じられないといった顔で首筋を撫《な》でていた。

「ありがとうございます！　ああ、やはり貴女《あなた》は女神さまだ！　……いや、元はと言えば俺を奴隷にしたのもテメェじゃねえか畜生！」

怒りと喜びを持て余し、元奴隷は頭を抱えていた。なかなかに情緒不安定な人物のようである。

用は済んだと立ち去ろうとする女の背に、

「ちょっと待ってくれ！」

と、グエンが呼び止めた。

「俺は国境際の村でリーダーをやっているグエンという者だ。あんたの名を聞きたい」

グエンの名を聞くと女は珍獣でも見るような顔をした。彼の名は有名だ、主に悪い意味で。しかし目の前にいる男は噂《うわさ》ほど卑怯《ひきょう》者にも臆病《おくびょう》者にも見えず、それが好奇心となって女の顔に浮かんだ。

いずれにせよ先に名乗られたからには無視する訳にもいくまい。

「私の名はメルティ、族長の十三番目の娘だ」

「それは何というか……、お父さん頑張ったな」

「下にまだ妹が三人いるぞ」

「絶倫具合なら間違いなく王様だな。……もうひとつ聞きたい事があるんだが、いいか？」

「意外に図々《ずうずう》しい男だな。まあいい、言ってみろ」

「この村の事をどう思っている？」

メルティの眉《まゆ》がピクリと動く。質問に対してどう反応するのかと、グエンはメルティの顔を覗《のぞ》き込んでいた。

「……質問の意味がわからないな。曖昧《あいまい》に過ぎる」

「村人が飢えるほどに税を搾り取って、自分と側近たちさえ良ければいいという親父《おやじ》についてどう思う、と聞いているのだ」

ふたりの間に緊迫した空気が流れる。よその部族のやり方に口を出すというのはその場で殺されてもおかしくないほどの非礼だ。しかしメルティは怒りを爆発させることもなく、眼を伏せるようにして言った。

「厳しい環境でこそ強い戦士が育つ。それが父の考え方だ」

「そうやって鍛えた兵をどうする、戦争はもう終わったんだぞ。王家や敵対部族の荷馬車を襲うくらいにしか使い道がないだろう。哀れな事だな」

ベシィ、と激しく肉を叩く音が響き渡った。メルティの強烈な平手打ちがグエンの頬に放たれたのだ。

「もう、止《よ》せ」

メルティは悲しげな声で言い、拒絶するように背を向けてその場を去った。

グエンは頬を撫でさすりながらメルティの背を見送った。彼の顔にも、殴られた怒りなどはない。

「クラウディア、しばらくこの村に滞在するぞ」

「……言うと思いましたよ」

クラウディアは半ば呆《あき》れたように言った。仕方がないから付き合ってやる、と。

族長の娘が現状に不満を抱いている。それが現状を打破する切っ掛けになってくれるだろうか。

# 第三章　混沌《こんとん》の剣

サリガリ族の村に宿はない。余所《よそ》から人を受け入れる習慣がないからだ。稀《まれ》に来る旅人などは族長の家に泊まることになっている。他国の話を聞く為《ため》と、監視の為に。

族長に啖呵《たんか》を切って喧嘩別れしたグエンたちは族長の家に泊まる訳にもいかず、比較的大きな家に頼み込んで泊めてもらう事にした。

国内でも有名な卑怯者、元奴隷、王国の商人一行。誰も彼もが面倒事の種であり軽蔑《けいべつ》の対象であったが、金貨一枚を渡すと家主の態度はころりと変わり、食事に酒まで用意してくれた。

飲み慣れぬ酒の味に首を傾《かし》げるクラウディアたちであったがグエンが言うには、

「かなりの上物だ。祭りとか正月にしか出さない物だぞ」

との事であった。これを客に出すというのは心から歓迎している時であって、危害を加えようという気は絶対にない。そう断言してグエンは上機嫌で杯を重ねた。しっかり飲みきるのが上酒を出された時の礼儀だそうだ。

家主の手の平返しについ笑ってしまいそうになったクラウディアだが、すぐに考えを改めた。家主は金貨を受け取った時、何を思ったのだろうかと。

欲に目が眩《くら》んだというよりも、これで家族を食わせてやれると考えたのではないだろうか。戦士ばかりを優遇する貧しい村、予想以上に根が深い問題のようだ。

ずっと首枷《くびかせ》を着けていた部分がよほど気になるのか、首筋を掻《か》きながら元奴隷の男が言った。

「俺の名前はネロスっていうんだ、よろしくな！」

元奴隷、ネロスの声はどこまでも明るい。村の惨状などまったくの無関係である。自分を奴隷として虐げてきた連中だ、滅んでしまえとすら思っていたかもしれない。

「それでネロスさん、あんたこれから行くところはあるのかい？」

ルッツが少し酔いの回った顔で聞いた。

「うむ、自慢じゃないがそんなものはないぞ！」

「自慢じゃないが、というのは自慢する為の前振りじゃなかったのか。本当に自慢になっていないな」

「故郷に家族は居るんだが……」

「それなら帰ればいいじゃないか」

愛妻家であるルッツには当然の疑問であったが、ネロスは暗い笑みを浮かべて首を横に振った。

「出征直前に嫁の浮気が発覚して……」

「あ、はい」

「子供も俺の子じゃないらしくて……」

「ほんとすいません」

ルッツはクラウディアと眼を合わせ、クラウディアは重く頷《うなず》いた。

成り行きとはいえ奴隷を解放してしまったのだ。こうなってはもう、ほったらかしという訳にもいくまい。

喧嘩《けんか》の勝敗を重んじる部族とはいえずいぶんとあっさり奴隷を手放したものだ。ひょっとすると食わせていく余裕がないからそろそろ処分しようか、などと考えていたのかもしれない。

「ネロスさんも帰還兵という事で、姫様にお願いして受け入れてもらうしかないねえ」

「クラウディアの頼みなら姫様も快く引き受けてくれるだろう？」

何も問題はないじゃないかと言うリカルドに、クラウディアは首を横に振ってから答えた。

「……だから辛《つら》いのさ」

開拓村を指揮する第三王女リスティルも資金繰りには苦しんでいる。それでもクラウディアの頼みとあらば無理をしてでも実現しようとするだろう。帰還兵の預け先となれば彼女の他に頼れる者はいない。

「なあ、姫様に預けるってどういうことだい。まさか第二王女の事じゃなかろうな。やめてくれよ、今度は性の奴隷にされちゃう」

ネロスが無意味な心配をしていた。性格の悪さで有名な第二王女にだって選ぶ権利くらいはあるだろう。

「ご心配なく。第三王女リスティル様が行き場のない帰還兵たちを集めた村を作ったので、そこに受け入れてもらおうという話ですよ」

「帰還兵の受け入れ先があるのか⁉　そうかそうか、やっぱり国は俺たちの事を見捨てなかったのだなあ」

満足げに頷くネロスであったが、周囲の冷めた空気に気が付いてなんだか不安になってきた。

「……何だよ、俺は何かおかしな事を言ったか？」

「ネロスさんはおかしくありませんよ。おかしいのは偉い人たちの方で」

「どういうこった？」

「開拓村は国の方針で出来たのではなく、姫様が個人的にやっている事です。立ち上げ時に王家から補助金は出ましたが、後はもうお構いなしですね」

クラウディアは誘拐の件などは省いて、これまでの経緯を説明した。村の設立と資金難、交易の規模を大きくするために連合国に来たのだという事。

話を聞き終えたネロスの顔に失望の色が広がった。

「なんてこった、兵たちが助けられたのは一個人の厚意によってということか……」

国に見捨てられた、用済みの邪魔者だと思われた事に変わりはなかった。

「なあ教えてくれ、どうして王侯貴族は俺たちをそこまで目の敵にするんだ。あいつらの命令で戦争に行かされたんじゃあなかったのかよ」

悲愴《ひそう》感を漂わせるネロスにクラウディアは死刑宣告をするような気持ちで答えた。言いたくはなかったが、言わねば納得はしないだろう。

「兵というのはただ存在するだけでお金がかかるものです。そして戦争をしていなければ使い道はありません。最低限の防備を固めれば、後は自分のお金で養いたくはないというのが本音でしょう」

養うには金がかかる。退役金を与えるにも金がかかる。分け与える田畑にも限りがある。帰還兵全てに生涯年金など与えれば財政は即座に破綻《はたん》する。

全ては金だ、金の問題なのだ。

残酷な話だがクラウディアは貴族たちを一方的に責めるような気にはなれなかった。領地の経営には莫大《ばくだい》な資金が必要で、出来る限り出費を避けたいと思うのはむしろ領主として当然の考え方だ。

戦士ばかりを優遇して庶民の生活を疎《おろそ》かにした場合はどうなるか、その答えがサリガリ族の村ではないか。全体的に貧しくなり、その結果として下級の戦士たちは食えなくなり野盗に身を堕《お》とした。最低の悪循環だ。

「国を守る為に戦えというのはわかる。ならばせめて、人を死地に送り込んだ責任から眼《め》を逸《そ》らして欲しくはなかったな……」

ネロスは俯《うつむ》いて肩を震わせていた。泣いているのかもしれない。皆は声をかけずに黙って酒を飲み続けた。

やがてネロスは顔を上げ、改めてクラウディアに向けて頭を下げた。

「俺をその村に連れていってくれ。食い扶持《ぶち》が増えるのは不本意だろうが、必ず役に立ってみせる」

「わかりました、私からも姫様にお願いしておきましょう」

「かたじけない……」

この男はいつか姫様の忠臣となってくれるかもしれない。そうであれば良いがと願うクラウディアであった。

話がまとまったのを見届けてからグエンが立ち上がった。

「さて、俺はちょいと出掛けてくるぜ」

午後七時過ぎ、辺りはもう暗くなっている。どこの家も食事を終えて寝る準備をしているような時間だ。こんな時間に、と誰もが不思議に思っていた。

「夜這《よば》いですか？」

リカルドのつまらない冗談に顔をしかめるグエンであったが、すぐにニィッと笑って答えた。

「まあ、そんなところだ」

メルティはこの村では有名人のようで、宿泊先の家主に聞くとすぐに住処《すみか》がわかった。日も沈みかけた時刻に族長の娘の居場所を易々《やすやす》と教えるとは金貨の力とは実に偉大であった。あるいは、村人たちの心が族長から離れているのだろうか。

外は薄暗いが歩けぬほどではない。グエンはこぢんまりとした家の前に立ちドアを叩《たた》いた。

「誰だ？」

と、中から女の声。メルティだ。

「今日、あんたに殴られた男さ」

「仕返しにでも来たのか？」

メルティの声はどこか楽しんでいるようでもあった。喧嘩でも決闘でも受けて立つという自信に満《み》ち溢《あふ》れている。

「残念ながらそういう楽しいイベントじゃない。話の続きがしたくってな」

しばしの沈黙。やがてガタガタと閂《かんぬき》を外す音がしてドアが開かれた。

「入れ」

メルティの姿は寝巻きではない、昼間に見た時と同じ服装であった。

グエンは少々残念だなと思うと同時に確信した、彼女は俺が来るのをある程度予想していたのだろうと。

「それで、何が聞きたい？」

居間に通され椅子に座ると、メルティは前置きなしに聞いた。聞きたくないが聞かない訳にはいかない。

グエンは表情を引き締めて言った。

「この村についてどう思う。親父《おやじ》さんの方針ではなく、あんたの意見が聞きたい」

メルティは怒りもせず殴りもせず、憂いを帯びた表情で考え込んだ。松明《たいまつ》に照らされた横顔は妖《あや》しいまでに美しく、グエンの背に寒気が走ったほどだ。

「……お前たちと父が、何を話していたかを聞いた」

メルティは掠《かす》れた声で言った。

「民を飢えさせて誇れるものは何もない、というのは確かにその通りだ。戦士が戦うのは家族を養う為だ、族長が信頼と尊敬を集めるのは民を守るからだ。今はそのどちらからも外れている」

「親父さんを説得して方針を変えさせる事は出来ないのか？」

「無理だな。父は自分の生き方が間違っていたと、そう認める事や他人に指摘される事を極端に恐れているのだ。父にとって会話とは、ただ拒絶するだけの事。お前たちは交易を勧めに来たというが恐らく内容など頭に入っていなかったと思うぞ」

「会話が成り立たないとなると、後はもう頭をすげかえるしかないな」

剣を向けて対峙《たいじ》しているかのような緊迫した空気が流れる。当主を交代させろ、余所者が気軽に口にしてよい言葉ではない。

しかし他に道があるのか。それはメルティ自身が何度も考え、何度も打ち消した結論そのものであった。

「『裏切りの騎士』の名に相応《ふさわ》しい振る舞いだな。私にアルサメス王と同じ事をしろと言うのか」

「ぐっ……」

その名を出されると、辛い。

グエンは今、主《あるじ》を殺した男に仕えている。国の混乱をこれ以上広げない為だ。

先王カサンドロスは次男のアルサメスに暗殺された。死因は病死として、遺体の見せられぬ葬儀を終えてアルサメスは王となった。

主君の仇《かたき》として彼を討てばどうなるか。王家の血筋は年端もいかぬ子供たちだけになり、連合国にある数百の部族をまとめる者はいなくなる。国を守る為にグエンはアルサメスを守る立場にいなければならないのだ。

これは必要な事だ。わかっている、わかってはいるが辛くない訳ではない。何もかも捨てて逃げ出したくなる時もある。

謀反、主殺しをすれば誰も彼もが人生を狂わされる。そうと知りつつ謀反を勧める自分はとんでもない人でなしではないだろうか。

……俺が死んだら神もさぞかし困惑されるだろうな。こいつを何度地獄に落とせばいいのかと。

内心の動揺を鉄面皮の下に隠して、グエンは梟雄《きょうゆう》らしい暗い笑みを浮かべて言った。

「必要だからやる、それだけの事だ」

メルティは何も答えない。目の前の男を信用して良いのかどうか判断がつかないのだ。安易な受け答えは命取りになる。

一方でこの機会を逃せば村はずっと変わらず痩《や》せ衰《おとろ》えていくだろうという思いもあった。故に、メルティは承諾も拒絶も出来ずに動けなかった。

「まあ、そう深刻に考えるなよ。別に後ろからグサリとやれって言っている訳じゃないんだ。ここは戦士の一族だっていう看板出しているんだから、族長の座を賭《か》けて勝負だとか言えば乗ってくれるんじゃないか？」

「……そういった習慣ならば、ある」

「本当にあるのか、そいつは好都合だ」

「年に一度の祭りで直系の者たちは族長に挑む権利が与えられる。そこで勝てば晴れて族長交代だ」

「なんだなんだ、そういう手段があるのか。俺があれこれ気を揉《も》む必要もなかったじゃないか、あほくさ。謀反でも反逆でも親不孝でもない、正々堂々とした方法で当主交代してもらえばいいじゃないか。ところで今まで挑戦した奴《やつ》はいなかったのか？」

「兄三人が殺された」

メルティの冷たく吐き捨てるような言葉に、グエンの思考がピタリと止まった。

「……ちょっと待った、殺されたって？　勝負は木の棒とかじゃなくて真剣なのか？」

「そうだ」

「楽しいお祭りだろう？」

「そうだが？」

「親が子供を殺しちゃったのか？」

「そういう事になるな」

わからない、文化が違う。グエンの思考は再び困惑の極みへと陥った。

「そんな眼で見るな。私だって納得している訳ではない。ただサリガリ族はずっとこうして生きて来たのだ。理解できないからと言って余所者に一方的に非難されるのは不愉快だ」

「そうだな、悪かった。その件で親父さんはどんな反応を？」

「泣いて喜んでいたぞ。流した血が一族を強くするのだと」

余所の文化を無闇に否定するなと言われたばかりなので黙っていたが、親が子を殺して喜ぶ姿というのはグエンには到底理解しがたいものであった。

「親父さんを祭りの場で倒せばいい、シンプルにして最大の問題だな。そんなに強いのか？」

「剣の腕もさることながら、父は魔術付与された聖剣を持っているのだ。これを攻略しない限り勝ち目はない。殺された三人の兄も皆相当な手練れで、純粋な実力で父に劣っていたとも思えぬしな……」

悲壮感を漂わせるメルティであったが、グエンはその話を聞いて逆に笑っていた。ここに突破口がある、と。

「要するに、親父さんの聖剣に対抗できる武器が用意出来れば互角の勝負に持ち込めるって話だよな？」

「気楽に言ってくれるな。いにしえの名工が作り上げた剣に、古代文字が四字も刻まれた国宝級の代物だぞ。どんな剣で対抗するつもりだ、あの『天照《あまてらす》』でも借りて来るつもりか？」

「心配するな、必ずメルティに合った剣を用意してみせる。祭りはいつだ？」

「ちょうど三ヶ月後だが……」

「わかった、三ヶ月後にまた来るぜ。あんたはそれまで皆の生活を支えてやってくれ」

大丈夫。なんとかする。ルッツが。

グエンが勢いよく立ち上がりドアに手をかけたところで、その背にメルティが声をかけた。

「交易を始めればそんなに儲《もう》かるのか？　この村は救われるのだろうか？」

グエンは思案しながらゆっくりと振り向いた。

「ううん、わからん」

「わからないだあ⁉　ここまでやっておきながら⁉」

信じられない、と声を張り上げるメルティにグエンは宥《なだ》めるように言った。

「絶対に儲かる商売なんてある訳がないだろう。むしろそんな事を言われたら詐欺じゃないかと疑うべきだな」

「ならばお前は何の為に交易を勧めているんだ」

「大切なのは選択肢が増えるって事だ。パンで戦えないし、鉄で腹は膨れない。不要な物を売って必要な物を買うという選択が出来る。無論、いつも上手《うま》くいくとは限らないけどな」

そう言ってグエンは灯のない村の闇の中へと消えていった。見えない背を眼で追いながらメルティは呟《つぶや》く。

「私の、選択か……」

父を倒して族長になるなど、いきなりとんでもない話になったものだ。

ならばどうする、逃げるか。族長のところへ行って余所者どもが不埒《ふらち》な事を考えていると告げに行くか。

「……これが私の選択だ」

メルティは薄く笑って戸に閂をかけ、部屋に戻って寝てしまった。

蒸し暑く寝苦しい日々が続くが、今夜は何だかよく眠れそうな気がした。


「グエンさん、そういうのを世間一般の用語で安請け合いと言うのですよ」

「ああ、悪かったよ……」

ルッツが眉間《みけん》に皺《しわ》を寄せ、グエンを叱るという珍しい光景であった。

「しかしなルッツ、こいつはチャンスだ。族長を交代させて交易に参加させる為にはこうするしかなかったんだ。むしろ下手に時間をかけては話が流れる可能性もあっただろう」

「俺が問題にしているのはグエンさんが勝手に剣の作製を引き受けたという事です。安請け合いをして、後になってから職人に『出来るでしょ？』というのは困るんですよ本当に！」

これから何百年経《た》ってもこうした問題はなくならないような気がする。何故《なぜ》なら仕事を取ってくる側にだって都合があるからだ。ルッツは嫌な想像を頭から追い払って話を続けた。

「四字を刻める刀なら簡単に作れるだろうと思われては心外です。毎度毎度、頭を抱えてのたうちまわっているんですよこっちは！」

「でも、出来るだろう？」

「ええ、出来ますとも。やってやりますとも仕方なく。でも、次に安請け合いをしたら手を引きますからねマジで」

「そんな大袈裟《おおげさ》な……」

グエンの言葉はバン、と強く机を叩く音に遮られた。

「俺は今、この世の全ての職人を代表して言っています。納期、予算、技術、職人の都合、そうしたものを無視して仕事を取ってくるな！」

「あ、はい、ごめんなさい……」

歴戦の勇者であるグエンがこの時ばかりは気圧《けお》されてしまっていた。職人たちの恨み、その根は相当に深いようである。

ルッツは大きくため息をついて椅子に座る。ぎしり、と音を立てる椅子が彼の心の重さを代弁しているかのようであった。

「それと、敵が四字の魔剣を持っているというのが問題なんですよ」

「何故だ、ルッツもそれくらいは用意出来るだろう？」

「俺の『白百合《しらゆり》』も、グエンさんの『蓮華《れんげ》』も、リカルドの『椿《つばき》』も全て四字です。四字の魔剣というのはどんな特級呪物《ばけもの》が出てくるかわからないといった世界であって、こちらも四字を持っているから安心という訳ではないのです」

「相性の問題で普通に負ける事もあるか」

ルッツは深く頷《うなず》いた。やはりこうした話になるとグエンは理解が早い。

「四字の魔剣を用意すればいいというだけの話ならグエンさんの刀を貸し出せばそれで済むのですが……」

「勘弁してくれ。騎士に向かって佩刀《はいとう》を貸せというのは、妻を一晩差し出せと言っているようなものだぞ」

「世の中にはそれで興奮する人もいますよ」

「どこの変態だ」

「うちの伯爵です」

「……そうか。うん、そうか」

お前も苦労しているのだな、と優しく眼で語るグエンであった。

「話が逸れましたね。確実に勝つためには族長の持っている魔剣の効果を知っておきたいのです。場合によってはそれに対抗する形で魔術付与をします」

「そうなるとまたメルティに話を聞くしかないな。兄貴が殺された時の事を思い出させてしまうのは不本意であるが……」

「そうした悲劇を繰り返さない為にも、避けては通れないでしょう」

善は急げとふたりは立ち上がり、グエンが先に進んでメルティの家へと案内した。

道中でグエンは思案していた。どうして自分はこうもメルティの心情など気にしているのだろうかと。勝つ為に話を聞く、それを当たり前だと割りきれぬ事が我ながら疑問であった。

「なんだ、また来たのか……」

さっさと入れ、とメルティは男ふたりを家の中へと招き入れた。独身女性の家に男が訪れるのも、族長の娘の所に余所者が訪れるのも、他人に見られればあらぬ誤解を招きそうだ。

「紹介しておこう、こいつが今回あんたの剣を作ってくれる鍛冶屋《かじや》だ」

「刀鍛冶のルッツと申します」

グエンの紹介でルッツが頭を下げる。そんなふたりをメルティは訝《いぶか》しげに見ていた。

「ずいぶんと若いな」

「心配ご無用、こいつはチンポよりも先にハンマーを握って、親父の英才教育を受けて育ったサラブレッドだ。そんじょそこらの職人よりも経験年数じゃずっと上だぜ」

「グエンさん、言い方。言い方が悪い」

メルティの眼はいまだ懐疑的である。あの紹介で安心出来る者などいない。いたら困る。

悪趣味な冗談を外してしまった。仕方がないな、とグエンは腰から刀を鞘《さや》ごと抜いてメルティに差し出した。

「ルッツの作品だ。これを見ても納得いかないというのであれば族長に挑むって話は全て忘れてもらって構わない」

グエンの真剣さに押されるようにメルティは刀を受け取って抜いた。視線が刀身の輝きに吸い込まれピタリと止まる。

「なるほど、これがウェネグの首なき首を切り落とした剣か」

「……そうだ。処刑が避けられぬならばせめて苦痛なく逝かせて差し上げたかった。そのリクエストに見事に応えてくれた刀だ」

処刑された第三王子ウェネグは太りすぎて首と肩の境目がなくなっていた。そんな男の首を切り落とそうにも、普通の斧《おの》や剣では首の途中で止まってしまいウェネグは苦痛でのたうちまわる事になっていただろう。

あるいは、それこそが新王アルサメスの狙いであったかもしれないが、グエンには受け入れられるものではなかった。

主君の息子だ、せめて安らかな死を与えてやりたい。そうした想《おも》いをルッツに告げて出来上がったのがこの刀である。武具作製という点において、グエンはルッツに全幅の信頼を置いていた。

「わかった、信じよう」

メルティは刀を鞘に納め、少し名残惜しそうにグエンに返した。

「族長が持つ魔剣の特徴を教えていただけますか？」

ルッツが身を乗り出して聞いた。今回のように、他の魔術付与された剣に対抗する為に刀を打つなど初めての経験だ。

「私も詳しく知っている訳ではない。父と兄の戦いを遠目に見ただけだが……」

そう断ってからメルティは話し始めた。

「ふたりが対峙《たいじ》してしばらくすると、兄が急にあらぬ方向に剣を振ったり、足下がふらつき始めたのだ。父がそんな無防備な兄を斬って戦いは終わる。三戦とも似たような結果だったな」

厄介だな、とルッツは唸《うな》った。

魔術付与された武器はふたつに分けられる。

切れ味を向上させたものや、傷つけた部分を燃え上がらせるものなど、これはまず相手に刃を当てねばならない。魔剣といえど使い手が悪ければなんの意味もない。

もうひとつは相手を自害させたり、重力で押《お》し潰《つぶ》すなど離れていても効果を発揮するもの。これは多少の実力差など関係なしに一方的に攻撃する事も出来る。

族長の剣は間違いなく後者だ。幻覚でも見せるタイプだろうか。わからない、まだ断定は出来ない。

「他に何か特徴は？」

「そうだな、変わったところと言えば刀身に妙な模様が浮かび上がっていたな」

「模様？」

「何と言えばいいやら、とにかく奇妙な形なのだ。水を張ったタライに色水を流したような、あるいは木目状と言うべきか……」

宙に視線を投げて考えながら答えるメルティ。ルッツの中であるひとつの仮説が浮かび上がった。

木目状の刀身、いにしえの聖剣、王国ではまずお目にかかれない物。ルッツは内心の動揺を隠しながら口を開いた。

「メルティさん、この戦いが終わったら族長の剣を俺に譲っていただけませんか？」

「何だって？」

「その代わり今回作る刀の費用は全てこちらで持ちましょう。いかがですか？」

「ずいぶんと旨い話だな、何を企《たくら》んでいる」

「族長の剣は我々鍛冶屋にとって垂涎《すいぜん》の逸品である可能性が出てきたのです。もっとも、武器作製に関わらぬ人からすれば何の意味もないものですが」

「断ったら？」

「正規の値段で引き受けましょう。金貨五十枚ほどご用意していただきたい」

メルティは思案した。いや、思案する振りをしたと言うべきだろうか。今のサリガリ族に金貨五十枚を用意する余裕などない。選択の余地などないのだ。しかもその金が民の為に使われるのではなく族長の座を争う資金にされるなど論外だ。

……そもそもあの剣は私にとって重要なものだろうか？

否、あれは父を惑わし兄を殺した忌まわしき剣だ。目の届かぬ所に持って行ってもらえるならばむしろ良しと考えるべきかもしれない。

「わかった、くれてやる。祭りの後で私が生きていればの話だがな」

苦笑するメルティにルッツは自信に満ちあふれた笑顔を向けた。

「大丈夫、必ず勝たせてみせますよ」

魔剣の正体が見えてきた、ならば対抗する術《すべ》もあるはずだ。そしてこの話をすれば全面的に協力してくれる男がいる、彼と協力すれば何だって作れる。

それがルッツの自信の根拠であった。


一行はヴァルシャイト王国、ツァンダー伯爵領へと帰って来た。

ただそこで生まれ育ったから住んでいるだけで何の愛着もなかったはずなのに、異国から戻るとなんとも懐かしく思えるものである。

連合国、サリガリ族の村を発《た》ったルッツたちはまずグエンを国境際の村に送り届け、次に王国側の開拓村で元奴隷のネロスを王女リスティルに頼み込んで預かってもらった。

その後、交易を担当するエルデンバーガー侯爵の下へと経過報告に行った。それくらい手紙を出せば済む事ではないかとも思ったのだがクラウディアが言うには、

「姫様の所に寄って、侯爵への報告は手紙で済ませたとなると侯爵家をないがしろにしたという事

になるんだねえ。侯爵が納得したとしても周囲の人間が騒ぎ立てるかもしれないから直接会いに行くのが無難というものだよ」

「姫様の村は通り道だしネロスさんを預かってもらうという用事があったが、侯爵には報告以外の用事は何もないからなあ……」

ルッツが憮然《ぶぜん》として言うと、クラウディアも馬鹿馬鹿しい事は承知の上だと皮肉な笑みを浮かべて答えた。

「時に理不尽なものだよ、貴族の面子《メンツ》に付き合わされるというのは」

確かに、とルッツはこれまでの経験から納得するしかなかった。

面倒な挨拶回り《あいさつまわ》りを終えて伯爵領に戻るとルッツはすぐに付呪術師《ふじゆじゆつし》ゲルハルトの工房へ向かった。

帰ってきましたという報告と、今後について話し合う為だ。

ルッツを工房に招き入れたゲルハルトはひどく渋い顔をしていた。

「たまには老人らしく小言のひとつも言わせてもらうが、最近少し勝手に動き過ぎだな」

あまり他人に興味がなく必要以上に関わろうとしないゲルハルトがそんな事を言い出した。表情を見る限り本人もらしくないとは自覚しているようだ。伯爵から、あいつらを何とかしろとでも言われたのだろうか。

「侯爵への献上品という大仕事を終え、新しい仕事も入っていない。自由に動ける時間はあるだろうよ。しかしな、ルッツどのはツァンダー伯爵家お抱えの鍛冶師なのだ。出かけるなとまでは言わんが、数ヶ月も留守にして姫様やら侯爵やら、挙げ句の果てに連合国の連中とまで誼《よしみ》を通じるのは筋が違う」

ゲルハルトの言葉に反論は出来なかった、まったくもってその通りだとルッツ自身が理解していた。全ては成り行き、成り行きである。

姫様に会いに行ったら金に困っていた。

仕事を得ようと侯爵に会いに行ったら交易が上手くいっていないという。

連合国に行ったら内輪揉《うちわも》めで流通が途切れているという。

なんとか協力者を増やそうとしたら、戦士ばかりを優遇して民の生活をほったらかしにするような男が村を牛耳っている。

問題の根を探して伝っているうちに奥へ奥へと引きずり込まれてしまった。明らかにルッツとクラウディアが対応しなければならないような話ではないし、越権行為に当たるかもしれない。

どこかで打ち切らねばならなかった。そのどこかを見失ってしまって現在に至る。

後から考えれば交易が上手くいかない原因が連合国側にある事を突き止めた時点で引き返し、侯爵に報告して終了というのが妥当であったか。

ならばそれで第三王女リスティルの村は救われるか、答えは否だ。単にクラウディアの責任ではなくなるというだけの話である。ならばやはり、やらねばならない事だったのだろう。

「問題に問題行動を重ねるようで心苦しいのですが、もう一度だけ遠征をやらせてください。今投げ出してしまえば姫様からも侯爵からも、連合国からも信頼を失ってしまいます」

ルッツは深々と頭を下げ、ゲルハルトはフンとつまらなそうに鼻を鳴らした。ここまで引《ひ》っ掻《か》き回しておきながら手を引くのは悪手であるというのは認めざるを得ない。下手をすれば伯爵家にまで飛び火するだろう。

「わかった。だが今回の件が終われば、しばらく大人しくしておれよ」

「ご迷惑をおかけします。それともうひとつご報告が」

「まだ厄介事があるのか？　あまり老人をいじめないでもらいたいものだな」

「いえ、どちらかと言えば土産話で」

こほん、とルッツはわざとらしく咳払《せきばら》いをして話を続けた。

「族長の剣ですが、ダマスカスソードである可能性が出てきました」

「……なんだって？」

ゲルハルトの眼の色が変わった、伯爵の側近から最高の武器を求める職人のものへと。

ダマスカス鋼は『るつぼ鋼』とも呼ばれ、鉄鉱石や木炭、生木の葉などをるつぼに入れて炉で溶かして作る鋼である。その製法は幻と言われ、王国では再現不可能であった。

誰もが耳にしながら誰も見た事がないという伝説の剣である。ルッツもゲルハルトも現物を見た事がなく、実在するならば是非とも見たい。

「族長の娘であるメルティさんは木目状の刀身だと言っていました。遠目に見ただけとはいえ、他の何かと見間違えるようなものでもないかと思います」

「ルッツどのが刀の焼き入れをする時、置き土を工夫して木目状にする事は可能か？」

「……無理でしょうね。やったところで見た目は不自然で汚い物になるでしょう。ダマスカス鋼の特徴的な刃紋はダマスカス鋼でしか出せないかと」

ふぅむ、とゲルハルトは重々しく唸った。叱る老人と謝る若者という関係は、いつしか共犯者へと変わっていた。

「メルティさんが族長との勝負に勝ったら、族長の剣を譲ってくれると話をつけてあります」

「そいつは素晴らしいな。で、わしに何をして欲しい？」

「俺たちが自由に動けるよう伯爵を押さえてください。それともうひとつ、メルティさんを勝たせるための刀を打つ事になったのですが、その魔術付与をお願いしたいのです」

「よかろう、やってやる」

ルッツはメルティから聞いた、族長の剣の特徴について話した。恐らくは幻覚を見せる類いの効果であろう、とルッツとゲルハルトの意見は一致した。

厄介だな、とゲルハルトは白髪頭を撫《な》でながら呟《つぶや》いた。

「ルッツどの、魔術付与の効果は刀の品質や特性に左右される事は知っているな？」

「はい。刀身が美しすぎたからこそ『椿』は魅了《チャーム》の効果がよく乗り、細く軽い刀だからこそ『鬼哭《きこく》刀《とう》』は風の魔法と相性が良かった。そういう事ですね」

「うむ、ならばダマスカスソードはどうだろうか。奇妙に曲がりくねった模様が浮き出た剣に、幻覚の魔法は相性が良いとは思わぬか」

木目のように視界がぐにゃぐにゃと歪《ゆが》み、上下左右の感覚がなくなり立っているのか寝ているのかもわからなくなる剣。そんなものを想像してルッツはぶるりと身を震わせた。無策で挑めば必ず殺される、まさに必殺の剣ではないか。

「三日ほど時間をくれ、どう対応するかを考える。いつもと順序が逆になるが、どんな形の刀を作って欲しいかこちらから指定する事になるが、それでよいか？」

「よろしくお願いします」

ルッツは一礼してゲルハルトの工房を後にした。

人々が行き交う雑踏のなかで彼は闘志を燃やしていた。なんだかんだで今まで強力な魔剣は全てルッツと、ゲルハルトとパトリックの三人で作ってきた。他人の作品にこうまで脅威を覚えるのは初めてだ。

「負けてたまるか、俺たちこそが最高の職人だ」

早く刀を打ちたい、彼の身はそんな気力に満《み》ち溢《あふ》れていた。


春の陽気は身を引いて、うだるような暑さが牙《きば》を剥《む》く。寝苦しい夜であった。

ルッツ工房の三階、ふたりの寝室。闇の中にぼんやりと浮かび上がる白い肌に、珠《たま》のような汗が吹き出て乳房を伝って流れ落ちる。荒く息をつく度に豊かな胸が上下に揺れた。

クラウディアは何も見えない天井を見上げていた。今さらと言えば今さらだが、ルッツの顔を見るのがなんとなく気恥ずかしかった。

「旅から帰った感想としてはありきたりだけど……」

呼吸を整えてからクラウディアが言った。

「やはり家はいいね。とても落ち着くよ」

馬車は持ち主に返した。装飾師パトリックの工房に預けていたロバちゃんも引き取った。全ては元通りだ。新たな刀が出来上がればまた旅にでなければならないが、今だけはこの安らぎに身を委ねていたかった。

「誰に気兼ねする事なく落ち着ける、帰る場所があるのはいいことだな。長い遠征から帰ってそれがよくわかったよ」

ルッツは同意して頷《うなず》いた。

「もう、眠れそうかい？」

連日の蒸し暑さで体調を崩してはいないかと気遣って聞いたのだが、クラウディアはこれを別の意味に解釈した。いや、全てわかった上で誤解する事にしたと言うべきか。

「もう少し疲れたらよく眠れるかもね」

裸体を捩《よじ》らせ、ルッツの上に覆い被《かぶ》さった。豊かな双球が胸の上で潰《つぶ》れて大きく形を変えるダイナミックな光景に、見慣れたはずのルッツも息を飲んだ。いや、この魅惑的な肢体を見慣れる事などこの先ないだろう。

愛する男の身に起きた変化をクラウディアは細い指先で擦《さす》るように確かめ、呆《あき》れと喜悦が混じりあったような笑みを浮かべた。

「ルッツくんは本当に、私の事が好きなんだねえ」

クラウディアは小指で耳元の髪を掻き上げ、唇を重ねて反論を封じた。

一般的に男は女よりも嘘《うそ》が下手だと言われるが、その原因の何割かを担っているのが肉体的な部分だと思われる。


約束の期間から少し延びて五日後、ゲルハルトがルッツ工房を訪れた。

「思案を巡らせた結果、『破幻《はげん》』の魔術を施す事にした」

聞き慣れぬ言葉にルッツは不思議そうな顔をしていた。さもありなん、とゲルハルトは頷き話を続ける。

「聞いた事はなかろうな、わしとてその存在は知っていたが具体的に古代文字をどう並べればよいかわからんといった有り様であった。城内の古文書を読み漁《あさ》ってもわからず、同業者の工房に押し掛けて書庫を荒らし回るというのを三度繰り返してようやく目当ての文献を見つけたくらいだ」

「……ゲルハルトさん、そのうち後ろから刺されませんか」

「いつでも返り討ちにしてやる。というのは半ば冗談で、奴らはわしの飼い主に媚《こび》を売りたがっているからな。今回の件を貸しに出来てラッキー、くらいに思っているさ。まあ、いくつか仕事を優先的に回してやらねばならんだろうがな」

「何と言うか、逞《たくま》しいですね」

「同業者組合《ギルド》という枠組みの中で生きていくというのも、それはそれで大変なものだ」

したり顔で頷いているが、彼は騒ぎを起こした張本人である。

「破幻とは読んで字のごとく幻を打ち破る魔術の事かと思われますが、何故全く使われず失伝に近い形となっていたのでしょうか？」

「そりゃ簡単だ、使い道がないからだな」

「使われない、ではなく使い道がないと？」

ルッツの疑問にゲルハルトはニヤリと笑った。彼は若い連中にものを教えるというのが嫌いではなく、刀鍛冶《かたなかじ》において高い技量を持つルッツに知識で勝っていると確認出来たのにはちょっとした優越感があった。

「幻術を破るためにはまず何が必要か。いじわるクイズの答えみたいになってしまうが、幻術を使ってくる相手だな」

「なるほど、そんな奴はめったにいませんね」

「周囲に幻惑の効果を及ぼすような魔剣を作るとなると、業物《わざもの》と呼ばれるほどの武具と大量の宝石が必要だ。そんな物を持った奴と偶然出会って敵対する可能性とはどれほどだ。その日に備えて破幻の魔術付与をした剣を持ち歩く酔狂者などおるまいよ」

「魔剣が買えるなら普通に汎用《はんよう》性の高い武具を持ち歩きたいですよね。斬れ味の向上とか、重量軽減とか」

「こうした魔術が存在する以上、使われなかった訳ではないのだろうな。今回のように相手が何をしてくるかある程度予想できる決闘のような場面であったと思うが」

　歴史に思いを馳《は》せながらゲルハルトは語った。

「お話はわかりました、魔術付与は破幻でいくとして俺はどんな刀を打てばいいでしょうか？」

「それなのだがな、リクエストが抽象的になって申し訳ないが……」

「構いませんよ、まずは言って下さい。出来るかどうかはそれから考えましょう」

「気合いの入る刀だな」

「気合い、ですか……？」

　長さ重さ形状といった話とは無関係の、本当に抽象的な注文であった。しかしルッツも今さら出来ませんとは言えない。

「幻覚を打ち破るには武器に魔術付与が施されていればそれで済むという単純な話ではない。所有者の強い心が必要なのだ、幻覚になど惑わされぬ強い意志が」

「ええとつまり、強く握ってエイってやれば幻覚がパッと散っていくようなそんなイメージで……」

悩みすぎて語彙《ごい》力が死滅したルッツであったが、ゲルハルトは何とか意味を読み取って肯定した。

多分、合っているはずだ。

「では、よろしく頼む」

ゲルハルトが立ち去った後も、ルッツは座って腕を組んだまま首を捻《ひね》っていた。

「気合いが入る刀って、何……？」


後日、ルッツはパトリックの工房を訪れた。長旅の間ロバちゃんを預かってもらっていたお礼と、刀についての相談と、新たな仕事の依頼について話すためだ。

メルティが決闘に勝利し新たな族長となった場合、今回作る刀が彼女の佩刀となるだろう。新族長の象徴となる刀ならばいつもの黒塗りとはいかず、見栄えにもこだわるべきだ。

「そのメルティさんというのはどんな女性《ひと》ですか？」

相手のイメージに合わせた装飾をしたい、とパトリックが聞いた。

「銀髪ポニテクール女剣士ボンキュッボンです」

口にした後でルッツは、最近パトリックの物言いが移ったかもしれないと後悔していた。そのおかげという訳でもないだろうが、説明はダイレクトに伝わりパトリックは目を輝かせて身を乗り出した。

「いいですねえ！　歳《とし》は？」

「二十代半ばといったところでしょうか」

「たまらん！」

「たまらんですか」

「踏まれたい！」

「そうですか……」

何がパトリックの琴線に触れたのかはわからないが、創作意欲が溢れ出ているようで結構な事だ。

創作意欲、今のルッツにはそれが何よりも羨《うらや》ましい。

「それでパトリックさん、気合いの入る刀についてですが……」

「そんなの、簡単じゃあないですか」

「え？」

あまりにもあっさりと言われてしまい、ルッツは面食らってしまった。

「良い物を作ればいいのです。武具とは所詮《しょせん》、人の心を映す鏡でしかないのですから。村の皆を救いたいというメルティさんの想いを受け止められるだけの上等な刀を打つ、それだけでいいのです」

「下手な小細工は必要ない、と？」

「ですです」

パトリックは笑って頷いた。

今一番気合いが入っているのはメルティ自身だろう。ならばこちらから気合いを入れろと言ったり、気合いを入れる手伝いをする必要などない。

刀が人を導くのではない、信じる道を進む為のパートナーであればいいのだ。

……俺は少し傲慢《ごうまん》であったかもしれない。俺の刀で解決するんじゃない、メルティさんが問題を解決する手伝いをするんだ。それが刀鍛冶の役割ってもんだよ、うん。

ルッツは反省しながらも、どこか清々《すがすが》しいような気分であった。

「ありがとうございますパトリックさん。おかげさまで目が覚めた思いです。どうかこれからも俺を導いて下さい」

大袈裟《おおげさ》なほど深々と頭を下げてからルッツは己の戦場へと帰った。パトリックはその背を、若いなと微笑《ほほえ》ましく思いながら見送った。

「私が導いたら道に迷うって、絶対」

そう呟くパトリックの声には、若き鍛冶屋への好意がこもっていた。

# 第四章　銀糸《ぎんし》姫《き》

時は流れ三ヶ月後。年に一度の祭りが数日後に迫るなか、メルティは族長である父に決闘を申し込んだ。

族長ヴリトラは驚いたというよりも、信じられないほどの馬鹿を見るような眼《め》をしていた。

「メルティ、歳《とし》はいくつになったか？」

「は、今年で二十六になりますが」

族長交代を賭《か》けた決闘の話をしにきたというのに、何故《なぜ》そんな事を聞かれるのかとメルティは少し苛立《いらだ》った声を出した。まともに相手をしていないというのであれば、それは侮辱だ。父といえど許せるものではない。そんな娘の様子にヴリトラは億劫《おっくう》そうに答えた。

「族長の娘がその歳でいまだ独身か。己よりも強いか己と肩を並べる程の男でなければ夫には出来ないという気概を愛《め》でた事もあるが、今にして思えば甘やかしすぎたな」

言いたい事はわからぬでもないが、それは対等の決闘相手に話すような事ではない。メルティの心に激しい怒りと、同じくらい深い哀《かな》しみが湧いてきた。

父にとって決闘とは一方的に相手を殺戮《さつりく》するだけの作業と成り果てたのだ。そして相手に敬意を払う事を忘れてしまった。普段から戦士の誇りと名誉を掲げている男が、戦士としての在り方を捨ててしまった。

今ここに居るのは父ではない。剣の魔力を己の力と勘違いし、族長の地位にしがみつくだけの脱け殻だ。

もはや敬意も礼儀もかなぐり捨ててメルティは半ば喧嘩腰《けんかごし》で言った。

「父上、逃げ口上も大概にしていただきたい」

「逃げるだと？　わしが、貴様からか⁉」

「つまらない話をいつまでもぐだぐだと。決闘を申し込んできた相手に答えるべきはやるかやらぬか、それだけです。そんな事も忘れてしまったのですか？」

母親譲りの美貌《びぼう》できっと睨《にら》み付けるメルティ。ヴリトラにとってメルティの母は三十人近くいる側室のひとりであった。お気に入りだったはずだが、彼女の死と同時に名は失念した。今あの女が墓から這《は》い出てきて自分を責めているように思えてヴリトラは不快であった。

「お前の愚かさを許し、生かしてやろうというわしの心がわからぬか」

「それが余計な真似《まね》だというのです」

「よかろう。王は定期的に民衆の前で虎を殺してみせねばならぬという。わしの力を示しサリガリ族の結束を強める為《ため》にも貴様には死んでもらおう。貴様の兄たちと同じようにな」

「あなたの力ではないでしょう、剣の力です。誰が持っても一緒ですよ」

軽蔑《けいべつ》の言葉を残してメルティはヴリトラに背を向けて族長の屋敷を出た。

「楽に死ねると思うな……ッ」

ヴリトラの顔は怒りで紅潮していた。民衆の前でいかに娘を惨殺してやるか、彼の心を占めていたのはその一点のみであった。

メルティが自宅に戻ると、そこには彼女の協力者たちが揃《そろ》っていた。

王国からはルッツ、クラウディア、リカルド、そして連合国からグエンが駆けつけていた。

「どうだった？」

グエンが聞き、メルティは苦笑を返してみせた。

「無事に喧嘩別れしてきた、というのもおかしな話だが、とにかく決闘の約束は取り付けてきた」

明るく振る舞おうとするものの、彼女の表情はひどく暗い。

「なんとも大人げない言い方をしてしまった。憎まれただろうな。今ごろ私は父の脳内で切り刻まれて血の海に沈んでいるか、あるいは四肢を落とされて野犬にでも犯されているか……」

「止《よ》せ、そんな言い方」

グエンに強く窘《たしな》められ、メルティも、

「そうだな、今のは良くなかった」

と、素直に受け入れた。

「さて、それで父の幻術を打ち破る秘策は用意してくれたのだろうな。これで出来ませんでしたと言われたら私はただの馬鹿だぞ」

「ご心配なく、きっちり仕上げてきましたよ」

ルッツは袋から刀を取り出しメルティに差し出した。メルティは受け取り、まずは拵《こしら》えをじっくりと確かめる。

その鞘《さや》には若い女性の横顔が彫られていた。長い髪が伸びて鞘全体に絡みついているようなデザインだ。

「これは、私か？」

メルティが照れくさそうに聞いた。佩刀《はいとう》の鞘に自分の顔を彫っているなど自己主張が激しすぎると思う一方で、その美しい仕上がりに満足もしていた。

「はい。我が国最高の装飾師にメルティさんのイメージを伝えて作ってもらいました」

「私のイメージか。何と言ったのだ？」

「……凛々《りり》しく美しい、銀髪の剣士だと」

ルッツはメルティの全身にさっと視線を走らせ、パトリックに語った内容が間違いではなかった事を確信するが、答えはあえてぼかしていた。事実である事と、本人の前で語るべきかどうかというのは必ずしもイコールではない。

ルッツの挙動が怪しいとは感じていたが、メルティはそれを些細《ささい》な事だとして次に刀身を鞘から抜いた。

「ほう……」

肉感的な薄紅の唇から感嘆の声が漏れる。メルティは刀を手にするのは初めてであり、その美しさと鋭さにしばし見入っていた。こんなにも素晴らしいものが自分の為に作られたのだと思えば、恋する乙女のように胸が高鳴ってきた。

「これは、凄《すご》いな。名は何というのだ？」

「『銀糸姫』と名付けました」

「……それも、私の為の剣という意味か」

「そうです」

銀色に輝く絹糸のような滑らかな髪をした女剣士の為の刀。鞘の装飾も刀の名も、全てがメルティに捧《ささ》げられたものだ。

「随分とこう、私の物だという事を強調してくれるな。嬉《うれ》しくない訳ではないが」

「メルティさんが戦場で命を預けられる、どんな時でも信頼できるパートナーを、と考えて作り上げました」

いつになく真剣、真摯《しんし》な声でルッツは答えた。決しておふざけやご機嫌取りで作ったのではない、全ては所有者に勝利と栄光を与える為だ。

「どうかその刀を信じて心を強く持って下さい。必ずやあらゆる幻術を排除して、メルティさんに正しい道を示してくれるでしょう」

ルッツが、クラウディアが、グエンが一斉に頼もしい顔で頷《うなず》いた。リカルドだけが少々不満顔であったが、これは王国を発《た》つ前に彼の愛刀『椿《つばき》』で幻術への耐性効果を実験されたからである。

実験の結果、十秒ほど効果を完全無効化されてしまった。それ以降はルッツが着けた精神耐性効果のある腕輪がミシミシと嫌な音を立て始めたので実験は中止された。

『銀糸姫』に魔術付与された破幻の効果は正常に作動している。それはいいのだが、自分がまた無敵の剣士から一歩遠ざかったようで素直に祝福できないリカルドであった。

「ありがとう、お前たちには礼を言いたい」

「礼を言うには早いんじゃないか、まずは勝たないとなあ」

グエンが茶化すように言うが、メルティは静かに首を横に振った。

「その時はまた改めて礼を言う。今は感謝を伝えたい気持ちで一杯だ」

刀を強く胸に抱く女剣士、その微笑《ほほえ》みは慈母のように優しく魅力的であった。


サリガリ祭り開催！

そう景気よく宣言したいところであったが、例年に比べ盛り上がりに欠けていた。

食べ放題であったはずの食事にはひとりにつきいくつと制限がかけられた。とっておきの華やかな衣装は金に換えてしまった家も多く、若い娘たちは地味な格好をしていた。

日々の苦労を忘れて飲めや歌えの大騒ぎとはいかず、祭りの最中だというのに残した仕事を気にしている素振りの者がちらほらと見えた。

観客が盛り上がらぬため、笛や太鼓を鳴らす楽隊も疲れと嫌気が湧いていた。誰も聞いていない、あるいは冷たい視線を投げかけられるだけの演奏ほど辛《つら》いものはない。

どこかよそよそしい空元気のような祭りの中、族長が高台に登り重大発表をした。

「本日の日暮れより、族長の座を賭けて決闘を行う！　対戦相手は我が娘メルティだ！」

民衆の間にざわざわと動揺が広がった。なんとなく噂《うわさ》で聞いたり、朝から篝火《かがりび》の用意がされたりで決闘が行われるのではと予想はしていたが、それがメルティであるとは知らなかった。

彼女は族長の子供たちの中でも比較的民衆に人気がある方だ。恐らくは村の窮状を救うために立ち上がったのだろうが、それも勝てればの話である。

ここ数年の間に三度決闘が行われ、その全てに族長ヴリトラは不可解な形で勝利を収めた。もはや誰もヴリトラには勝てず、彼の圧政を覆す事も出来ないと人々は諦《あきら》めかけていたところに、この決闘宣言がされたのであった。

心配性、あるいは騒ぎ好きの村人数百人がメルティの家に押し掛けて、さらに後からも続々と集まって来た。玄関先で彼らを出迎えたメルティは苦笑を浮かべた。心配してくれるのはありがたいが、こうまで大挙して押し掛けられては対処に困る。

「狼狽《うろた》えるな、君たちも戦士の一族だろう。命のやり取りなど日常茶飯事であるはずだ。私が勝てば族長交代、負ければ死ぬ。ただそれだけの事だ」

「……奴《やつ》らに誑《たぶら》かされたのですか？」

年かさの村人がメルティの肩越しに家の中を覗《のぞ》き込んだ。そこには村人ではない見慣れぬ連中がたむろしている。彼らを見る村人たちの瞳《ひとみ》には憎悪の炎が宿っていた。奴らはメルティ様に余計な事を吹き込んだ余所者《よそもの》だ、と。

「そうだな、私は彼らと出会って夢を見てしまった。決闘がどのような結果に終わったとて、私に後悔はないつもりだ」

メルティの達観したような言葉に民衆は呆気《あっけ》にとられていた。その隙にメルティは年かさの男を押し出して戸を閉めて閂《かんぬき》までかけてしまった。

民衆はまだ何か騒いでいたが、これ以上は死合い前の精神集中の邪魔になると誰かが言い出し、その通りだと周囲の者たちも頷いた。ひとり、またひとり、メルティの家を名残惜しそうに振り返ったりしながら散っていった。

こうした言い方ですぐに納得し受け入れるのは戦士の一族を名乗るサリガリ族ならではといったところだろうか。死地に赴く戦士の邪魔をする事は、野暮であり恥でしかない。

「メルティが負けたら俺たちも奴らに殺されるんじゃないか？」

グエンが半ば冗談、半ば本気といった顔で言った。

「黙って死んでやる義理はない。その時は抵抗させてもらうぜ」

リカルドが腰に差した鞘を指先で撫《な》でながら不敵に笑う。彼の持つ刀の特性上、本当に村ひとつを潰《つぶ》す事すら可能かもしれない。

「やれやれ、責任重大だな……」

メルティは今回の秘策となる刀に語りかけた。数日前に受け取ったばかりだというのに、『銀糸姫』と名付けられた刀はもう十年も一緒に戦ってきた相棒のような気がしていた。


日が暮れて、柵《さく》で囲われた決闘場に篝火が焚《た》かれた。

よほど油を景気よく染み込ませたのか、篝火は天を焦がすような巨大な火柱となっていた。十三本の火柱が照らすは不可思議な模様の浮き出た剣を持つ老剣士。対するは幻想的な刀を持つ銀髪の女剣士。

これから数分後にどちらかが死ぬ。恐らくはメルティが血の海に沈むだろうと民衆は予想していた。強いか弱いかの問題ではない、族長の持つ剣がそうさせるのだ。将来を嘱望されていたメルティの兄たちも為《な》す術《すべ》なく斬られて死んだ。

不謹慎なのでやらないが、賭けでも行われればオッズに酷《ひど》い差が出るだろう。

民衆の眼に浮かぶのは恐れと不安、そしてほんの少しの残酷な期待感。魔人ヴリトラを恐れると同時に美剣士の無惨な死に様が見たいと眼を輝かせていた。

今の時代、処刑は最も身近な娯楽である。処刑される者が美しいからこそ、民衆に対して優しいからこそ、そこに倒錯的な悦《よろこ》びを覚える者が大勢いた。

メルティはちらと民衆の輪に視線を投げた。彼らは目立つのですぐに見つかった。

ルッツが、クラウディアが、リカルドがいる。グエンと目が合い深く頷きあった。彼らだけはメルティの勝利を心から信じていた。

よし、と気合いを入れてメルティは正面へと向き直った。揺れる炎に照らされて父の顔がはっきりと見える。

それは与えられた力を自分のものだと信じ、自分を特別な存在だと思い込み、他人を見下してまわる醜悪な人間の顔であった。

父は昔からこうだった訳ではない。メルティの記憶にあるヴリトラは厳しくも優しく、誇り高い戦士であったはずだ。敵を殺すにせよ味方を斬るにせよ、常に正面から命を懸けて戦っていた。そして死んだ相手にも敬意を払っていた。

あの剣を手に入れてから全てが変わってしまった。自分を特別だと思い込む事、それは人の心を蝕《むしば》む最悪の毒であった。

サリガリ族は豊かな村ではない。それなのにヴリトラはあの剣を手に入れる為に怪しげな行商人に金貨数百枚も支払ったのだ。

当時、側近や側室たちが必死に止めたがヴリトラは彼らの意見を聞き入れず逆に斬り捨ててしまった。その中にメルティの母もいた。ヴリトラは母を斬った事すら忘れていた。

どうしてこうなってしまったのだろうか。わからない。ひとつ確かな事は、懐かしきあの頃には戻れないという事だ。

「父上、あなたを解放して差し上げます」

メルティの哀しげな、絞り出すような声をヴリトラは鼻で笑った。

「ふん、解放するだと？　くだらん戯《ざ》れ言《ごと》を。遺言を考える時間くらいはくれてやったはずだがなあ⁉」

嘲笑《ちょうしょう》するヴリトラがさっと手を振ると、

「死合い開始！」

審判役の宣言と共に、どぉんと大きく太鼓が鳴らされた。

「死ね、メルティ！」

剣を何度か打ち合わせてから、などとは考えずヴリトラはいきなり切っ先をメルティに向けて幻術を発動させた。刀身に刻まれた古代文字が光り輝き、ダマスカスソード特有の木目状の模様の上を光の筋が走る。

メルティの脳髄に強烈な魔力が叩《たた》き込《こ》まれ、刀を構えるメルティの視界がぐにゃりと歪《ゆが》んだ。火柱が蛇のように曲がる、父の姿が斜めであったり横になったりする、民衆の歓声がひどく遠いものに聞こえた。

吐き気がする。今すぐこの場にうずくまって嘔吐《おうと》したい気分であった。

何故決闘が夜に行われるのかをメルティは理解した。天を衝《つ》くほどの強烈な火柱に照らされた決闘場という幻想的な空間を作り出す事で、幻術の効果を高めようという目論見《もくろみ》だ。

兵は詭道《きどう》なり、つまりは騙《だま》し合いだ。それはいい。ならば騙しているとハッキリ言えばいいのだ。

裏で卑怯《ひきよう》な手段を使っておきながら口先では戦士の誇りだ何だと偉そうに語っている、父のそういったところがたまらなく醜く思えてきた。

逆さまになった足がゆっくりと近付いてくる。勝利を確信した凱旋《がいせん》の足取りだ。

ふざけるな。メルティの怒りと闘志は頂点に達した。舐《な》められたままで終わってなるものかと。

ヴリトラが処刑の剣を振り上げる。

「うおおおおおお！」

メルティの口から大気を震わせる咆哮《ほうこう》が放たれた。その気合いに応じるように彼女の相棒『銀糸姫』の刀身が光を放ち、曲がりくねった視界がパッと正常に切り替わった。

火柱は真《ま》っ直《す》ぐ昇り、父は地に足をつけている。吐き気も少しは治まった。

命を刈り取るべく剣が振り下ろされた。しかしメルティはこれを刀で受けて、反撃の横薙《よこな》ぎを振るった。ヴリトラはたたらを踏んで後ろに下がる。何故だ、と驚愕《きようがく》の表情を浮かべていた。

破れかぶれで振った刀がたまたま斬り下ろしを防いだだけか。ヴリトラは警戒しながらじりじりと近づくが、メルティに睨《にら》まれてびくりと肩を震わせ、また大きく距離を取った。

偶然ではない、メルティは幻術を振り払ったのだ。しかし、何故だ。わからない。

ヴリトラの胸中に広がるものは怯《おび》えであった。得体の知れない者を見るような眼を実の娘に向けていた。

「これでようやく対等、正々堂々の戦いが出来ますね」

メルティが一歩踏み出せば同じだけヴリトラが下がる。完全に腰が引けていた。

何故そうも怯えるのか、ただ普通に戦えばいいだけの話ではないか。メルティのヴリトラを見る眼に失望と軽蔑《けいべつ》の色が浮かび上がった。彼はもう、安全地帯を用意してもらわねば戦う事すら出来なくなっているのだ。

「く、来るな、来るな!」

斬る為でなく相手を寄せ付けない為にヴリトラは剣を無茶苦茶に振るう。私を油断させる為の罠《わな》であって欲しいと願いながらメルティは進み、ヴリトラはまた下がる。

ヴリトラはメルティしか見ていない、メルティから逃げる事しか考えられなかった。何度か剣を向けて幻術をかけ直そうとするが、もう何の効果も発揮しなかった。意識を集中しなければ使えぬものなのだろう。

下がる、その背後に大きな篝火があった。ヴリトラの背が組まれた篝火を崩し、燃える薪《たきぎ》が頭上へと落ちた。服が、髪が一気に燃え上がる。

「誰か火を消してくれ! 水、水を!」

剣を手放してのたうちまわるヴリトラ。あまりの光景に彼の側近たちも動く事は出来なかった。後から聞けば呆《あき》れる話だが、これだけ大がかりな篝火を焚いているというのに消火用水などを用意していなかったというのだ。

ヴリトラは火だるまになったまま柵を越えて民衆に襲いかかろうとした。いや、彼は助けを求めているだけなのだろうが、火が付いたまま人混みの中へ入られては大惨事となる。

当然、柵の近くにいた者は逃げようとするが、後ろが詰まって動けない。見物人が多すぎたのだ。

メルティは跳躍し『銀糸姫』を一閃《いっせん》させた。ヴリトラの首が落ち、その切断面から鮮血が噴水のように溢《あふ》れ出た。彼が最期に求めた水が、そこにある。

……どこまでも不愉快な人だ、私に後ろから斬らせるなどと。

うつ伏せに倒れ燃え続ける父の遺体。炎に照らされたメルティの表情は苦渋に満ちていた。

こんな結末を迎えるくらいなら、ずっと大人しく従っているべきだっただろうか？

否、それだけは認められない。

望んだ結果ではないが、選んだ結果である事だけは確かなのだ。

「父上、あなたの死を生涯背負って生きます」

決意と贖罪《しょくざい》の言葉を口にしてからメルティは顔を上げて、兵士たちに命じた。

「何をしている、早く火を消さぬか！」

メルティの叱咤《しった》が飛び、つい先ほどまでヴリトラの部下であった者たちが弾《はじ》かれたように消火と遺体の回収に動き出した。

新族長を称《たた》える歓声はない。こんな状況でおめでとうございますとは言えず、民衆はしんと静まり返っていた。

メルティは周囲をゆっくりと見回してから声も嗄《か》れよとばかりに大声で言った。

「本日よりこの私、メルティがサリガリ族の指導者となる！　皆も疲れたであろう、祭りはこれでおしまいだ！　これからの方針など詳しい話は明日以降に話す、以上だ！」

そう宣言するとメルティはヴリトラのダマスカスソードを拾って自分の家へと歩き出した。

人の群れが割れて道を作る。民衆は口々に族長、メルティ様と呟《つぶや》くが、直接話しかけようとはしなかった。

「よう、お疲れ」

先回りしていたのか、家の前にグエンたちがいた。

彼らの姿を見てようやくメルティは死合いが終わったのだと実感し、強張《こわば》っていた頬を少しだけ弛《ゆる》めた。

「お前たちのおかげで勝つ事が出来た。細かい話は明日からにしてくれ。今日はもう、疲れた」

右手に掴《つか》んでいたダマスカスソードをルッツに押し付けるように渡し、さっさと家に入って鍵《かぎ》をかけてしまった。

「協力者への扱いがちょいと雑じゃねえの？」

リカルドが不満げに言うが、グエンが首を横に振ってそれを否定した。

「休ませてやってくれ、彼女の人生はこれから大きく変化する。独りでゆっくり休む時間、いや……」

グエンは自身の経験を思い出しながら、寂しげな顔をして言葉を紡いだ。

「独りで泣く時間など、もう与えられないだろうからな」

そう言い残してグエンは宿泊先の家へと向かった。リカルドたちは一度顔を見合わせてから、熱気の冷めやらぬ夜道でグエンの背を追った。

「今夜の主役は、私たちではないようだねえ」

クラウディアの呟きに、リカルドは『それなら仕方がないな』と自分でも訳のわからぬ納得をしていた。

メルティは族長の家に住むことになった。

本人の好みとしては狭い家のままでもよかったのだが族長にもなれば人を迎える場面も多く、ある程度の広さは必要であった。

決闘の翌朝、前族長ヴリトラの側近であった者たちを締め上げて聞き出したところ、床下に隠し金があるという。掘り出してメルティは目を見開き、そして呆れ果てた。総額、金貨五百枚。宝石類などもあったのでこれを売《う》り捌《さば》けばさらに増えるだろう。

「……これは、どういう事だ？」

新族長の鋭く光る眼には殺気が込められており、側近たちは震え上がった。つい昨晩に族長殺し、父殺しをやってのけた戦士のひと睨みである。いざ殺すと決めたら遠慮なくやってのけるだろう。

「族長、いや、ヴリトラ様はこれをいざという時の為の蓄えだと……」

「いざという時、とは？」

「戦争が起きた時、武具や食料を買い集める為だと。戦士たちに死ねと命じる以上、存分に戦えるよう準備してやるのが族長の務めであると……」

「そうかそうか、なるほど。戦争に備えていたという訳か」

メルティは笑いながら側近の肩をぽんぽんと叩いた。許された、側近がそう安心した次の瞬間、強烈な右ストレートが顔面に叩き込まれ、椅子やテーブルを巻き込みながらその場に倒れてしまった。他の者たちは驚いて倒れた側近の男を見るが、駆け寄って助け起こそうという気まではないようであった。巻き込まれてはたまったものではない。

怯え、戸惑いながらもすぐに立ち上がったのは流石《さすが》は戦士の一族といったところだろうか。手を揉《も》んでいるだけで族長の側近にまで成り上がった訳ではないらしい。

「民は飢えて明日に何の希望も持てずにいる。戦士が優遇されているといってもそれはごく一部だけの事、つまりは貴様らだけだな。食っていけず野盗に身を堕《お》とす者が続出する始末だ」

メルティはまた側近の肩を軽く叩いた。殴られる前振りかと側近は身構えるが、飛んできたのは鉄拳《てっけん》よりも痛い軽蔑の眼差《まなざ》しであった。

「これが非常事態でなくて何だと言うのだ、ええ？」

「戦への備えは必要です」

「そうだな、必要だ。村が豊かになって守る者がいないとなれば、それは野盗の餌場と何も変わらん。だがな、物事には限度やバランスというものがあるだろう。備えの為に重税を搾り、結果として優秀な戦士を離反させたのでは本末転倒だ」

「ヴリトラ様は、貧しさこそが反骨精神を生み強い戦士を作るのだと……」

「尻《しり》に金貨を敷いて吐く台詞《せりふ》か⁉」

こんなものが、と呻《うめ》きながらメルティは金貨を鷲掴《わしづか》みにした。金に罪がある訳ではないが、それでもこれが人の心を惑わせた元凶のように思えてならなかった。

金貨を見ているうちにあるひとつの考えが浮かび、メルティは悪魔に心臓を掴まれたような息苦しさを覚えた。

「まさか、とは思うが。父上は新たな剣を求めようとしていたのではあるまいな……」

恐る恐る側近たちの顔を見渡した。沈黙、それが何よりも雄弁に答えを表していた。

戦に備えると言いながら税を取り、そして己の剣を購《あがな》う。族長の権威を高めてこそ村の結束が強まるのだ、戦争に必要なものだと適当な事を言う。

窘められても『いや、自分はこれが正しいと思う』などと言って話し合いには応じず強引に事を進める。

最悪の想像がスラスラと流れるように出て来た。戦士ではない、それは政治家のやり方だ。

「何故、父上を止めなかった」

「止めて聞くような人ではないでしょう。それは貴女《あなた》もよくご存じのはずです」

「ああ、そうだったな……」

ダマスカスソードを購入する際、多くの者が反対したがヴリトラに斬られてしまった。その中にはメルティの母もいたのだ。そこまでされてもメルティは暗澹《あんたん》たる気持ちを抱えて諦《あきら》めるだけで、族長に反抗しようとはしなかった。

自分にも出来なかった事なのだ。側近だから命を懸けて諫言《かんげん》して当たり前、などと言って彼らばかりを責める訳にはいかないだろう。

「わかった。お前たちの立場は変わらず、このまま私に仕えてもらおう。異存はないな？」

側近たちの間に驚きと安堵《あんど》の空気が流れる。ずっと村の経営に関わってきて読み書きと簡単な計算も出来る、そんな人材を易々《やすやす》と手放す訳はないだろうとは思っていたが、前族長の手足となって村を貧困に陥れた件について何のお咎《とが》めもなしというのは少々意外でもあった。

無論、メルティとて彼らに対して思うところがない訳ではない。食っていけないから村を捨てたという者たちに対する申し訳なさもある。それでも、村の経営の為にはこれが最善だ。人材配置を好き嫌いだけで決める訳にはいかなかった。

父だけが悪かった訳ではあるまい。

父だけが悪かった事にするのが一番楽だ。

……族長になった途端に私も悪辣《あくらつ》な真似をするものだ。

グエンたちがこのまま村に残って手伝ってくれないだろうか。そんな考えをすぐに打ち消した。

そこまで願うのは甘えというものだ。彼らには彼らの都合があって協力していた、それは最初からわかっていた事だ。

胸の内に湧きあがる痛みと共に、メルティは現実を受け入れようとした。


グエンたちがメルティと面会出来たのは決闘から三日後の事であった。それもかなり無理をして時間を取ってである。

「すまないな、一番の協力者たちをいつまでもほったらかしにして」

メルティは少しだけ疲れたような顔で言った。族長にもなれば考えねばならぬ事、学ばねばならぬ事は多いようだ。

こうなると次世代を育てたり引き継ぎをしたりせず、決闘で次期族長を決めるやり方は非効率的なのではとクラウディアは考えたが、そういった事を押し付けるのは多分失礼なのだろうと黙っていた。

「状況が落ち着いてからで構いませんが、サリガリ族は交易に参加してくださいますね？」

クラウディアが念を押すように聞いた。ここで惚《とぼ》けられてしまっては今までやってきた事の全てが無駄だ。

「無論、約束は守る。私たちも食料を買い取りたいしな。まあ、少々不愉快な類いの金ではあるのだが……」

渋い表情を浮かべるメルティに、グエンが声をかけた。

「もらっておけよ。集めた方法についてはいまさらどうしようもないんだ、正しく使ってやれば親父《おやじ》さんの名誉も少しは回復するんじゃないか」

「知った風な事を言うものだな」

「ま、色々あってな」

グエンは苦笑を浮かべるが、特に詳しく話そうとはしなかった。

別れの時間がやって来た。今から馬車に乗れば日没前にグエンたちの村に着けるはずだ。それじゃあ、と立ち上がったところでリカルドが思い出したように聞いた。

「そういえば、メルティさんが族長になることについて家族から反対とかされなかったんですか？」

「何人か不満そうな顔をした奴はいたがな、来年相手になってやると言ったら黙り込んだ」

「そうでしょうねえ……」

リカルドは眉《まゆ》をひそめて頷《うなず》いた。先日の決闘はあまりにも衝撃的すぎた。お前も火だるまの首なし死体にしてやろうかと言われて応じる者などそうそういないだろう。

「ただひとつ問題視された事がある。族長が独身なのはいかにもまずい。さっさと結婚しろと急《せ》かされてしまってなあ……」

メルティはため息をつきながら首を振った。血を残すというのは族長の大事な仕事である。これが出来なければ一族をまとめられず分裂する危険性すらあるのだ。メルティの兄弟姉妹が不安視するのも当然であった。

「そういえばグエンさん独身ですよね」

「え？」

ルッツの発言に、グエンとメルティが同時に間の抜けた声を出した。

「ちょっとタイム！」

グエンは叫び、ルッツの頭を脇に抱えるようにして族長の家を出た。

「痛いじゃないですか」

ルッツのどこかのんびりとした苦情に取り合わず、グエンは困惑しながら睨《にら》むという少々器用な事をやっていた。

「お前はあのタイミングで何て事を言いやがる。あれじゃあまるで、俺とメルティが、その、けっこ……」

最後のあたりはごにょごにょと言葉にならなかった。

「ええ、そうですね。端から見ていてなんか良い雰囲気だったので結婚したらどうかと提案しました」

「親戚《しんせき》のババアかお前は⁉」

狼狽《うろた》えるグエン、対するルッツは不気味なほどに落ち着いてグエンの姿を眺めていた。こいつは一体何を考えているのかとグエンは不安になってきた。

「たとえばグエンさんがメルティさんの結婚式に参列しているところを思い浮かべてください。あるいはあのムチムチプリンが他の男に組み敷かれている場面を。それで何も感じないというのであれば俺のやっている事はただの勘違いでお節介なのでしょうね」

「……嫌な奴だな、お前は」

気にならないどころか最悪の気分だ。彼女が赤子を抱いて優しく微笑んでいるならば、その隣にいるのは自分でなくてはならない。それをハッキリと自覚した。

「なあルッツ、お前はそんな他人の色恋やら結婚やらに首を突っ込んで来るような奴だったか？」

「らしくない事は認めます。それでも言わねばならないほどグエンさんの立場は危ういのです」

「危うい？」

何の事だ、とグエンは不思議そうな顔をする。

「メルティさんは村の存続を第一に考える人です。一族の結束の為にも族長は結婚しているべきだと言われてしまえば、多少の妥協をしてでも他の男と結婚するかもしれません」

「むう……」

あり得る話だ。メルティは気が強いながらも村の事となるとどこか自己犠牲のような精神を発揮する事がある。

「グエンさん、あなたには危機感が足りない」

まるで予言者のように重々しい口調でルッツは語る。戦場で怯《ひる》んだ事など一度もないグエンが、この時ばかりは気圧《けお》されていた。それほどまでにルッツの言葉は不気味であった。

「次に会った時に楽しくおしゃべりして仲良くなれたらいいな、などと悠長な事を考えている場合ではありません。この機を逃せば次はもう、メルティさんのお腹《なか》が膨れて見知らぬ男が肩に手を回している、なんて事も十分にあり得る訳で。脳が焼かれますよ」

「むむむ……」

「グエンさん、男と女の関係なんて奴はね、タイミングを逃せばぷっつり切れてしまうものなんですよ」

「何だよ、さっきから随分と実感がこもっているな。体験談か？」

言い過ぎた、とルッツは少し後悔するような表情を浮かべていた。言いたい放題しておきながら自分の事は何も語らないという訳にはいかないだろう。

「体験談というか、事なきを得たという話ですが」

「聞かせろよ。お前に言われて結婚しようという訳じゃないが、少し背中を押してくれ」

友の切実な願いである、これを拒む事は出来なかった。

ルッツは一年半ほど前にクラウディアが不良騎士団に捕らえられ、彼女を救う為に金貨百枚相当と評された刀を手放した話をした。ルッツ自身、語っているうちに懐かしさが込み上げてくると共に、傍観していたらと思えば背筋が寒くなった。

「いくつか確認しておきたいのだが……」

グエンは頭の中で聞いた話を整理しながら言った。

「当時、お前とクラウディアは夫婦ではないし付き合ってもいなかったんだよな？」

「手も握っていないですねえ。取引相手の女に、良い尻しているなと劣情を抱いていたくらいで」

「で、お前の立場は伯爵家お抱えどころか城壁外に住むモグリの鍛冶屋《かじや》。つまりは貧乏人だよな」

「グエンさん、はっきり言いすぎです。否定はしませんが」

「おまけに不良騎士どもにくれてやったのが、今リカルドが持っているあの刀か」

「魔術付与はされていませんでしたけどね」

グエンは顎《あご》を撫《な》でながら宙に視線を放った。やはりルッツの行動に理解が及ばない。

「刀を売り払った金で贅沢《ぜいたく》しながら新しい出会いを求めようとか考えなかったのか？　今の安定した環境での金貨百枚と、貧乏人の目の前にぶら下げられた金貨百枚では価値が違うだろう」

「正直なところ、悩みました。騎士団の連中もそこまで酷い事はしないだろう、俺が何かしなくても普通に解放されるかもしれない。そんな事を考えているうちにふと気付いたんですよ。俺は今、金を出したくないけど善人ヅラはしたいって思考に陥っていると」

恥ずべき事です、と呟《つぶや》いてからルッツは続けた。

「そこから冷静に考えましてね。クラウディアが助からなければ俺はきっと後悔するとか、貴族や豪商に知り合いなんかいないから結局刀は売れないだろうとか、騎士団のクソ野郎どもにいい思いをさせるのもムカつくとか、クラウディアを助けたらヤらせろとまでは言わないが尻を撫でまわすくらいは許してくれるかなとか」

「いきなり俗っぽくなったな」

「こんなもんでしょ、男の頭の中身なんて」

「違いない。悩んだ挙げ句にクラウディアを助けたんだ、過程はともかく結果は立派だな」

「どうも」

ここで話題にするつもりはないが、クラウディアともしもあの時見捨てていたらという話をした事がある。無残の一語に尽きる最低の話だった。恐らくはそうなっていただろう事も容易に想像出来た。

あの時、前へ進む勇気を出して本当に良かった。

「長々と恥をさらしましたが要するに俺の言いたいのは、ここぞというタイミングを逃したら一生後悔しますよという事です」

「そうだな。気になる女がわざわざ結婚の話題を振ってきたんだ。ちょいと立候補でもしてみるか」

「いいですねえ、その意気ですよ。受けてくれるかどうかはわかりませんが」

「散々煽《あお》っておいてそういう事を言うな！」

などと言って、ゲラゲラと笑いながらふたりは族長の家へと歩き出した。

「一年前の俺に言ってやりたいね。王国の鍛冶屋に結婚について好き勝手言われるぞ、って」

「信じる信じない以前に、意味がわからないでしょうね」

「まったく、人生何が起こるかわからんなあ」

グエンは頭を掻《か》きながら、少し照れくさそうに呟いた。

「それに比べりゃ俺が女に惚《ほ》れるくらい、別に不思議な事でも何でもないな」


「あいつらは一体、何をしに行ったんだ……？」

メルティは野郎ふたりが慌ただしく出て行ったドアに目をやりながら言った。意味深な台詞を吐いてそのまま行ってしまったのである、メルティとしては気になって仕方がない。

「プロポーズの言葉でも考えているのでしょう」

クラウディアがあまりにもあっさりと言うもので、ある程度の予想と期待をしていたメルティもこれにはぎょっと驚いてしまった。

「それはつまり、グエンが私に結婚を申し込むという事か⁉」

「端から見ていたらお似合いのようでしたので、ルッツくんもグエンさんの背中を押そうと思ったのでしょうねえ。実際のところどうですか、グエンさんにプロポーズされたら受けますか？」

「それはまあ、何と言うか。少しは考えてやってもいいと言うか、やぶさかではないと言うか……」

銀髪が特徴的な凛々《りり》しい女剣士がもじもじとしながら視線を逸《そ》らす様子に、クラウディアは何だか楽しくなってきた。

……メルティちゃん可愛《かわい》いなあ。なるほどルッツくん、こいつは確かにお節介を焼きたくなるねえ。こっちはこっちでフォローしておこうか。

クラウディアは内心でにやりと笑って身を乗り出した。メルティは生真面目で村の未来を第一に考えている。村の為になる、といったワードをちりばめて説得しようかと考えていた。

メルティはグエンに好意を抱いている。ならば彼女が今、欲しているものは何か。それは親族への説得材料ではないだろうか。村に独身の若い男はいくらでもいるのに外から婿を迎え入れる理由は何だと問い詰められた時、はっきりと答えられる利点が必要だ。彼女にも立場がある、好きだの惚れたのだけでは通用しない。

第三王女リスティルに肩入れしている理由もそうだが、クラウディアは懸命に生きている女性が不幸になるのが気に入らなかった。誰も彼もを助ける事など出来ないが、目の前にいる気に入った相手くらいは幸せにしてやりたい。

それはかつて薄暗い地下牢《ちかろう》に閉じ込められ、死と凌辱《りようじよく》を待つばかりであった自分自身を救うような思いでもあった。運命とか巡り合わせといったものに、少しくらい恩返しをしてもいいだろう。

「メルティさん！」

「う、うむ、何だ？」

「グエンさんとの結婚には、サリガリ族全体にとっても大きなメリットがあります」

テンションが上がったクラウディアをメルティは訝《いぶか》しげに見ているが、同時に耳を塞《ふさ》げない状態でもあった。聞かない、という選択肢はない。

「グエンさんは国境際にある帰還兵たちの為の村のリーダーです。彼と縁を繋《つな》ぐという事は、実戦経験のある屈強な兵士二千人が味方になるという事です。この村が他の部族に攻められても即座に撃退出来ます。いや、この同盟を喧伝《けんでん》すればそもそも攻め込もうという馬鹿もいなくなるでしょう」

「なるほど、それは良いな」

戦場で死ねるのならば本望、などと言っていられる立場ではなくなった。族長には民衆を守る義務がある。そうした意味でも頼れる同盟者がいるのはありがたい事だ。

「それとグエンさんには様々なコネクションがあります。王国には私たちのような知り合いがいて、交易にも関わっていて、王様にも……、おっと、連合国の王様ですが。その王様とも深い関わり合いがあります。アルサメス王に好かれているかどうかはわかりませんが」

「それなんだよなあ……」

メルティは深く息をついた。彼女の様子を見る限り、親戚一同はかなり頭が固いようだ。前族長ヴリトラのようなケースは特殊であったが、突然変異というほどではないらしい。

「グエンがこの連合国で何と呼ばれているかは知っているな？」

「裏切りの騎士、と」

「そうだ。そんな不名誉な名を持つ男を一族に迎え入れたいと思う奴はいないだろう。ひとつ疑問なのだがな、私も短いながらグエンと色々話をしてその人柄は理解したつもりだ。何故あいつは先王の仇《かたき》に従っているのだろうか。むしろ真っ先にアルサメスの首を獲《と》りに行きそうなものだが」

「連合国の為だそうです」

「この国の？」

「カサンドロス王が倒れ、アルサメス王まで殺してしまってはこの国の混乱はもう収拾がつかないほど酷くなるでしょう。王国民の私が言うのもなんですが、王国が停戦条約を無視して土地の切り取りに出る可能性は大いにありますね。我々が約定を交わしたのはカサンドロス王であって彼が亡くなったのであれば無効である、とか適当な理由をつけて」

「仲介に入った帝国の面子《メンツ》を潰《つぶ》すことにならないか？」

「その帝国にも声をかければいいんですよ、一緒に連合国を荒らしませんかって。嬉々《きき》として参戦するでしょうね、そういうところ目敏《めざと》い国ですから」

メルティは渋い顔をして頷《うなず》いた。約定を守らせるにも力が必要だ。国が大混乱に陥ればその力すらなくなってしまう。グエンは無政府状態よりも、歪《いびつ》でありながらも秩序ある状態を選んだのだ。

「奴は不忠者でも裏切り者でもない、名誉さえも国に捧《ささ》げたという事か」

「はい。第三王子ウェネグの処刑についても主君の息子を殺した男と陰口を叩《たた》かれていますが、グエンさんは王子を出来るだけ苦しませたくなかったから処刑人に立候補したそうです。鋭い刀を求めてルッツ工房に依頼に来たのが私たちと知り合った経緯という訳ですね」

「……不器用な男だな」

「いかがですか？」

「悪くない、惚れ直したよ」

つい口にしてしまった、といった様子でメルティは慌てて両手と首を同時に振った。本当に、かなり慌てているらしい。

「いやいやいやいや、もちろんアレだぞ、本人の口から詳しい事情を聞かねばなんとも言えん。おい、何をにやにやと笑っている」

言い訳も終わらぬうちに、バンと強くドアが開かれグエンが入ってきた。まるで決闘に向かうかのような真剣な表情だ。後ろからルッツがのんきに歩いてくる。クラウディアと眼が合い、頷き合った。お互い仕上げは上々だ。

どんな言葉が飛び出すかな、と野次馬根性丸出しで見ているルッツとクラウディア。グエンは数十秒ほどじっとメルティの顔を見つめた後で、ようやく口を開いた。

「俺の子供を産んでくれ」

直球過ぎる物言いにルッツは少し引いていた。

……マジかこいつ、プロポーズにしてもちょっと重くないか？

平手打ちのひとつでも飛んでくるのでは、と心配してメルティの方を見るがこれは杞憂《きゆう》であった。

彼女は薄く頬を染め、満足げに頷いて答えた。

「お前と私なら、強い子が出来るだろうな」

ありがとう、と呟きグエンとメルティはしっかりと手を握り合った。

どうするんだよこの空気、とルッツはクラウディアに視線を向けると、彼女はちょいちょいと手招きをしていた。ここから出るぞという意味のようだ。

クラウディアの尻《しり》を見ながら外に出て、しばらくふたりで歩いてからルッツが首を捻《ひね》って呟いた。

「連合国の価値観的には、あれで正しかったのか……？」

「そうなんだろうねえ。強い子供を育てるっていうのはかなり重要なポイントじゃないかな、戦士の国としては。むしろあの場で『俺たち付き合っちゃう？』みたいな事をへらへら笑いながら言ったらそれこそ顔面グーパンものだよ、メルティさんの気性からして」

確かに、とルッツは頷いた。

きっとあのふたりは似たもの同士で、きっと仲良くやっていくだろう。

ルッツとクラウディアは胸の内が温かくなるような気分で並んで歩く。どちらからともなく手に触れて、握り、指を絡め合っていた。


連合国、サリガリ村での事件が解決した後、クラウディアたちは報告の為に第三王女リスティルの開拓村を訪れていた。

「……と、いうわけで。ふたりはいつまでも仲良く暮らしました。めでたしめでたし」

クラウディアはおとぎ話を語るように戯《おど》けて話を締め括《くく》り、聞き終えたリスティルは目を輝かせて何度も頷いていた。

王女の屋敷と呼ぶにはあまりにも粗末で隙間風が入るような小屋だが、それでも人間関係で息が詰まる王宮よりはずっと住み心地が良い。何より今は憧《あこが》れの女性が一緒にいてくれる。リスティルにとっては最高の環境であった。

「おふたりには本当に、幸せになって欲しいですね！」

「え、ええ……、ソウデスネ……」

グエンとメルティ、ふたりの性格からして深く信頼し合うか、性格の不一致からさっさと別れるかの両極端な二択だろうなと思ったが、恋に恋する少女のロマンを否定する事もなかろうと、クラウディアは詳細なコメントは避ける事にした。

「これで交易関係は劇的に改善、とまでは言えませんが、少しずつ良くなっていく事でしょう」

「ありがとうございます、本当にクラウディア様にはお世話になりっぱなしで……」

感謝と申し訳なさを混ぜ合わせたような顔で深く頭を下げるリスティル。クラウディアは立ち上がり、リスティルの隣に移動してその小さな肩を抱き寄せた。

「私が一番幸せになって欲しいと願う相手は貴女です、リスティル様」

「はい、クラウディア様……」

リスティルはクラウディアの身に体重を預け目を閉じた。この時間だけが重責を忘れ、安心できる貴重なひとときであった。

この小さな肩にあまりにも多くの命が乗せられている。人生の過積載だ。ならば支える者はひとりでも多い方がいいだろう。そう改めて決意し、クラウディアはリスティルの黒髪を優しく撫《な》でた。

「凄《すご》い、ああ凄い。くらくらする。ほんと凄い、ああ、ああ……」

装飾師パトリックは剣に浮き上がった模様を眺めては頬を赤らめ息をつき、顔を離して首を振り、また刀を見つめて悶《もだ》えだすという怪しげな行為を繰り返していた。端から見れば禁制品の薬でもやっているのかと勘繰ってしまうが、彼は性癖が特殊である以外は正気である。

その手に掴《つか》んでいるのはルッツが連合国から持ち帰ったダマスカスソードであり、パトリックは複雑な木目状の模様を眺めては脳髄を痺《しび》れさせ、意識の混濁を楽しんでいるのであった。

そんなパトリックの様子を呆《あき》れたように見ながら、自分も後でやろうかなと考えるゲルハルトがいた。

ここはツァンダー伯爵領城内にある付呪《ふじゅ》術師《じゅつし》ゲルハルトの工房であり、いつもの三職人が集まっていた。

ルッツたちは連合国への遠征に一区切り付けて伯爵領に帰って来た。そして約束通りダマスカスソードを持ってゲルハルトたちに見せに来たのである。炉の中でどろどろに溶けた鉄をそのまま剣の形にしたような不思議な武器に、ゲルハルトとパトリックは玩具《おもちゃ》を前にした少年のように目を輝かせていた。

パトリックがなかなか剣を離してくれないので、仕方なく時間潰しの為にゲルハルトはルッツに話しかけた。

「無事に帰って来て何よりだが、あれだけ大騒ぎして成果と言えば村ひとつが交易に参加した事だけか」

「山が震えてネズミがちゅう、って訳ですか」

パトリックが剣から目を離さぬまま話に乗った。

侯爵、お姫様、さらには隣国の騎士まで巻き込んだ。わざわざ新しく刀を打って決闘に肩入れした。そこまでやって取引相手がひとつ増えただけである。パトリックが『大山鳴動してネズミ一匹』と評したくなるのも無理からぬ事であった。

ルッツは苦笑を浮かべながら首を振った。

「村と言っても結構な大きさですからね。王国の男爵クラスと考えてよろしいかと」

「ふうん、そんなものか」

ゲルハルトはいまいちピンと来ないといった顔で呟《つぶや》いた。

「クラウディアが言うには、サリガリ族が交易を始めて村が豊かになるのを見れば、周辺の部族も続々と参加してくれるのでは、と。いわば今回俺たちは発展の種を蒔《ま》いてきた訳です」

今ごろ種を蒔いているのはグエンさんだろうけど、と言いかけて止《や》めた。ゲルハルトもパトリックも、グエンの事はよく知らないだろう。知らない相手の下ネタなど聞かされて楽しいはずがない。すんでのところでネタ滑りを回避したルッツであった。

「で、交易が活発になれば道路工事や護衛の必要性が出て来て姫様の村にも雇用が生まれるという事か。なんとも回りくどい真似をするものだな。しかも確実性がない」

「地域の発展というのは周囲を巻き込んでやるものであり、単独でやるには限度があるらしいですよ。俺にはよくわかりませんが」

サリガリ族の村を出た後もクラウディアは大忙しであった。

連合国側の帰還兵たちの村へ行き、お前らの大将は結婚準備でしばらく帰らないぞと伝え、意味がわからないといった顔をする兵士たちを放って交易所に向かった。

交易所でサリガリ族が参加する事を伝え、国境を越えて第三王女リスティルの村へ、次にエルデンバーガー侯爵領へと行き事の顛末《てんまつ》を説明した。

ようやく本拠地である伯爵領へと戻ったクラウディアはベッドの上に倒れ込み、今は深い眠りについている。

「まあ、交易関係についてはクラウディアさんや偉い人たちに任せておきましょう。我々職人にとって大事なのはダマスカスソードが手に入ったという一点のみです」

ぐふふ、とパトリックは怪しげに笑って言った。

「ついでに、銀髪ポニテクール女剣士ボンキュッボンのメルティちゃんも無事だったようで何よりですよ」

「今はそこに人妻という属性も付いていています」

「たまらん」

唸《うな》って顔を上げるパトリック。その隙をついてゲルハルトはパトリックの手からダマスカスソードを奪い取った。

「ああん」

「ああん、じゃない。いつまでも独り占めしおって、わしにも見せんか」

ふん、と鼻息を吹いてからゲルハルトは不思議な模様の剣をじっと見つめた。意識だけが鋼の迷宮に放り込まれたような妙な気分になってくる。パトリックがトリップしていたのも納得出来る話だ。

「なるほど、こいつは幻術の乗りが良さそうだ。刻まれた古代文字こそ四字だが、実際には五文字以上の効果が出ていたのではないか?」

「破幻の刀を持っていたはずのメルティさんも死合い開始直後に幻術を食らっていたようでした。その後、なんとか気合いで持ち直しましたが」

そうだろうな、とゲルハルトは頷いた。

最初から幻術を食らわないというのが理想であったが、この剣を見ればその考えが甘い事を思い知らされた。こいつは劇物だ。メルティが勝っただけでも良しとするべきだろう。

ゲルハルトにとってメルティ個人の事はどうでもいい。ただ、自分が作った刀を持って負けられるのは不愉快である。

「初手で幻術を決めておきながら負けるとは、こいつの使い手はよほどヘボだったらしいな」

遠慮の欠片《かけら》もないゲルハルトの物言いに、ルッツは曖昧《あいまい》に頷いてみせた。族長ヴリトラを擁護してやれる材料はないし、無理に擁護してやる義理もない。

「剣の性能に頼りきっていたようで」

「獲物を前に舌舐《したな》めずりか、三流だな。得意げな顔をしたければ相手を斬り伏せた後でも出来るだろうに。殺し合いの場に絶望の表情が見たいなどという悪趣味な感情を持ち込むから無様に負けるのだ」

ゲルハルトは剣を構えてにやりと笑った。自分ならば、もっと上手《うま》く使える。

「まったく、この歳になっても学ぶ事は多いな。武具と魔法効果の相性について本格的に研究してみようかい」

ルッツとパトリックが同意するように頷いた。自分たちの作品はまだ高みへ昇る事が出来る、なんとも夢のある話ではないか。

その後、誰がこの剣を持つのかという話になったが、ゲルハルトが買い取って工房に飾り他二名が望めばいつでも見せるという条件で決まった。どうせここがいつものたまり場だ、ルッツたちに異存はなかった。

連合国からの道中で十分にダマスカスソードを堪能したルッツはすぐに帰ったが、パトリックはいつまでも剣から離れようとせず、日が暮れてから尻を蹴飛《けと》ばされて工房を追い出されたのであった。

# 第五章　月下の血化粧

「飲んじゃったぁ、金も無いのに飲んじゃったぁ、とくらぁ」

薄闇に包まれた街、月明かりだけを頼りに男は千鳥足で歩く。その男はツァンダー伯爵領の騎士であった。実力と性根はともかく肩書きだけは騎士である。

酒場でたっぷり浴びるように酒を飲み、ツケにしておけと言って出て来たのだ。それでも男はまだ不満であった。

……こっちは街の平和を守っているんだ。お代は頂けませんと向こうから言い出すのが礼儀ってもんだろう。

街の住民は誰も彼もが騎士団を白い目で見る。人が恐れて避《よ》けていくのを快感だと思っていた時期もあったが、それは単に汚物が落ちているから避けるのと一緒だという事を知ってしまった。犬のクソが落ちていれば誰だって避ける、わざわざ踏みに行くのは勇気でも好意でもあるまい。騎士団に対する評価と扱いとはそんなものだ。

……尊敬が欲しい。俺に対するリスペクトって奴《やつ》が。

払う気のないツケを溜《た》めておきながら騎士は矛盾した考えをしていた。

騎士団とは名ばかりで、その実態は行き場のない下級貴族の掃き溜めである。専用の馬はなく、皆で使い回している有り様だ。伯爵からも信頼されているとは言い難くこの数年の間に叱責以外で呼び出された事は一度もない。

なんとかこの状況を打破したかった。しかし考えても手立てがわからず不安が募るばかりで、酒を飲むか商人を脅して金を巻き上げるくらいしかやる事がなかった。

ふと前方に気配を感じて足を止めると、そこにはフードを目深に被《かぶ》った男が道を塞《ふさ》ぐように立っていた。

「おい、邪魔だ失《う》せろ」

騎士は不機嫌に声をかけるが男に立ち去ろうとする様子はない。それどころか腰の剣を抜いて構えたではないか。

……辻斬《つじぎ》りか？

騎士は一瞬怯《ひる》んだが、酒の力もあってすぐに思い直した。こいつを倒せば手柄になるだろうと。市民も仲間たちも俺を見る目が違ってくるだろう。いや、あのクズどもを仲間と呼ぶ必要すらなくなる。自分ひとりが高位騎士だ。

騎士はにやりと笑って長剣を抜いた。対するフードの男は嘲《あざけ》るように言った。

「家畜の目をしているな」

ただのトロフィーが口を開いて侮辱してきた。騎士はかっとなって剣を振りかぶる。もはや生かして捕らえようという考えは消し飛んでいた。

フードの男から見て騎士の構えは隙だらけであった。罠《わな》か、と疑うことすら馬鹿らしい。酒が入っているからではない、世に不平不満を言うだけでろくに訓練もせず、そのくせ何故《なぜ》か自信だけはある男の構えのなんと滑稽《こっけい》な事だろうか。

男の剣が月の光を反射して、騎士の胴を払い抜けた。

「え……？」

間の抜けた声が騎士の遺言となった。血と臓物が腹から零《こぼ》れ、その場に崩れ落ちてビクビクと震えていた。

男がフードを取る。その顔には目尻《めじり》から頬を通り、口の端まで達する深い刀傷があった。騎士は男を見上げその名を呼ぼうとするが、言葉を発する事は出来なかった。

騎士にはまだ息があるがそんな事は無視して、男は屈《かが》んで騎士の腰から短刀を奪い取った。刀身を月明かりに照らして頬を引きつらせる。多分、笑ったのだろう。

「あの刀には及ばぬが、美しいな」

そう呟くと男は短刀を懐に入れてフードを被り、闇の濃い脇道へと消えて行った。


翌日、ルッツ工房にリカルドが慌てて飛び込んで来た。

「おいルッツ聞いたか？　殺しだ、辻斬りだってよ！」

「知っているよ。死んだのは騎士団のアホだろう？　世の中がほんの少し綺麗《きれい》になったな。いやあ、良かった良かった」

リカルドを迎え入れたルッツは興味なさそうに言うと、鍛冶場《かじば》に座って斧《おの》を研ぎ始めた。彼にとって今重要なのは騎士団の生き死によりも溜まった仕事だ。もっとも、騎士団の命が重要だなどと思ったことは一度もないが。

「冷たい奴だねお前も」

「俺はまだマシな方だ。クラウが聞いたら今夜はご馳走《ちそう》にしようとか言い出しかねないぞ」

ルッツの妻であり優秀な商人であるクラウディアは騎士団に対して恨みと嫌悪感を抱いており、今回の事件を聞けば満面に笑みを浮かべる事だろう。

「今回はたまたま騎士が襲われたってだけで、次は一般市民が犠牲になるかもしれないじゃないか」

「それは確かに気分が良くないな。しかしな、俺が気にしたってどうしようもあるまい。犯人捜しはそれこそ騎士団の仕事だ」

「結局何も出来なくて、俺かお前に犯人を捕まえろって依頼が来るかもな」

リカルドの言葉にルッツは不快げに顔を上げた。騎士団がクソの役にも立たないことは知っているが、かといってそのシワ寄せをこちらに押しつけないでもらいたいものだ。

今まではそれで何とかなってしまっていたから、伯爵はいざとなればあいつらに頼めばいいやと考え騎士団の根本的な改革に乗り出そうとしないのではなかろうか。

まったくもって迷惑な話である。リカルドは伯爵家お抱えの冒険者であり戦う事が仕事だからまだ良いがルッツやゲルハルトはただの職人である。荒事に呼び出されなければならない理由はない。

「そんな事より鍛冶屋としての仕事をさせろよ。依頼に来たんだろう?」

「おっと、そうだった」

リカルドは前から新しい刀の作製を依頼していたが、隣国への遠征などもあって延び延びになっていたのだ。伯爵領に戻って生活も落ち着いたところで、ようやく刀が打てるようになった。

以前、模擬戦の勝敗によって刀の代金を決定しようとしたが、その時は両者共にタンコブだらけになってどちらが勝ったのか客観的な判断が付かなかった。あえて勝者を決めるならば、その後にふたりを並べて説教をしたクラウディアだろう。

隣国への遠征時、リカルドには護衛として付いてきてもらっていた。その護衛料として刀は無料で打つが、装飾や魔法付与などは実費でやれという事で話が付いた。

「どんな刀が欲しいか、リクエストはあるか？」

「それなんだがなあ……」

リカルドはぼりぼりと頭を掻《か》きながら言った。

「実は俺、まだ二刀流を諦《あきら》めていないんだ」

「何だって？」

以前、二刀流は恐ろしく難易度が高いと教えてリカルドも納得したはずだった。その話を蒸し返すとはどういうつもりだろうか。

「ものすごく力が強くて、ものすごく器用でなけりゃ出来ないとは聞いたさ。でも不可能ではないんだろう？」

「そりゃまあ、そうだが……」

出来るはずがないと決めつける事、それは戦いにおいて非常に危険な事であった。常識的に考えれば無理だが、常識を越えた先にいるのが一流の剣士というものだ。

「今すぐどうこうって訳じゃない。少しずつ訓練したいんだ」

「むう……」

「なあルッツ、以前から気になっていたんだが……」

「何だよ？」

「どうしてお前、あんなに二刀流について詳しかったんだ?」

その一言でルッツの動きがピタリと止まる。やはり、とリカルドはあるひとつの確信を得た。

「二刀流を会得しようと修行した事があるな?」

リカルドがにやにやと笑いながら言い、ルッツは観念したように首を振った。

「二刀流を使いこなせた場合の利点について話し忘れていたな。ひとつは手数が増える事、もうひとつは……」

「もうひとつは?」

リカルドはずいと身を乗り出して聞いた。

「すごく格好良い」

わかる、と無駄に身体《からだ》の大きな少年ふたりは頷《うなず》き合った。


ルッツはリカルドを工房から追い出した後で、座り込んで依頼された刀についてじっと考えていた。

依頼内容はいわば、普通の刀である。リカルドが持っている妖刀『椿《つばき》』はその強力すぎる呪いの為《ため》に気軽に使えないのだ。その為、彼は普段から得物を二本持ち歩き、いざという時にだけ『椿』を抜くようにしていた。普段使いの剣もパワーアップしたい、というのがリカルドの要望である。そこまではいい。

問題は彼が、いつか二刀流を会得したいと願っている事である。右手に『椿』、左手に新たな刀を持つことを想定すれば、出来る限り重量は軽くしたい。

一方で彼の職業は冒険者である。敵は人であったり魔物であったり、馬車の護衛をする事もあれば迷宮に潜り込む事もある。細かい手入れをする時間も無く連戦し、使い方も荒っぽくなるだろう。耐久力に不安があってはいけない。

……軽くて、鋭くて、頑丈で、両手持ちと左手持ちをスイッチできる刀か。うん、無理だ。矛盾の塊だよ馬鹿じゃねえのか。

リカルドの奴を追いかけてブン殴りたくなってきた。たまにはこちらから押しかけてやろうかと半ば本気で考えていると、ドアが開いてクラウディアが入って来た。

「ただいまあ」

妙に明るいクラウディアの声で、ルッツはひとまず物騒な考えを捨てる事にした。視線を向けるとクラウディアは食材が一杯入ったカゴを抱えていた。

「どうしたんだ、それ？」

「今日は少し良いことがあってねえ。美味《おい》しいものをいっぱい食べたい気分なんだ」

そう言って機嫌良く尻を振りながら台所へ入って行った。機嫌が良い理由について心当たりはあったが、あえて深くは突っ込まないルッツであった。


テーブルの上に並べられた焼きたての肉料理。熱々のスープ、ふかふかのパン。なんと食後にはデザートとして焼き菓子まで用意しているらしい。

クラウディアは魅力的な笑みを浮かべてルッツのコップにワインを注《つ》いだ。

「そんなに嬉《うれ》しかったかあ……」

眼《め》を丸くして言うルッツに、クラウディアは肩をすくめてみせた。

「他人の死でお祝いするというのが下品な行為だとわかってはいるのだけれどもねえ。どうにもこうにも、胸の内からスカッとさわやかな気分が溢《あふ》れ出して止められなかったんだ」

「そういう気持ちを否定するつもりはないよ。恨まれるような事をした奴らの方が悪い」

「うんうん、そうだろうそうだろう。辻斬り兄貴に感謝状でも贈りたい気分だねえ」

豪快に笑いながら酒杯を重ねるクラウディア。せっかくだからとルッツも食事を楽しむ事にした。

ニンニクを利かせた脂っこい鶏肉《とりにく》にかぶりつく。口内に残った脂をワインで流し込む。このサイクルが実に美味《うま》い。ルッツの食べっぷりが気に入ったのか、クラウディアがほろ酔い顔で何度も頷いていた。

テーブルの上が半分ほど片付いたところで、

「ところで……」

と、クラウディアが疑問を口にした。

「ミスター辻斬りの目的は何だろうねえ。腐れ騎士団の粛清が目的ならば素直に応援できるのだけど、明日になったら一般市民に犠牲者が出ましたなんて事になったら、盛大にお祝いしていたのが気まずくなるよ」

市民に犠牲が出るのかどうか気になるという点で、クラウディアもルッツやリカルドと同意見らしい。目的のわからぬ正義のヒーローなど、ただ不気味な存在でしかなかった。

「金目当てじゃないのか？」

「ルッツくん、辻斬りの気持ちになって考えてみたまえよ。金が欲しいから襲って奪おうという時にわざわざ騎士団の懐を狙うかね。酒場の前で張り込んでいりゃあ、これからスケベマーケットに乗り込もうってご機嫌な商家の旦那《だんな》さんくらい出てくるだろうに」

確かに、と頷いた後でルッツは律儀に辻斬りの気持ちになって考えてみた。

「強い奴と戦いたかった、とか」

「それこそ見当違いだろう。この街に住んでいて、強者と聞いて騎士団を思い浮かべる奴がいたらそれは道化か、よほどのおっちょこちょいだ。まあ道化のネタにしても面白くはないから転職をお勧めするがね」

酒が入っているせいか、いつもの三割増しくらいで毒舌が酷《ひど》いクラウディアであった。普段は優しく礼儀正しい彼女だが、本当に騎士団に対してだけは容赦がない。

「賊に堕《お》ちたのは不本意で、殺しても罪悪感が薄い奴を狙ったとか」

「なるほどなるほど、賢いねえルッツくん！　結婚しよう！」

「もうしているだろう」

「そうだったねえ！　いや、恋は何回したって良いものさ！」

などと言ってクラウディアはゲラゲラと笑い出す。相当に酔っているようだ。飲みきれるはずがないと思っていたワインも残り二割ほどに減っていた。ルッツが飲んだのは三杯ほどで、後は全てクラウディアの仕業である。

「よおし、ここでお姉さんとっておきのネタを出しちゃおうかな！　今回殺されたカワイソーな騎士ちゃんだけど、なんと懐から財布が抜かれていなかったそうだよ。もっとも、中身は銅貨ばかりだったそうだけど」

それはルッツも知らない情報であった。クラウディアは騎士の死を聞いて浮かれるばかりでなく、しっかりと情報収集もしてきたらしい。

「はて、金が目当ての辻斬《つじぎ》りだったら財布を確かめるくらいはするよな。中身が少なかったから戻すなんて律儀な強盗はいないだろう」

「その代わりになくなっていた物もあるんだねえ」

「それは？」

「短刀だよ。短剣じゃなくて短刀だ。この意味はわかるかい？」

クラウディアの頬は相変わらず赤いが、酔いで弛《ゆる》みきった表情ではなく引き締まった真剣な顔をしていた。ルッツもクラウディアの変化に応じるように深く頷いた。

ルッツたちが城壁外でモグリの鍛冶屋として生活していた頃、当座の生活費を得る為に騎士団に短刀を売った事がある。今回奪われたのはその短刀だというのだ。

「犯人は被害者が短刀を持っている事を知っていた。とはいえ、あの馬鹿どもが行く先々で短刀を自慢していた可能性もあるので関係者の犯行とは言い切れないがねえ」

「犯人はこれで目的を達成したのか。あるいは他の短刀持ちの騎士を狙うのか。あるいは……」

そこまで言って口を閉ざした。あるいは短刀を打った鍛冶屋が狙われるかもしれない。話が少々飛躍しているようにも思えるが、くだらないと一笑に付す気にもなれなかった。

「身の回りには気をつけてくれたまえよ。君の身になにかあったら、私は……」

クラウディアの首がガクリと揺れた。どうやらかなり眠いようだ。後の片付けはやっておくよと言って、ルッツはクラウディアを背負い寝室へ向かった。

「ルッツくん、アレやってくれよアレ。んんん、お姫様抱っこ！」

「それで階段を上るのはちょっと難しいな」

「ケチぃ……」

クラウディアをベッドに横たえると、彼女はすぐに寝息を立て始めた。ルッツはクラウディアの安らかな寝顔を見て微笑《ほほえ》み、一階に下りて戸締まりを確認した。

ドアには頑丈な閂《かんぬき》が通してある。窓もしっかり閉じてある。それに窓は人が通れるような大きさではない。確かめるのはあくまで念のためだ。

テーブルの上を片付けようかと階段に足をかけたところでピタリとルッツの動きが止まった。なんとなく気になって引き返し、戸締まりを再度確認した。

閉まっている。当たり前だ。


昨晩の残りのスープと肉を組み合わせ温め直す。ニンニク味の鶏肉ごろごろスープだ、不味《まず》かろうはずがない。ご機嫌な朝食であった。

「うむ、美味い」

ルッツは鶏肉を噛《か》みしめ満足げに頷き、水で薄めたワインを喉《のど》に流す。これくらいならば酔ったりはしない、全身に丁度いい活力が漲《みなぎ》ってくるように感じた。

最高の朝食だ。ひとつ心残りを言えば独りで食べているという事だが、二日酔いで寝込んでいる妻を無理に起こす事もあるまい。彼女にも休息が必要だ。

「お、はよう……」

三階からクラウディアが壁に手をつきながら下りてきた。顔色は悪く、髪はぼさぼさに乱れている。こんな姿のクラウディアを見られるのは自分だけだな、とルッツは好意的に解釈した。

「おはようクラウ。飯は食うかい？　さっき温め直したばかりだからすぐに食えるぞ」

クラウディアはまだ眠そうな視線をちらとテーブルに向けた。

「うん、それなら食べられそうだねえ。あ、いいよいいよルッツくんは座ったままで、よそうくらいなら酔っ払いでも出来るさ」

そう言ってふらふらと一階の台所に下りて、またふらふらと戻ってきた。危なっかしく見えるが意識はハッキリとしているらしい。

「いやあ、飲み過ぎた。みっともない姿を晒《さら》してしまったねえ」

「今日は一日まるまる休んだらどうだ。何か予定がある訳じゃないだろう？」

いくら嬉しい事があって浮かれていたとしても、クラウディアなら大事な予定がある前日に深酒はしないだろうという信頼感があった。

「予定らしい予定はないねえ。強いて言えば、市場を散歩しようかなと考えていたくらいで」

「市場の？　何か買いたい物でもあるのか？」

「いや、本当になんとなく散歩するだけだよ。市場の様子を確かめて活気があるのかとか、どんな物が出回っているのか、何か新しい噂《うわさ》でもないか。そういうのを求めて当てもなくふらふらとね」

「なるほど……」

外に出ているよりも鍛冶場《かじば》に籠《こも》っている時間の方がずっと長いルッツである。街の声に耳を傾けるという事をあまりしてこなかった。クラウディアやリカルドから聞かなければ騎士が襲撃された事件も未《いま》だに知らぬままだっただろう。

「それじゃあ今日は俺が市場を回って来よう。帰りにパンとか買って来るよ」

「そいつはありがたいけどいいのかい？　リカルドさんの依頼が残っているだろう」

ぐっ、と一瞬言葉に詰まるルッツ。しかしクラウディアに隠すような事でもないなとすぐに思い直して苦笑を浮かべて言った。

「正直、どんな刀を打とうかイメージが湧かない。少し外を歩きたい気分なんだ」

そういう事なら、とクラウディアは小さく首を縦に振った。どれだけ腕が良くても芸術家の悩みとは尽きぬものだ。むしろ悩まなくなったらそれは成長が止まったという事なのかもしれない。

同業者組合《ギルド》で親方の地位を守る事しか考えられなくなった人間をクラウディアは何人も見てきた。そうした話に照らし合わせればルッツが悩み苦しむのは必要な事なのだろう。自分が何の手助けもしてやれぬ事だけが口惜しいが。

「うん、気分転換もいいんじゃないかな。それにリカルドさんの依頼に期限はないし彼も切羽詰まっている訳じゃないだろう？」

リカルドが普段使いしている剣は魔物討伐の報酬として伯爵から下賜された物であり、ゲルハルトの作品だ。なまくらであろうはずがない。

ルッツも見せてもらった事があるが、普通に名剣と呼ぶべき物であった。冒険者であれほどの剣を持っている者はなかなかいないだろう。リカルドが刀を求めているのは二本持ち歩くなら刀で揃《そろ》えたいという、本当にちょっとした、言い換えればどうでもいいようなこだわりの為である。棚に並べた本の高さがひとつだけ違うから気になる、といった程度の話と何ら変わりはない。

少しは心労を取り除いてやれただろうかと顔を覗《のぞ》き込むクラウディアに、ルッツは優しく微笑んでみせた。

「そうだな、あいつには少し待ってもらおうか。その分、良い物を打たなきゃならんだろうが」

市場に来るのが久しぶりという訳ではないが、市場を観察するというのは初めてかもしれない。いつもは目的を持って歩き、必要な物を買ってさっさと帰っていたからだ。

物売りたちが威勢良く声を上げる街道をルッツは目的もなくゆっくりと歩いていた。肉屋、八百屋、古着屋、小間物屋などさまざまな店があった。ここに来れば一通りの物は揃うと言われているのも納得だ。パン屋は専門職なので市場に店を出しておらず、少し歩かねばならない。

街道の端まで行くと冒険者向けなのか様々な武具を扱っている店があった。どんな物があるのだろうという興味と、自分が打つ以上の武具などあるはずがない事を確かめてやろうという意地の悪い考えで店を覗いてみた。

「へい、らっしゃい」

ルッツを金に縁のない男と見たか、初老の店主はくたびれた声で出迎えた。引退した冒険者だろうか、剣を振るって生きてきた人間特有の体つきをしており、未来に何の希望も持っていないドブ底のような濁った眼をしていた。

品揃えをざっと見回してルッツはここに来た事を後悔した。想像以上に酷すぎる。

金属製の兜《かぶと》には錆《さび》が浮いている。革鎧《かわよろい》は虫が食って穴が空いたり、カビが生えたりしていた。少し手入れをすれば見栄えも良くなるだろうに、店主はその程度の手間すら惜しんでいるようだ。

……時間の無駄だった。いや、そこで考えを止めちゃあ駄目なんだ。

金のない冒険者たちにとっては必要な店なのだろう。そして金のない冒険者たちはこんな物を着て戦っている。それが現実だ。少し視点を変えるだけでも勉強になるものだとルッツは小さく頷《うなず》いた。

買うのか買わないのかハッキリしろ、と店主が睨《にら》み付ける。店から離れようと足を引いたところで、ひとつの短剣が目にとまった。

それは黒塗りの鞘《さや》、正しくは短剣ではなく短刀だ。

「ご店主、それは……？」

ルッツが短刀を指差すと店主は頬を引きつらせるように笑った。

「おっと兄ちゃん、そいつの価値がわかるか。今朝入荷したばかりの逸品だぜ。こんなクソみてぇな店の中で唯一の本物だ。触るなよ、中身が見たけりゃ俺が抜く」

「中身は見なくてもわかります」

「何だそりゃ？」

「俺が打った短刀です」

へえ、と店主はあまり信じていないような声を出した。

「おめえが作者ならひとつ忠告するがよ、鞘とか柄《つか》に装飾くらいしたらどうだ。中身に比べて見た目が貧相すぎるだろうが」

「むう、ごもっともで……」

「世の中、見た目が全てとは言わねえけどよ、相手に興味をもってもらえる程度の気遣いは必要なんじゃねえの」

まだ装飾師の知り合いなどおらず、いたところで頼む金などなかった時の話だ。言い訳を並べたいところであったが、それは客には何の関係もない事だとルッツは口をつぐんだ。

「そんな事よりこいつの入手ルートは、誰が売りに来たのですか？」

すると店主はルッツに軽蔑《けいべつ》するような眼を向けた。腐臭のする息を大きく吐いて、面倒くさそうに言った。

「言える訳ねえだろ。おめえ、冒険者の仁義ってもんを知らねえのか」

「そいつは殺人犯かもしれないのです」

「俺だって人殺しだ。おめえだってそうじゃないのか」

店主の言葉にルッツは反論できなかった。今までに何人も殺した。それらは全て正当防衛であり信義に反する真似《まね》をした覚えはないが、それも全てルッツの立場からすればの話である。殺された側が認めてくれるとは限らない。

邪魔をした、そう言って立ち去ろうとするルッツの背に声がかけられた。

「騎士だ。何だか知らんが怯《おび》えた眼をしていたな。金が欲しいというより短刀を手放したかっただけかもしれん」

「ご店主、冒険者の仁義はよろしいので？」

「いいんだよ、あいつらは冒険者じゃねえんだから」

そう言って笑う店主に、ルッツは深々と頭を下げた。

数日後、またひとりの騎士が殺された。奪われた物は何もない。

高位騎士ジョセルは困惑していた。

ここはツァンダー伯爵領、騎士団の詰め所である。特に何の期待もせずに騎士殺し事件の捜査はどうなったかと聞きに来たところ、騎士たちは揃って短刀を置き、預かって欲しいと言った。

テーブルの上に短刀が三本。無言で俯《うつむ》く騎士たち。これでは何が何やらわからない。犯人の捜索はどうなったのかという質問に対する答えになっていない。

「……すまない、ええと、順を追って説明してくれないか。この短刀が何だって？」

「ジョセル様に預かって頂きたいのです」

「……何で？」

話が上手《うま》く進まない。ジョセルは段々と苛立《いらだ》ってきて眉間《みけん》に皺《しわ》を寄せた。騎士たちは剣呑《けんのん》な雰囲気を感じ取ったようだが、だからといって何をするという訳でもなくただ顔を見合わせるばかりであった。

「早く言え！　おい貴様、言え！」

ジョセルは短刀を差し出した騎士たちのうちひとりを指差した。名指しされては言い逃れも出来ず、その騎士は渋々といった様子で口を開いた。

他の騎士たちは自分が指名されなかった事にほっと息をついている。そんな態度もジョセルの癇《かん》に障った。

「その短刀を持っていると犯人に狙われるかもしれないからです」

「そりゃ結構な事じゃないか。犯人が向こうから来てくれるならとっ捕まえてやればいい。手間が省けるな」

「なればこそ、ジョセル様に持っていていただきたいと……」

騎士の声が段々と小さくなっていく。何を言われたのかジョセルはしばらく理解できなかった。

そして騎士の言葉を反芻《はんすう》し意味を理解すると、今度は怒りが一気に頭へと駆け上ってきた。

ドカン、とジョセルの拳《こぶし》がテーブルを殴りつけ、三本の短刀が一瞬だけ宙に浮かんだ。騎士を殴らずテーブルに方向転換させたのは咄嗟《とっさ》の判断である。殴っておけば良かったと思わぬでもない。

「自分で戦うのが嫌だから、この私を囮《おとり》にしようという事か⁉」

「いえ、決してそのような。一番強いお方に持っておいていただくのが確実だと判断したまでで」

これでジョセルのご機嫌取りをしたつもりなのだろうが、結果としては火に油を注いだだけであった。

「お前たちは騎士だろう、戦うのが仕事なんだよ！　戦う事すら他人任せにしたらもうお前らは騎士じゃない、飯食ってクソするだけのでくの坊だ！」

「いかなジョセル様といえど、あまりにも酷い物言いでしょう」

「そうか、怒る程度のプライドは残っていたか。そいつは結構だ、素晴らしいよ。で、どうするんだ？　パパに言いつけるか？　それとも名誉を賭《か》けて私と決闘でもするか⁉」

ジョセルの剣幕に騎士たちは何も言い返せなかった。とはいえ、別に反省した訳ではない。どうして自分がこんな目に、と運命を呪っているだけであった。

この馬鹿どもに怒っていても埒《らち》が明かない。ジョセルは一息ついてから彼らを怖がらせないよう出来るだけ優しく語りかけた。

「そもそも、この短刀を持っていたら犯人に狙われるとはどういう事だ？」

テーブルの上から一本拾い上げて抜いてみた。傑作とまでは言えないものの、なかなかに見事な刀身だ。これはルッツの作品だとジョセルも話だけは聞いていた。

騎士のひとりがしばし躊躇《ためら》ってから口を開く。

「……犯人は恐らく、ドナルドです」

「うん、そうか、誰だよ？」

「ジョセル様は刀で自分の顔を傷つけた騎士の事を覚えておられますか？」

忘れるはずもない。それはルッツたちと知り合う切っ掛けにもなった全ての始まりの事件だ。まだ魔術付与を施す前の『椿』に頬ずりをして顔を盛大に切った馬鹿野郎がいた。その騒ぎを聞きつけたジョセルが『椿』を回収して付呪《ふじゅじゅつ》術師《し》ゲルハルトに差し出したのだ。

「傷の治療を終えてしばらくは詰め所にも顔を出していたのですが、一ヶ月もすると奴は失踪《しっそう》しました」

そんな報告は受けていないぞとジョセルは不機嫌な顔をするが、今はそんな事を話している場合ではない。ジョセルは顎《あご》をしゃくって先を促した。

「奴がつい数日前、ふらりと詰め所に戻って来たのです。そして俺たち……、というか、短刀を持った五人に向かって言ったのです。お前らにその短刀は相応《ふさわ》しくない、寄越《よこ》せと」

「それはまた随分といきなりだな……」

「聞くところ奴は失踪している間ずっと山ごもりの修行をしたり、魔物退治をして日銭を稼いでいたそうです。ギラギラと光る眼はとても正気とは思えませんでした」

お前ら役立たずに比べればかなりマシだなと言いたいジョセルであったが、さすがに殺人の容疑がかかっている者を褒めるわけにもいかず黙って頷いた。

「短刀を寄越せという要求は当然、断りました。その日は大人しく帰ったのですが、数日後にひとり、またひとりと殺されて……」

「ふたりとも短刀の所有者だったという訳か」

偶然の一言で片付けるには不気味な話であった。魔剣との出会いは人の運命を大きく変える。それは良い方向にだけ変わるとは限らない。

元騎士のドナルドという男が妖刀『椿』に斬られた事でどう変わったのかは知らないが、騎士団の馬鹿どもの手に負えない可能性が出てきた。全員勝手に死んでしまえと言いたいがジョセルも高位騎士という立場上、彼らに対する監督責任がある。

そしてもうひとつの懸念はドナルドの目的がわからないという事だ。短刀を回収すれば気が済むのか。それとも次は名刀を求めるのか。

標的はルッツか、ゲルハルトか、あるいは伯爵か。そうした危険性が出てきた以上、高位騎士として看過は出来ない。

ルッツの作品を持っているという点では、ジョセルだって他人事《ひとごと》ではないのだ。

「わかった、この短刀はもらっていくぞ」

そう言って三本の短刀を回収するジョセルに、騎士は遠慮がちに言った。

「……あの、お貸しするだけですよ。この一件が終われば返して下さいね」

本日何度目かもわからぬ怒りの波がジョセルを襲う。自分たちが狙われたくないからという理由でジョセルに押しつけようというのに、恩着せがましく貸してやるとはどういう事だ。

ジョセルは短刀を抜き払い、ドンとテーブルに突き立てた。酒と涎《よだれ》の染みこんだ異臭のするテーブルに穴が空く。これで刃が欠けないのはさすがルッツの作品といったところか。

「選べ。短刀を諦《あきら》めるか、自分でドナルドと戦うか……ッ！」

ドスの利いた声に騎士たちは何も言えなかった。ただ引き抜かれる短刀を未練がましくチラチラと見るだけで、良いとも悪いとも言わなかった。

……ドナルドの奴はひとつだけ良い事を言った。奴らはこの短刀の所有者《マスター》として相応しくない。

チッ、と大きく舌打ちをしてジョセルは騎士団の詰め所を後にした。情報は集まったが最悪の気分だ。腰の剣を抜かなかった己の忍耐力を褒めてやりたい。

ジョセルの佩刀《はいとう》『ナイトキラー』が、この不良騎士たちを仮想敵として作られたと知ったら、彼はどう思ったであろうか。


珍しくジョセルがルッツの工房を訪れた。

「どうもお久しぶりです、ジョセルさん。剣の点検ですか？」

「ん？　ああ、頼めるか」

身内の恥を晒《さら》す事を躊躇い、ついジョセルもそう答えてしまった。

ジョセルは腰から『ナイトキラー』を鞘ごと引き抜きルッツに渡した。ルッツは窓を狭めて入る光の量を調節してから刀身をじっくりと確かめる。

錆なし、欠けなし、弛《たる》みなし。ジョセルはこの剣を大切に使い、よく手入れもしているようだ。

納品した時と何ら変わらぬ見事な物である。

「何ら問題はありませんね。せっかくだから刀油だけ交換しておきましょうか」

ルッツはナイトキラーから古い油を拭《ぬぐ》い取って新しい油を丁寧に塗布した。その間ずっとジョセルは鍛冶場《かじば》を落ち着きなく見回していた。

「それで、何か用があったのではないですか？」

剣の受け渡しをしながら世間話でもするようにルッツが言うと、ジョセルはぎょっと驚いた表情を浮かべた。

「何故、そう思う」

「剣に何の異常もない、なさすぎるんですよね。だからつい最近無茶な使い方をしたとかじゃないでしょう。整備点検に来た訳じゃない、それでいて言い出しにくいような話がある、そうじゃないですか？」

心中を見透かされたようでなんとなく気恥ずかしかったが、逆にもう隠す必要もないと諦めてジョセルはふっと息をついた。

「その通りだ。情けない話だが、いつもの騎士団がらみだ」

「そいつは良かった。これで見当違いな意見だったら俺はただの痛い人ですからね」

「ま、聞いてくれ」

ジョセルは少し疲れたような顔で先日騎士団の詰め所で仕入れた話をした。

自ら顔面を切ったドナルドという男が失踪し、最近また戻って来た。そして短刀を持つ騎士たちと口論になりまた去っていった。それから数日後に短刀を持つ騎士がふたり立て続けに殺されたという話だ。

「ああ、それで……」

「何か知っているのか？」

今度はルッツが市場で聞いた話をした。ある騎士が慌てて短刀を売りに来たのだと。

「むう……」

情報の擦り合わせが終わると、ジョセルは腕を組んで唸《うな》った。

「殺された奴はその時点で短刀を持っていなかったのか。つまり犯人は相手が短刀を持っているかどうか確かめてから襲ったのではなく、そいつが短刀の持ち主だと知っていたから襲ったのだな」

「つまり犯人は顔見知りと」

「やはりドナルドなのか……」

「しかしそうなるとわからないのが、ミスタードナルドが何をしたいのか。つまりは動機ですね」

ジョセルは黙って頷《うなず》いた。犯人の目星がついたというのに、まだどこか霧の中に居るような不安を感じるのは『何故か』という点がまったく見えてこないからだ。

金ではない。恨みという訳でもなさそうだ。ならば彼は一体何がしたいのだろう。ジョセルもルッツも、自分たちが狙われる可能性があるのかないのかわからず手を引く事が出来ない状態であった。

「ジョセルさん、ドナルドが一度詰め所に戻った時の口論の内容ですが、短刀が奴らに相応しくないと言ったのですね？」

「あいつらの耳か頭が腐っていない限りはそうだろうな。まあ、こんな事で嘘《うそ》をついたりもしないだろう」

「短刀三本をジョセルさんが持っていると知れば、ドナルドはこれ以上の犯行を止《や》めるのでしょうか？」

そうなのだろうか。計算は合っているがそれが答えだとは思えないような違和感を覚えた。ならば前提となる方程式自体が間違っているのだろう。

「奴が拘《こだわ》っているのは五本の短刀だけではないように思えるな。ルッツどのの作品全てか、あるいはこの世の聖剣名刀全てに対してか」

「無関係、俺は知らねえいち抜けた、……って訳にはいかないみたいですね」

「往生際が悪いぞ」

そう言ってジョセルは首を振った。騎士団のごたごたにルッツを巻き込んでしまう事が心苦しくもあったが、今さら無関係とはいえまい。

「いずれにせよ奴は捕縛せねばなるまい。犯行を重ねるにせよ止めるにせよ、奴は騎士殺しの重要参考人だ。動機ならば本人の口から聞けば良い」

立ち上がり、ドアに手をかけたところでふと足を止めた。

「……なあ、ルッツどの。私は『ナイトキラー』の所有者として相応しいだろうか？」

「王女誘拐犯を相手に暴れ回ったのを忘れたんですか。あれを見て相応しくないと言う奴がいたら頭がどうかしていますよ。貴方《あなた》には実績があります」

当たり前だ、というルッツの答えにジョセルは薄く笑った。

「何ですか、ひょっとして不安だったんですか？」

「自信はある。それはそれとして製作者に褒められれば嬉《うれ》しいものさ」

軽く手を振りながらジョセルは出て行った。戦友の去ったドアをぼんやりと見ながらルッツは大きく息をついた。

「相応しいだの相応しくないだのと、みんな深く考えすぎなんだ。剣は道具だ、剣が人を選ぶんじゃなくて、人が剣を選ぶんだよ」

どちらが主で、どちらが従か。そこを見誤って傲慢《ごうまん》になった時、鍛冶師としての自分は死を迎えるだろう。孤独な鍛冶場でルッツはもう一度、暗い声で呟《つぶや》いた。

「相応しいだの相応しくないだのと……」


ジョセルが工房から去った後でルッツは市場に足を向けた。冒険者向けの武具を売る店の店主に忠告するためだ。

あの短刀を持っていれば狙われるかもしれない。隠すか手放すかしたらどうだと言うと、初老の店主は歯がいくつも抜けた口をにぃっと開いて笑ってみせた。

「いいじゃねえか、面白い。返り討ちに出来れば良し、戦って殺されるも良しだ。燻《くすぶ》ったまま死ぬよりずっとマシだ」

ルッツは止めろとは言えなかった。この人は戦士なのだ。安易に否定するのは彼の矜持《プライド》に傷を付ける事になるかもしれない。

「余計な真似でしたか、ご店主」

「いや、心構えが出来ているかいないかじゃ違うだろ。ありがとよ、兄ちゃん。わざわざそんな事を言いに来てくれたのかい」

「短刀を売った客について教えてもらいましたから」

「律儀なこった」

ふぇふぇ、と店主が空気の抜けるような笑いを漏らす。ルッツも釣られて微笑みを浮かべた。

しかしそんな穏やかな時間も長くは続かなかった。ルッツは背中にチリチリと強い視線を感じた。

店主の顔から笑みが消え、眼は鋭く細められた。

「兄ちゃんに客みてえだな。おっと、振り返るなよ」

「野郎にモテても嬉しくありませんね。どんな奴ですか？」

「フードを目深に被った野郎だ。顔はわからん」

「十分です、ありがとうございます」

「じゃあな、生きていたらまた来いよ」

さっさと行け、と店主が手をひらひらと振る。別れを告げてルッツは店を離れた。背に突き刺さる視線、敵の気配はまだ続いている。

人混みの中で狙われる事はないだろう。ルッツは背後に意識を向けながら市場を抜けて職人街へと向かった。

目的地はそれなりの広さがある資材置き場、そこで決着を付けるつもりだ。

背後の気配は一定の間隔を開けてずっと付いてきていた。それは人通りの多い市場を抜けても変わらず、いきなり後ろからグサリとやるつもりはなさそうだ。

……男に尻《しり》をじろじろと見られる気分が少しはわかったよ。

心の中で妻に詫《わ》びながらルッツは職人街へと入る。ここは見慣れぬ人間が入り込めばすぐにわかる。フードを目深に被った怪しい男ならばなおさらだ。

それでも男は付いてくる。尾行がバレている事など承知の上のようだ。

資材置き場とは名ばかりの不要品置き場。そこへ辿《たど》り着《つ》くとルッツは足を止めゆっくりと振り返った。男に動揺の様子はない。

「いい加減、男の尻なんか見飽きただろう。そろそろ本題に入ろうか」

ルッツは背負っていた斧《おの》を引き抜いて構えた。しかし男は剣を抜かず、代わりにフードを取って顔を見せた。

頬に大きな刀傷がある。どこかで見たような気がしたが思い出せなかった。クラウディアを救い出す為に騎士団の詰め所に乗り込んだのがもう一年半以上も前の事だ、なんとなくという以上の感想は出て来なかった。

男が剣に手をかけた、と思いきや鞘《さや》ごと抜いて脇に置きルッツに向けて跪《ひざまず》いた。

「……うん？」

「ようやくお目にかかれました、我が神よ！」

「……うん？」

命を狙われていると身構えていたら、実は信者で自分は神だった。状況を整理してもやはりまったく意味がわからない。ルッツを油断させる為の罠《わな》だと言われた方がまだ納得出来るのだが、彼が飛びかかってくる様子もなかった。

「ええと、状況を整理しよう。あんたドナルドさん……、だよね？」

「おお、私ごときの名をご存じでしたか！」

男がパッと顔を上げた。その頬は朱《あか》に染まり、眼は熱くうるんでいる。恋をしているか感動しているかの表情だ。ならばせめて後者であって欲しい。

「あ、そう、うん。やっぱりドナルドさんかい。それで、俺の事を他の誰かと間違えちゃいないか？」

「現代に降り立ったヘパイストスの化身、超刀工ルッツ様であらせられますね⁉」

「名前しか合ってねえよ……」

ドナルドはルッツを炎と鍛冶の神と同列に扱ったが、ルッツは自分が神であるとまで自惚《うぬぼ》れた事は一度もない。自信作が出来上がった時にひょっとして大陸一かも、と勘違いをする程度である。そしてそれが勘違いである事も弁《わきま》えていた。ヘパイストスの化身などと、笑い話を通り越して不気味であった。

目の前に居るのは凶悪な連続殺人犯である。しかし自分に危害を加えるつもりではなさそうだと、ルッツはとりあえず話を聞く態勢に入った。無論、斧を手放したりはしなかったが。

「ええと、聞きたい事が山ほどあるんだがいいだろうか？」

「はい。一晩中でも、一週間ぶっ続けでも！」

「十分か二十分くらいでいいよ。それで、何故俺の事を神だと？　それとドナルドさんの身に何があったんだ？」

よくぞ聞いてくれました、とドナルドは深く頷いた。安易に危険な扉を開いてしまったのでは、とルッツは後悔するがもう遅い。

「はい、話はルッツ様が女商人を救いに来た時まで遡《さかのぼ》ります」

「クラウディアな」

あれだけの事をしておいて名前も覚えていないのかよ、とルッツは不機嫌そうに言った。ドナルドはしまった、と後悔しながら頭を下げた。

「……クラウディア様を救う対価として刀を置いていかれた後、私はその刀の美しさに魅入られ自らの顔を傷つけました」

恨まれるならばともかく、崇《あが》められる理由がまだ見えてこない。ルッツは軽く頷いて話の先を促した。

「顔から信じられないほどの血が吹き出しました。意識が薄れていくのに痛みだけは鮮明に感じるという不思議な体験の中で私は悟ったのです。これこそ本物の武具であると！」

ドナルドの表情は恍惚《こうこつ》としてますます熱が籠《こも》ってきた。

「そう思えば顔の痛みも甘い愛撫《あいぶ》のように感じられました。あの刀に比べれば我々が腰に差している剣など剣にあらず、ただ尖《とが》っているだけの鉄の棒です！　あんなにも素晴らしい刀を作れる貴方様が神でなくてなんでありましょうや⁉」

妖刀『椿』は魔術付与する前からその魔力の片鱗《へんりん》を見せていたようだ。あるいは、この変態の血を浴びたからとんでもない魔剣になってしまったのだろうか。魔術の事など何もわからぬルッツにはそれ以上の推測は出来なかった。

「顔の傷も癒え、詰め所に戻ると私の見る目は一変しておりました。同僚の騎士どものなんと醜い事か！　何の実力もない、努力もしない、親の力で騎士となり、ただ市民を虐げるだけの存在。何の根拠もない自信を持って、評価されないのはおかしいと昼間から安酒を飲みながら愚痴を言い合うだけのコミュニティ！　醜い、そしてあまりにも愚か！　しばらく耐えはしたものの、私も同じ目で見られているのかと思えば我慢ならず詰め所を飛び出してしまいました」

「それで、山ごもりをしたり魔物退治をしたりして腕を上げたって訳か」

ルッツが自分の境遇を知ってくれていた事がよほど嬉しかったのか、まるで喜ぶ犬の尻尾《しっぽ》のようにドナルドは激しく首を縦に振った。余計な事を言ってしまったとルッツは少し後悔した。関わりたくないと思いつつ首を突っ込んでしまうのは我ながら悪い癖だと反省もしていた。多分、治りはしないだろうが。

「修行を終えて私は街に戻ってきました。迷惑だろうが家族に生存報告くらいはしようと思ったからです。その前につい余計な事をしてしまいました。古巣を覗《のぞ》いてみよう、と」

ドナルドの表情が少しだけ曇る。恥を晒《さら》すようですが、と呟いて話を続けた。

「何の成長もない奴らがいました。そして以前、自慢話として聞かされていたルッツ様の短刀が奴らの腰にこれ見よがしに下げられているのを見ると頭に血が上ってしまったのです。貴様らにその短刀を下げる資格はない、相応しくないと」

「それで、夜道でバッサリ殺してしまったのか」

ピクリ、とドナルドの肩が震えた。しかし彼は否定せず、やがて神に告白するような厳粛な声で、

「……はい」

と、答えた。

動機はわかった。わかったが理解は出来なかった。伯爵領の騎士どもがクズ揃《ぞろ》いだというのも、奴らにあの短刀はもったいないというのもわかるが、だから殺そうというのは話が飛躍しすぎてい

る。口論をしたり不愉快に感じる事はあっても普通の人間ならばそこで理性のブレーキがかかり、おしまいだ。何もしない。

「最後にもうひとつ、俺の後をつけてきたのはただ挨拶《あいさつ》がしたかった訳じゃないだろう?」

「はい、あの刀がどうなったか伺いたく。高位騎士に没収されたというところまでは聞いたのですが、その後はどうなったのでしょうか?」

「あの刀は魔術付与されて、とんでもない妖刀に仕上がった。それで所有者《マスター》として相応しい男の手に渡ったよ」

「相応しい男に、ですか」

「ああ、そこは俺が保証する」

ドナルドは寂しげに笑った。ずっと恋い焦がれていた刀だが、それを自分が手にする事は出来ないだろうという自覚はあった。ならばせめて相応しい男の手に渡った事を喜ぶべきだろう。それは微《かす》かな痛みを伴う、祝福の笑みであった。

「その男の名は聞かない方が良さそうですね。恐らく嫉妬《しっと》の眼を向けてしまう」

「もう忘れろ。終わった恋さ」

刀に対して恋とはおかしな表現だが、ドナルドの胸にルッツの言葉はスッと染み入った。

「では、これで失礼します。またお声がけしてもよろしいでしょうか?」

「他に誰も居ない所だったらな」

ドナルドは深々と頭を下げてから剣を拾って背を向けた。彼が他にも何か言いたげであったのは気付いていたが、ルッツはあえて何も言わなかった。

自分の為に刀を打って欲しい、その言葉を発するのをドナルドは必死に耐えていた。騎士団とルッツ、クラウディアの間にあった事を思えば気軽に頼めるはずもない。もっともっと修行を重ねて立派な男になった時に改めて依頼しようという決意を胸に刻んで、騎士であった、そして騎士を捨てた男は立ち去った。

憎むべきか、認めるべきかわからない。複雑な表情でドナルドの背を見送ったルッツがやがて、

「あ……」

と、間の抜けた声を出した。

連続殺人犯を逃してしまったのだ。おかしな奴との対話を終えて、今度はジョセルに何と説明しようかと悩むルッツであった。

# 第六章　それは舞い散る桜のように

二度と会う事はないだろう、会いたくもない。そう思っていた変態との再会は意外に早かった。ルッツは相変わらず二刀流に相応《ふさわ》しい刀のビジョンが見えず、この日も工房近くの資材置場で刀を振るっていた。右に一本、左手に一本、二刀流である。

刀は重く、両手持ちのように自由自在には動かせなかった。

左右の刀を同時に振るうにしても互いの長さが邪魔になり衝突させてしまうことも何度かあった。そうならない為《ため》には右、左と行儀よく順番に振るう必要がある。

ぎこちない動きの、ただの的だ。

夏の暑さも少しずつ薄れてきた季節だというのに、ルッツの全身に汗が滲《にじ》んでいた。ここまでやって何も見えて来ない。

もう依頼主であるリカルドに、二刀流は止《や》めておけと忠告するのが一番の解決策であるように思えてきた。

……冗談じゃない、俺が未熟である言い訳を偉そうに。

おためごかし、という言葉が脳裏に浮かんだ。それは愛する妻や亡き父に誇れる行いだろうか。尊敬する職人たちに胸を張って言える行為だろうか。否、断じて否である。出来ませんでしたとリカルドに土下座した方がまだマシだ。

もう一度やってみようと構え直した時、背後に人の気配があった。

「おお、我が神よ！　またお会い出来ましたな！」

「……ドナルドさんかい」

振り返らなくてもわかる。こんなトンチキな物言いをする奴《やつ》はドナルド以外にいない。いてたまるものか。

ルッツは刀を下ろして振り向いた。同時にドナルドが深く被《かぶ》っていたフードを取る。彼は大きな刀傷のある顔に満面の笑みを浮かべていた。

「その、我が神って呼び方は止めてくれよ。他人に見られたらおかしい奴だと思われる」

「ご迷惑とあらば。では、ルッツ様とお呼びしても？」

「まあ、それくらいなら……」

それも止めて欲しかったが、何故《なぜ》ダメなのかを説明するのも面倒くさくなってルッツは妥協した。

「それは二刀流の鍛錬ですか？」

「ん？　まあ、そうだな……」

両手にぶら下げた刀を見られてルッツはなんとなく気恥ずかしくなってきた。まるで悪戯《いたずら》がバレた子供のような気分だ。

……いっそこの男に相談してみようか。

伯爵領の不良騎士になら相談などしないが、目の前にいる男は山に籠って修行するような気合いの入った男だ。藁《わら》にもすがるような思いで意見を聞いてみる事にした。

「実は今、二刀流で扱いやすい刀を依頼されていてな……」

「それならば左手に持つ刀はもっと短くしてみては？」

やはりそうなるよな、とルッツは大きく息をついた。しかしそうもいかない事情がある。

「普段は両手で持って、いざという時に二刀流にスイッチしたいんだとさ」

「どこの馬鹿野郎ですか、ルッツ様をそのように悩ませるのは」

ドナルドは眉根《まゆね》に深い皺《しわ》を刻んで忌々しげに言った。ルッツは自分の頬を指先でツツッとなぞってみせた。

「そいつの持ち主」

「あの美しい刀で二刀流と！　なんと贅沢《ぜいたく》な。いや、しかし……ッ」

「夢があるだろう？」

「まさしく」

ドナルドは同意するように深く頷《うなず》いた。こいつは山の中でロマンという奴を拾ってきたのだろうか、二刀流に対して理解を示してくれた。

ルッツの脳内でドナルドに対する好感度が少し上がったが、同時に深く関わってはいけないという警戒心も湧き上がった。

「そういう事であれば……」

ドナルドは顎《あご》の無精髭《ぶしょうひげ》を弄《いじ》りながら考え込み、口を開いた。

「二刀流が可能かどうかなど考えずともよろしいのでは？」

「え？」

今まで悩んでいた事をバッサリと捨てられてしまった。何故か、とルッツは重ねて問う。

「二刀流とは刀本来の用途から外れた、いわば邪道の剣です。それが出来るかどうかまで鍛冶師《かじし》が責任を負うような事ではないでしょう。二刀流を会得出来ようが出来まいが本人次第です」

「身も蓋《ふた》もないこと言うなあ……」

「むしろ、無理に相手のリクエストに応じようとしても中途半端な物が出来上がるだけでは？」

「ぐっ……」

図星である。ルッツが悩んでいるのは正にそこであった。単に扱いやすいだけの刀を作るならいつでもいくらでも出来るが、どうもそこに魅力を感じないのだ。

尊敬する鍛冶師が落ち込む様子を見て、ドナルドはしまったという顔をした。どうも自分には相手の気持ちを考えず口を滑らせる悪癖があるらしい。そしてそれは騎士団に所属していた頃から引きずったものと思えば自己嫌悪が湧いてきた。

「申し訳ありません、我がか……、いや、ルッツ様。調子に乗って言い過ぎました。職人でもないのに勝手な事をべらべらと」

「いやいや、確かにドナルドさんは職人じゃあないが、刀を扱う側の人間だろう。ならばその意見が無意味とか無責任であるはずがない。参考にさせてもらうよ」

この反応はドナルドにとって少々意外であった。職人、特に名工と呼ばれるような人種はもっと頑固で偏屈なものではないのか。あるいはこの柔軟な姿勢こそが彼を名工たらしめているのかもしれない。

「僭越《せんえつ》ながら、求めるべきは刀同士の相性ではないかと。相性が良ければ自然と二刀流も上手《うま》くいくのではと愚考いたします」

「相性か。つまり『椿《つばき》』に妹を作ってやるような感覚かな……？」

「妹、ですか？」

怪訝《けげん》な顔をするドナルドに、ルッツは慌てて手を振ってみせた。刀を女性扱いしているなどと言えば変な奴だと思われかねない。その辺の事情は知らぬ者にはなかなか説明しづらいものだ。

「何でもない。とにかくドナルドさんのおかげで方向性が定まったよ、ありがとう」

ルッツの頭にクラウディアと王女リスティルの関係性が浮かんでいた。あのふたりをイメージした刀ならば、二刀流だろうと何だろうと上手く扱えるのではないか。

ルッツは二本の刀を納め、早速工房に戻ろうとしたところでふと思い付いたように言った。

「そうだ、例の短刀は全部ジョセルさんが回収したそうだから、もう騎士を襲ったりするなよ」

別に騎士を襲ってもらったとしても一向に構わないのだが、ジョセルの仕事を増やすのは本意ではなかった。いくらルッツに殺人犯を捕まえる義務がないと言っても、こうして談笑している事に後ろめたさはある。

「ルッツ様から見て、ジョセル様はどのようなお人ですか」

「うん？　そりゃあドナルドさんの方がよく知っているんじゃないか？」

「騎士団に居た頃は、ただ口うるさい上司としか見ていなかったもので……」

後になって考えればジョセルが口うるさく文句を言っていたのは当然であり、むしろ斬られなかったのが不思議なくらいだ。それくらい騎士団はだらしがなかった。

「彼は本物の騎士だよ」

そう言ってルッツは小走りに立ち去った。ドナルドはルッツの背が見えなくなるまで眺め、そして寂しげに呟《つぶや》いた。

「本物の騎士、か……」

その言葉の意味するところはつまり、伯爵領の騎士たちは騎士などではないという事だ。その点についてドナルドに異論はない。

ならば自分はこれから何を目指すべきか、何者になるべきか、それがわからない。

やはり刀が欲しい。己の道を照らし、導いてくれるような相棒が。


工房に戻ったルッツは早速作業に入った。作るべきは妖刀『椿』の対となる刀だ。

さて、改めて『椿』とはどんな刀かと考える。その特徴は刀身の美しさだ。魔術付与される前から妖《あや》しいまでに美しく、見る者を引き込んで自傷させるほどの力があった。魔術付与されてからはますます手が付けられぬ呪物となり、半径五メートル以内にいる者を強制的に自害させるというとんでもない代物となった。

美しさ、それは今回打つ刀から外せぬキーワードであった。それと同時にルッツは考える、刀の美しさとは求めて得られるものではないと。

刀とは人を斬る為の道具である。鋭さ、硬さ、扱いやすさなどを突き詰めた結果として純粋な機能美が生まれるのだ。実際に『椿』を打った時は特に美しい刀に仕上げようというつもりではなく、無心で打った結果としてああなった。

クラウディアが『椿』だとイメージすれば、対するは彼女と仲の良い第三王女リスティルか。儚《はかな》く美しく、それでいて芯《しん》に強さを秘めた少女。今回打つのはそうした刀だ。

炉の中から真っ赤に燃えた玉鋼《たまはがね》を取り出し、鎚《つち》を振り上げた。

……強く、優しく、美しく。

飛び散る火花の中にルッツは女の幻影を求めた。それはクラウディアの姿を取り、リスティルの姿となり、やがて見知らぬ少女の姿が見えた。

暗い工房で火花が飛び散りルッツの顔を照らし、また消える。そんな事が繰り返される光景は幻想的であった。刀を打っているというよりは人体を錬成しているような背徳的な気分にもなってきた。

夢か現《うつつ》か、その境目も曖昧《あいまい》になりルッツは無心で鎚を振り続けた。折り返し、熱し、叩《たた》いて伸ばす。玉鋼は練られ、強さを増して刀となる。人の魂もこんな風に作られるものではないか、そんなとりとめもない事を頭の片隅で考えていた。

……ならば鍛冶屋は神か、馬鹿な話だ。

否定はするが、目の前にある物がただの無機物であるとも思えなかった。この刀には確かに魂が宿っている。神の領域に半歩足を踏み入れるくらいの傲慢《ごうまん》さが職人には必要なのかもしれない。

自分を神と呼び崇《あが》めていた男の姿を思い浮かべ、ルッツは薄く笑った。まさか彼がルッツ以上に鍛冶の本質を理解していた訳ではないだろうが、その意見は的外れでもなさそうだ。

……ドナルドさん。俺は今、確かに命を作っているよ。

何万層にも折り重ねられた鋼が刀の形に打ち延ばされていく。まだまだ作業工程は残っているが、この時点で魂の込められた刀が出来上がるという確信があった。

窓から入り込む朝日にルッツは眩《まぶ》しげに目を開けた。いつの間にか眠ってしまっていたようだ。

炉の火が消えている事から最低限の片付けはしていたようだが、まったく記憶にない。鍛冶師として染みついた習性が無意識に身体《からだ》を動かしてくれたようだ。

手にはまだ仕上げの研ぎを入れていない刀が握られていた。一度ゆっくり休んで、食事を取ってから仕上げをするのが一番効率が良いのだろうが、今は一刻も早くこの刀の完成を見たかった。

ルッツは焼き入れ用に溜《た》めていた水桶《みずおけ》にざぶんと頭を突っ込んだ。鉄と炭の臭いが染みこんだ水で頭を冷やし、また頭を上げる。

「うっしゃあ！」

水浸しの髪を掻《か》き上げ、気勢のこもった奇声をあげた。

何事かとクラウディアが様子を見に来たが、ちょっと気合いを入れただけだと説明すると彼女は理解したようなしていないような困った顔をして二階に戻っていった。職人が自分の世界に入った時は邪魔をしない方が良い、という事だけはよく理解していたようだ。

髪や顎から水滴をぽたぽたと落としながら砥石《といし》の前に座った。刀を水平に持ち、砥石の上で滑らせる。シャア、シャア、シャアと刀を研ぐ音がルッツを再び幻想の世界へと導き他の音は何も聞こえなくなっていた。

指先からほんのわずかな引っかかりもなくなり、そこでルッツは正気を取り戻した。窓の外から街の喧騒《けんそう》が聞こえる。髪も身体もすっかり乾いていた。

ルッツは乾いた布で刀から水気を拭《ぬぐ》い取り、垂直に持って刀身を確かめた。

はっと息を呑《の》むほどの美しさだ。しかしそれは『椿』のように視線を強引に引き留めるような激しい美しさではない。言うなれば膨らみかけの少女の肢体を眺めて愛らしさを感じると同時に情欲も湧いてしまい、そこに罪悪感も覚えるようなむずむずとした気分だ。

……我ながら気持ち悪い表現だ、恨むぜパトリックさん。

こうした表現が浮かんでくるのは知人の装飾師の影響が強い。さらに問題なのは変態のような感想が今の自分の気持ちを過不足なく表現できている事だ。

ただ美しいだけではない、じっと見ていると美しさの中に滲《にじ》み出《で》るような力強さも感じられた。

刀身は『椿』よりも気持ち短めである。これは二刀流に構えた時の扱いやすさを重視したというよりも、『椿』の妹であるとイメージした結果であった。

曲刀とまでは言わないが反りが強い、これは鞘《さや》を作るのにも苦労しそうだ。

……リカルドはこれで納得してくれるだろうか？　いや、納得しなかったら俺の物にしちゃえばいいんだな。いっその事、納得しないで突き返して欲しいなあ。

鍛冶屋として少々よからぬ事を考えていると、二階から足音が下りてきた。

「やあルッツくん、刀が出来上がったのかい？」

クラウディアはルッツの疲労と満足感の浮かぶ顔を見てそう言った。

君も見てくれ、と言ってルッツは刀をクラウディアへと差し出した。

「自分の顔を斬りたくなったりしないだろうね？」

「大丈夫。こいつは何というかこう……、姉貴と違って優しい奴だよ」

ルッツの言いたい事が理解できた訳ではないが、とりあえずは安心だろうとクラウディアは刀を受け取った。

一目見て気に入ったのか、星のように光る大きな瞳《ひとみ》が刀身に吸い込まれ動けなくなった。

「こいつは綺麗《きれい》だねえ。いや、ちょっと変な言い方になるかもしれないけどさ……」

「なんだい、聞きたいな」

「可愛《かわい》らしい、っていうのはおかしいかな？」

苦笑を浮かべて遠慮がちに言うクラウディアに、ルッツは深く頷いてみせた。

「クラウ、こいつに名前を付けてくれないか？　銘を刻んでひとまず完成としたい。いつまでも名前を後回しにしておくと、なあ？」

「そうだねえ……」

ふたりは顔を見合わせてしみじみと呟いた。

かつて『椿』を手放した時は銘を入れておらず、名前を付けるまでに紆余曲折《いろいろ》あったものだと思い出していた。あれから一年半程度しか経《た》っていないが、もう大昔の事のように感じていた。

「ルッツくんはこの刀にどんなイメージを持っているんだい？」

「強く優しく美しく。『椿』の妹という扱いで作ったんだ」

「なるほど、それじゃあ……」

クラウディアは刀をルッツに返してから形の良い顎を指先で撫《な》でながらしばし考え、そして口にした。

「『桜花《おうか》』でどうだろう？」

薄桃の優しい色をした花弁を思い浮かべ、ルッツは刀身に眼《め》をやった。

……『桜花』、お前の名だ。綺麗な名前だと思うが気に入ってくれたか？

眼で語りかけるルッツ。刀身が窓から入り込む日に照らされてキラリと光る。

刀自身が同意したのだと思うのはロマンチックに過ぎるだろうか。ルッツは自嘲《じちょう》気味に笑いながら立ち上がり、銘切りたがねを棚から取り出した。


納品する前に使用感を確かめておこうとルッツは新たな刀『桜花』を握りしめ工房近くの資材置き場へとやって来た。ここは適度な広さがあって昼間でも人通りがほとんどない、素振りや訓練をするには絶好の場所であった。

ルッツは左右に刀を差していたがこれは気が乗ったら二刀流の訓練もやってみようかと持って来ただけであり、今のところ使うつもりはなかった。

左腰に差した白木の鞘からゆっくりと刀身を抜いて構える。斬り下ろし、振り上げ、薙《な》ぎ払《はら》い。次々と技を繰り出してルッツは驚きのあまり目を見開いていた。

「なんだこれは……？」

使いやすい、どころの話ではない。道具を自由自在に扱う事をよく自らの手足のようにと表現するが、この桜花を構えると本当に腕が伸びたような錯覚をしてしまう。

『桜花』を鞘に納め、懐から財布を取り出した。指を突っ込んで適当に硬貨を取り出す、銀貨であった。ルッツはしばし悩んだ後で銀貨を戻し、今度は銅貨を摘《つ》まんで財布を懐に戻した。

ピン、と上空に向けて銅貨を弾《はじ》く。それが頭上に落ちてくるのと同時にルッツは『桜花』を抜き払った。一閃《いっせん》、地に落ちた音はふたつ。銅貨は見事に斬れていた。

我ながら信じられないといった顔でルッツは『桜花』と銅貨を交互に見た。本当に出来るとは思っていなかった。まるで放った銅貨をそのまま手で掴《つか》むような感覚で斬る事が出来たのだ。

常識外れの扱いやすさだ。しかもまだ柄《つか》は白木のままである。本格的に拵《こしら》えをしたらどうなるのか。そして、魔術付与をしたらどうなるのか。ルッツの背がぶるりと震える。それはとんでもない物を生み出してしまったという恐れであり、とんでもないものを生み出してやったという興奮であった。

「素晴らしい、実にお見事！」

拍手と賞賛、そして近づいて来る男。この場所で彼と出会うのは三度目だ。ルッツは覗《のぞ》かれていた気配に気付かなかった未熟を恥じながら大きく息をついた。

「……ドナルドさん、いつから見ていた？」

「ここへ向かうルッツ様をお見かけして後をつけていたので、まあ最初からと言えますな」

「警戒していなかったとはいえ、まったく気が付かなかったよ」

「気配の消し方を学ばなければ山で生きていけませんでした」

ドナルドは大きな刀傷のある顔に照れたような笑みを浮かべてみせた。

彼は元々役立たずの騎士団に所属していた男だ。騎士の肩書きに頼るしか出来ない坊やが剣と身ひとつで山籠《やまご》もりの修行をした。きっと挫折《ざせつ》の連続であっただろう、死の淵《ふち》を彷徨《さまよ》った事も数えきれぬほどあっただろう。自ら命を絶つ事を真剣に考えたかもしれない。

しかし彼は生き残った、目の前に居るのはそういう男なのだ。あのゴミ溜めの出身だからといって侮ってよい相手ではなさそうだ。ルッツは頭の中で警戒の度合いを少し上げた。

「それが新しく仕上がった刀ですね？」

「ああ、その最終チェックをしに来た訳だが予想以上の出来に驚いていたところさ」

誇らしげに語るルッツに、ドナルドはずいと身を乗り出して言った。

「ルッツ様、その刀を見せていただけませんか?」

ドナルドは『桜花』の姉に当たる『椿』で顔を自傷した経験がある。それでいて『椿』を恨むどころかその美しさに魅了され、製作者であるルッツを崇拝するという筋金入りの変態だ。

新たに出来上がった刀を見たいというのは当然と言えば当然の反応であった。

ルッツはちらと自分の腰に眼をやってから答えた。

「渡す訳にはいかないぞ。俺がここで抜くから離れて見てくれ」

お前を信用していないとはっきり言われたようなものでドナルドは傷ついた顔をするが、すぐに思い直した。ルッツと騎士団の関係は敵である。ドナルドが騎士をふたり斬り殺したからといってそれで味方になったとは言えないのだ。

また、ルッツとしては依頼者であるリカルドに渡す前にあっちこっちへ見せびらかすのは職人として不義理ではないかという思いもあった。

刀を見せないのではなく、離れて見ろというのはルッツからの最大限の譲歩であり優しさだろう。

あるいは、甘さか。

お願いします、と言ってドナルドは湿った土の上に正座した。

ルッツは『桜花』を抜いて垂直に持った。その刀身の美しさにドナルドは目を奪われ、しばし呼吸を忘れたほどだ。『椿』の濡《ぬ》れたような色気とはまた違う、内面から力強さが溢《あふ》れ出るような咲き乱れる花の美しさだ。

「あ、ああ……」

ドナルドは無意識のうちに宙に手を伸ばしていた。一ヶ月の間ブリザードに閉じ込められていた男が太陽を見たような、そんな反応だ。

パチリと刀を鞘に納める音でドナルドは我に返った。ルッツは苦笑を浮かべているがその瞳に軽《けい》蔑《べつ》の色はない。名刀を前にして奇行に走る者はいくらでもいた。トリップするくらい何の害もないだけまだマシである。

「じゃ、俺はまだ仕事が残っているから」

そう言ってルッツは資材置き場の出口へと足を向けた。

……仕事、仕事とは何だ？　依頼主に渡す事か？　俺はもう二度とあの刀に会えないのか？

ドナルドの胸が針で刺されたように痛んだ。

「お待ちください、ルッツ様！」

振り返ったルッツの眼に映ったのは正座をしたまま手をつき、額を地面に擦《こす》りつけたドナルドの姿であった。これは東方最高位三点投地礼法、ドゲザスタイルである。

彼はそんなものをどこで知ったのか。あるいは正座をしたままであったので、彼の必死さが自然とこのスタイルを取らせたのだろうか。

ルッツは海を渡り東方で修行をした父からドゲザスタイルの事は聞いていた。そしてこの体勢に入った者を無視する事は、ブシノ・ナサケに反する行為であるという事も。少なくとも足を止めて話くらいは聞いてやらねばなるまい。

「お願いします、どうか、どうか！　その刀を俺に譲ってください！」

「……なんだって？」

ドナルドは必死であった。人生でここまで必死になったのは初めてだろうというくらいに叫び、額を地面に叩《たた》きつけた。

彼は一度、心の底から惚《ほ》れ込んだ刀を手放している。その時の後悔は人生を一変させるほどのものであった。もう二度と失いたくはなかった。

愛する物との離別を、もう二度と。

ルッツにもドナルドの必死さは伝わっていた。しかしルッツは申し訳なさそうに首を横に振った。

「……悪いが、それは出来ない」

「何故ですか、金ならば必ず用意します！　それとも俺が元騎士だからですか⁉」

「そういう話じゃない。これは俺の鍛冶師《かじし》としての矜持《プライド》の問題だ。依頼主は決まっている、想像以上に良い物が出来たからといってそれを隠し、別の物を渡すなど誠実さからかけ離れた行為だよ」

「その……」

そのくらいの事はどうでもいいじゃないか、と言おうとしてドナルドは慌てて口を噤《つぐ》んだ。ルッツはこれを鍛冶屋の誇りと言った。さすがに口が滑ったという言い訳は通用しない。言えばその場で彼との関係は途切れるだろう。

不正を『そのくらいの事』と思ってしまえるのはまだ自分が不良騎士であった習慣から脱けきれていないからだ。そんな人間に名刀を持つ資格があるだろうか。『桜花』に相応しい男だと胸を張って言えるだろうか。

言えなかった、あの刀を愛しているからこそ。

「ぐ、うう……ッ！」

ドナルドは泣いた、土を握りしめて泣いていた。己の人生のなんと愚かであった事だろうか。それを離別という形で思い知らされた。全ては自身の行動の結果だ。

「ルッツ様、どうか俺を導いてください！　俺はどうすれば罪を償えますか、名刀を持つに相応しい男になれますか……ッ⁉」

慟哭《どうこく》するドナルドの肩にぽんと手が置かれた。涙と鼻水でぐしゃぐしゃになった顔を上げると、そこには微笑《ほほえ》むルッツの顔があった。

「人の為に生きろ」

「え……？」

「今まで他人に迷惑をかけた以上に、人の助けになってやれ。罪を償い、自分自身を誇れる自分になった時、俺の工房を訪ねて欲しい。あんたの為に刀を打つよ」

ルッツは右腰から刀を鞘ごと抜いてドナルドに差し出した。

「なまくらでは満足な働きは出来まい、こいつを預けよう」

名刀ではないから訓練用に使っていたというだけでこれもルッツ作の、言わば無銘の業物《わざもの》であった。魔術付与はしていないがやろうと思えば三文字は入るだろう。不良騎士どもが持っている剣とは性能が段違いだ。

「ありがとう、ございます……ッ！」

ドナルドは恭しく、捧《ささ》げ持《も》つように刀を受け取った。感極まって上手く言葉が出てこなかった。代わりに地面にぼたぼたと落ちる熱い涙が彼の想《おも》いを雄弁に語っていた。

ルッツはこれ以上の言葉を重ねる事なく資材置き場を後にした。正直なところ言い過ぎたと後悔もしていた。彼は自身を立派な人間などとは思っておらず、他人の人生にアドバイスをするなど恥知らずな行為だとも思っていた。

ドナルドに声をかけたのは彼の姿があまりにも哀れで放っておけなかったので仕方なく、といった意味合いが強い。

「らしくない真似《まね》をさせやがって、まったく……」

と、ルッツは苦い顔をして頭を掻《か》きながら工房に帰った。

しかしドナルドにとってこのやり取りはそんな軽いものではなかった。

「人の為に、生きる……」

神の啓示を賜り、刀を下賜されたのだ。生きる道は光で照らされた。

涙を拭《ぬぐ》い、背筋を伸ばして立ち上がった男の姿には決意と力強さが漲《みなぎ》っていた。


「よし、それじゃ行くぞお」

ルッツはそこらに落ちていた廃材を適当に切ってリカルドに向けて放り投げた。

ここは最近すっかりお馴染《なじ》みとなった資材置き場である。刀が仕上がった事を依頼者に告げてこの場に誘ったのだった。

刀を構えるリカルドの頭上に落ちてくる五つの木片。少し多かったかなとルッツは反省したが、それはいらぬ心配だとすぐに証明された。

輝く剣閃、足下に散らばる木片。リカルドは木片を投げる前と寸分たがわぬ正眼の構え。まぐれなどではない。もう一度木片を投げたところで同じ光景が繰り返されるだけだろう。

「どうだい、使い心地は？」

ルッツが笑って聞くと、リカルドはようやく身体から力を抜いて興奮気味に答えた。

「ああ、こいつは凄《すご》いな……。刀を自由自在に操るとはこういう事か」

リカルドは柄から手を離し、開いて握るのを何度か繰り返した。次に足下に散らばる木片を見る。

自分でこれをやったのが信じられないという顔だ。

「一瞬で五度も振って、しかも全て切断とはなあ。正確なだけじゃない、無駄な動きがないからこそだな」

「いや、四度だ」

「え？」

怪訝《けげん》な顔でルッツが聞き返す。リカルドは刀を白木の鞘《さや》に納めてから屈《かが》んで足下の木片を拾い上げた。その切り口は実に見事なものである。

「一度は同時にふたつ斬った。だから四度だ」

「へ、へえ……」

ルッツは眉《まゆ》をひそめて声を漏らした。正直なところ見えなかった。刀の効果が上乗せされているとはいえ、実力差を見せつけられたようで少し悔しかった。

「忘れてた、そういえばお前は勇者だったな」

「恥ずかしい肩書きだが、最近はそれも誇らしく思えてきた」

どこまでも余裕たっぷりといった態度のリカルドであった。

「どうしたルッツ、そんな顔をして。何か嫌な事でもあったか？」

「嫌な事か、ふん。その刀を手放さなきゃならん事かな」

「娘を嫁に出すお父さんの気分か」

「重婚だぞ、喜べるかよ」

ルッツは苦笑を浮かべ、リカルドも釣られて笑い出した。

元々リカルドの為に刀を打ち、引き渡す為に呼び出したのだ。今さら躊躇《ちゅうちょ》するのは未練がましいだけだなとルッツは痒《かゆ》くもない頭を掻きながら反省した。

「その『桜花』は『椿』の対になる刀、妹として作ったつもりだ。多分相性が悪いって事はないだろう」

「つもりとか、多分とか、頼りない事だな」

「仕方ないだろう。俺の股《また》からひり出した訳じゃない」

ルッツも屈んで木片を拾い上げた。その切り口からして、リカルドが『桜花』の所有者として相応しいことを認めねばならぬようだ。肩をすくめてから木片を資材置き場の端に放り投げた。

「当然、装飾と魔法付与はするんだろう？」

「その事なんだが……」

リカルドは白木の鞘を腰から引き抜いてルッツの前に差し出した。

「ゲルハルトさんとパトリックさんへはお前から頼んでくれないか？　俺だと注文の付け方とかよくわからなくてな」

リクエストを出すにも知識と経験が必要なものだ。素人だとどうしても上手く希望を伝えられない場合があり、依頼者も職人も納得していない中途半端な物が出来上がる危険性があった。

「そりゃあ構わんが、鞘のデザインとか付与する魔法とかもこっちで決めちゃってもいいんだな？

それと、いくらかかるかわからんから金は後払いでな」

「おう、要するにいつも通りって事だな」

「ゲルハルトさんが何をやらかすかな。とんでもない魔剣が出来上がっても恨むなよ」

「刀に呪われるのは慣れているさ」

そう言ってリカルドは刀を預けたまま冒険者街の宿へと戻っていった。

ルッツも一度工房に戻ろうとしたところで人の気配を感じて振り返った。資材の隙間に人影が見える。

さっさと帰れ。ルッツは人影を追い払うように、しっしと手を振って見せた。


「エッチだねえ！」

これがパトリックに『桜花』を見せた時の第一声である。ルッツは彼のエキセントリックな言動に呆《あき》れるよりも感心するようになっていた。刀に込められた想いや本質を正確に読み取れなければ出てこないはずの言葉だからだ。

装飾工房の裏庭でパトリックは『桜花』を楽しそうに振っていた。腰の引けた素人の構えだが、振りはなかなかに鋭いものであった。自由自在に扱えている証拠である。

「『椿』の妹という位置付けで作りました」

「なるほどなるほど、色気がある訳だ。しかし、ただ従順なだけの妹という訳ではなさそうですね。

内から滲《にじ》み出《で》る力は自分を上手く使えるかと挑戦しているようでもある。つまり、わからせたくなるようなメスガキですね！」

目を輝かせて怪しい中年男《パトリック》は叫んだ。この人の事を少しは理解できたような気がしていたが、気のせいだったようである。

「ところでルッツさん、ものは相談なのですが……」

「駄目です」

「まだ何も言っていないじゃないですか」

「同じやり取りを既にやりました。ゲルハルトさんのところでもやらなきゃならんでしょう。勘弁してくださいよ」

「あ、はい。そうでしょうねえ……」

パトリックは渋々といった調子で引き下がった。ルッツ自身も『桜花』を手放したくはないのだろう、そう思えばこそワガママは言えなかった。

「ではパトリックさん、鞘や鍔《つば》の作製から装飾までよろしくお願いします。どうせ支払いはリカルド持ちなので遠慮なくやっちゃってください」

「お任せあれ。ところで、桜とはどのような花なのでしょうか？　ここら辺では咲いていない花ですよね」

「花弁は薄桃色で、舞い散る姿が最も美しく春になると人々の心を癒やし楽しませるそうです」

ルッツは木の枝を拾って地面に五枚の花弁を描いた。これもずっと昔に父から聞いた話だ。記憶が薄れていない事がルッツ自身にも少し意外であった。

「なるほど、散る姿が最も美しいと……」

パトリックはにぃっと笑ってみせた。どうやら完成品のイメージが見えてきたようだ。


一週間後、ルッツは刀の受け取りにやって来た。パトリックは目の下にクマを浮かべた疲れた顔をしていたが、眼だけは楽しげに笑っていた。

差し出された鞘は黒塗りで、桜の花弁が舞い散っていた。まるで鞘の中で風が吹いているのではないかと錯覚するほどの躍動感があった。

「素晴らしい、実に素晴らしい装飾です。しかし男の腰に差すには少し派手かもしれませんね」

リカルドに対する嫉妬《しっと》がルッツにそんな事を言わせた。自分の物にしてやろうという気はないが、まだ悔しい事に変わりはない。

「そういうのを着こなすのがお洒落《しゃれ》な男というものです」

「お洒落。リカルドの奴はお洒落な男になれるでしょうか……?」

「んん……?」

パトリックは苦笑を浮かべるのみであった。

あまり深くは突っ込まないのが男の情けというものだろう。ルッツやパトリックだって他人に自慢できるような色男ではない。

ルッツは金貨袋を取り出してテーブルに置いた。がしゃん、と非常に重そうな音が部屋に響く。

しかしパトリックは袋を開けようとせず眼を半開きにしたまま言った。

「後で確認しておきます……」

邪魔をしてはいけないとルッツは立ち上がり部屋を出た。

閉じたドアの向こうからいびきが聞こえる。ルッツはドアに向けて一礼して、慣れた足取りで工房を出て行った。


「ルッツどの、ひとつ相談があるのだが……」

「ダメです」

予想通りのやり取りにルッツは苦笑しながらも頭の片隅で安心していた。やはりこの刀は誰が見ても素晴らしいものなのだと。そしてゲルハルトさんは物の価値がわかる人であると。

ここは城内にあるゲルハルトの付呪《ふじゅ》工房であり、ルッツは新作『桜花』の魔術付与の為に訪れていた。

「欲しければ魔術付与を終えた後でリカルドと直接交渉してください」

「素直に渡すと思うか、あいつが?」

「思いません」

「だろうなあ……」

ゲルハルトは未練がましくため息をつきながら刀を装飾の見事な鞘に納めた。抜いても納めても美しい刀だ。こいつを欲しがらない職人がいたらそいつはよほど見る眼がないか、世捨て人かのいずれかだろう。

依頼人であるリカルドが何かの弾みで頭を打って、記憶を失ったりしないだろうかと無駄な事まで考えてしまった。

「さて、付与する効果についてはわしに任せてもらってもよいのだな？」

「はい、ゲルハルトさんが一番良いと思うようにしてください」

「ふぅむ……」

ゲルハルトは唸《うな》り、再び刀を抜いて軽く振った。良い武具はどんな姿になりたいか向こうから語りかけてくる事がある。ゲルハルトは風斬り音の中に刀の声を聞こうとした。

「……集中力向上だな」

「そのような魔術があるのですか？　あまり聞いた事がないのですが」

「効果は気休めみたいなものだからな、金を払う側からすればもっと確実でわかりやすい効果の方が良いのだろう」

確かに、とルッツは頷《うなず》いた。どんなに裕福な冒険者であったとしても金貨数十枚をかけて気休めを買おうなどとは思わないだろう。耐久力や斬れ味の向上を選ぶ者が大半だ。

ならば何故だ、と不安げな顔をするルッツにゲルハルトはにぃっと笑ってみせた。

「あくまで気休めなのは三文字分のしょぼい魔力であればの話だ。手に吸い付くどころか腕が伸びたと錯覚するほど馴染む名刀、こいつに古代文字を五字刻んで魔力を流し込めばどうなるか、実に興味深いとは思わんかね」

笑うゲルハルトの眼に妖《あや》しい光が宿る。恐らくは世界初の試みだろう、自分でもどうなるかわからないといった状況を楽しんでいるようだ。

古代文字が三字入った武具というのは貴族の家宝となっていてもおかしくないのだが、それをしょぼいと言うあたりゲルハルトも少し基準がおかしくなっているらしい。

「ルッツどの、もう一度聞くがわしに任せてもらってもよいのだな？　魔術付与に大して意味がなかった、などという事にもなりかねんぞ」

「それが『桜花』の声ならば間違いはないでしょう。むしろ俺は別の心配をしていますよ、とんでもない妖刀が出来上がるんじゃないかって。……ほら、前科があるじゃないですか」

「せめて前例と言ってくれ」

敵対する者に自死を強いる妖刀『椿』の事であった。あれほど扱いに困る刀は後にも先にも『椿』だけである。

「集中力向上がどれほど強化されようと、周囲に被害を及ぼすような物にはならんだろう。多分」

「多分、としか言えませんね……」

魔術付与によって刀の性質が大きく変わる事もある。九割九分安全とは思うが、残る一分にまで責任が持てないというのが正直な感想であった。

「一応、精神耐性の腕輪は着けておくか……」

どこまでが本気で、どこからが冗談なのか判別がつかない。ルッツは尊敬する職人の無事と正気を祈りつつ工房を出て行った。

後日、城の中庭に依頼主と刀作製の関係者が集まった。リカルド、ルッツ、ゲルハルトの三名である。

「これが俺の、新しい刀。新しい力か……」

リカルドは刀を抜いて目を輝かせていた。刀身も、鞘の装飾も全てが美しい。こんなにも素晴らしい刀が自分の物になるという感動に打ち震えていた。

そんなリカルドを見るルッツの眼に一抹の不安が浮かんでいた。魔術付与の結果はどうなったのだろうかと。

リカルドからは見えぬ位置でゲルハルトが懐から妙な物を取り出し、にやにやと笑いながら摘まんで振って見せた。

「げえ……っ」

ルッツの口から潰《つぶ》れた蛙のような声が出た。ゲルハルトが持っているのは壊れた腕輪であった。それは精神耐性効果のあるマジックアイテムだ、ルッツも借りた事があるので見覚えがあった。ゲルハルトが魔術付与された『桜花』を試しに使ってみたら精神に大きな負荷がかかるような事があったという話になる。

なんだろうかと妙な顔をして振り向くリカルド。ゲルハルトは何食わぬ顔で腕輪を懐に戻した。

「よし、それでは試し切りといこうか。ルッツどの、そこからリカルドに向けて薪《まき》を投げてくれ。優しく放り投げる必要などないぞ、リカルドを殺すつもりでな」

本当に大丈夫なんでしょうね、とルッツが眼で問う。

大丈夫なんじゃないか、とゲルハルトは気軽に頷いた。

……このジジイ、完全に他人事《ひとごと》モードに入っていやがる。

もうどうにでもなれ、とルッツは薪を掴《つか》んで振りかぶった。

リカルドは『桜花』を構えて精神を集中させた。その瞬間、リカルドの視界から色が消えた、音も消失した。

「何だッ⁉」

周囲はどこまでも真っ白であった。線画のようになったルッツがゆっくりと薪を投げる。指先を離れた薪はやはりスローモーションのように近づいて来た。

動けるのだろうかとリカルドは刀を振り上げた。まるで鉛の海にでも沈んだかのように動きが鈍い。自分が超スピードで動けるという訳ではないようだ。しかしスローな世界の中でどう動くべきかを判断できるのは大きなアドバンテージだ。

リカルドは複雑に回転する薪の中心をいとも容易《たやす》く切り裂いた。さすがはルッツ渾身《こんしん》の作、斬れ味も抜群だ。

「つぅづぅけぇてぇなぁげぇろぉ」

間延びした大声、これはゲルハルトの声だ。

ルッツが薪を拾い上げふたつみっつと連続で投げてきた。時間の流れが通常のものであればとても避けきれないだろう、当たり所が悪ければ大怪我《おおけが》をするかもしれない。だがリカルドは迫る薪をどれも中心で真っ二つに割った。

ふたつみっつ、よっついつつ。最後の一投は足下に来たのでリカルドはこれを軽く蹴飛《けと》ばしてルッツに返した。驚愕《きようがく》で眼を丸くするルッツの手にポンと薪が乗せられたところでリカルドの視界が色と音を取り戻す。

「おいおい、こいつはとんでもな……」

リカルドの言葉が途切れた。彼は慌てて刀を納め、口を手で覆ってその場にうずくまる。ルッツがすぐに駆け寄った。

「おい、大丈夫か⁉」

「うえぇッ」

朝食がリバースした。

指の隙間から吐瀉《としゃ》物が漏れ出しリカルドは激しく咳《せ》き込んだ。こうなる事が最初からわかっていたようにゲルハルトが笑いながら近寄り水筒を差し出した。リカルドはそれをひったくるように受け取り、口をゆすいで吐き出した。

「なん、ですか、こりゃあ……？」

リカルドは荒く息をつきながらゲルハルトを睨《にら》み付けた。

「心配するな。ただの過労だ、死にやしない」

「過労？」

「集中力を高めすぎた結果だな。所有者にも相当な負担がかかるようだ。まあ、周囲が遅く見えるほどの集中力を発揮すれば当然と言えば当然か」

リカルドは残った水で右手の吐瀉物を洗い流しながら息を整え考えていた。『桜花』は使用者の集中力を引き出す刀だ。それも、限界を超えて。

急にこの美しい刀が恐ろしくなり、リカルドはぶるりと背を震わせた。

「それで、どうする？」

ゲルハルトが相変わらず楽しそうに聞いた。

「何がですか？」

「『桜花』を手放すつもりなら買い取ってやってもいいぞ」

手放せ、そう言われて逆にリカルドの心に闘志が戻ってきた。冗談ではない、これは俺の刀だと。危険だが使いこなせれば強い力となるはずだ。

リカルドはにやりと笑って『桜花』の柄を指先で叩《たた》いてみせた。

「じゃじゃ馬娘を手なずけるのも、男の愉悦というものですよ」

「ふん、まあ気が変わったらいつでも言ってくれ」

ゲルハルトは興味を失ったようにくるりと回って工房に戻って行った。

きっと彼は悩む自分の背を押してくれたのだろう。そう気付いたリカルドは立ち去るゲルハルトの背に軽く頭を下げた。

もっとも、手放すと言えば遠慮なく買い取っていただろう。

彼はそういう人だ。

夏は過ぎ去り外は秋の涼しさが馴染《なじ》んできたというのに、鍛冶《かじ》工房の中は独特の熱気が淀《よど》んでいた。

刀の納品から数日後。相変わらず斧《おの》の研ぎ仕事に追われているルッツの工房に酷《ひど》くやつれた顔のリカルドが転がり込んで来た。

「なんだ、生きていたのか」

「見ての通り死にかけだけどな」

ルッツはリカルドを鍛冶場に招き入れると彼に構わず座り込んで回転砥石《といし》を動かし始めた。リカルドも最初から手厚いもてなしなど期待していなかったようで、適当な木箱を引き寄せて腰を下ろした。

「『桜花』の能力だがな、能力の発動と解除は任意で出来るみたいだ」

リカルドは研ぎを続けるルッツの背に話しかけ、ルッツは砥石と刃《やいば》から目を離さぬまま話を続けた。

「普段使いの三本目を用意しろとか言われないようで何よりだ。で、コツを掴むまでに何回ゲロ吐いた？」

リカルドのやつれた顔と微《かす》かに漂う刺激臭から、『桜花』の特性を理解するまでに様々な苦労があったのだろうと推測していた。

「いやあ……」

図星であったか、リカルドは疲労を滲《にじ》ませた声で答えた。

「ゲロって吐きすぎると喉《のど》が痛くなるのな。『桜花』を振って吐いての繰り返しで、自分で吐いたゲロの上に突っ伏して気絶していたなんて事もあるくらいだ」

ルッツは砥石から斧を離し、眉根《まゆね》を寄せてリカルドに鋭い視線を向けた。

「汚《き》ったねえなあ。ちゃんと身体は洗ったか？」

「ここにくる前に全身拭《ふ》いたよ」

どうだ、と得意げな顔をするリカルドであったが、ルッツの汚物を見るような眼は変わらない。

「風呂《ふろ》に入れ、風呂に」

「水に浸《つ》かるのは病気の元だって教会が言っているが……」

「俺もよく入っているし、クラウなんかほぼ毎日行水しているが病気になんかなっていないぞ」

言いながらルッツは部屋の端に眼をやる。そこには行水用の桶風呂《おけぶろ》があった。

今の時代、入浴というものはあまり重視されていなかった。公衆浴場などは売春と疫病の温床となるという事で教会からは目の敵にされている。香水をふんだんに使える貴族などは月に一度入るか入らないかといった具合であった。年に一度しか入らない、というのも珍しい話ではない。

風呂に入らない方が不潔だろうと思うかもしれないが、教会の名誉の為に言えば市井の風呂屋は衛生的なところばかりではなく、疫病の温床になるという話も決して間違いとは言い切れない。

土地が変われば水も変わる、そして文化と常識もだ。ルッツとクラウディアが病気にならないのは毎日水を取り替えているからであり、悪徳風呂屋のように一ヶ月も一年も変えないままという訳ではない。

「職人街には風呂屋があるから、帰りにでも寄って行け」

「あ、まだ潰されずに残っているんだ」

「職人は何かと汗をかくからな、風呂屋の存在は死活問題だ。仕事の後に汗をザバッと流すのは一種の快楽で潰されたら暴動が起きるぞ。だから教会も嫌みを言う以上の事は何もしない」

この街の風呂屋はかなりまともであった。風呂好きが多いのでおかしな商売をすればすぐに暴れて壊されるからだ。

「冒険者だって汗はかくし返り血も浴びるけど、冒険者街に風呂屋なんてないぞ」

「川に飛び込んで全身丸洗いしちまった方が早いからなあ」

少し前の話になるが、リカルドの迷宮探索に付き合った時はルッツも道中にあった川で身体を洗っていた。毛穴にまで染みこんでいるのではと思えるほどの独特の腐臭を街に持ち込みたくはなかった。

そこまで語ってからルッツは話が逸《そ》れている事に気が付いた。

「すまん、『桜花』の話だったな」

「基本的な戦い方としては『桜花』をものすごく扱いやすい刀として振るい、強敵を相手にする時は超集中状態を一瞬だけ使うという形になるか」

「それで敵に囲まれた時は『椿』にチェンジと。幅広い戦い方が出来るようになったじゃないか。ますます人外化が進むな」

「幅広い戦い方、か……」

リカルドがちらと腰の刀に視線を向ける。右に『椿』、左に『桜花』があった。

「たとえば、たとえばだぞ？　右手に『椿』を持って、左手に『桜花』を握って二刀流。これで両方の効果を同時に発揮した場合どうなるんだ？」

「ふぅん……？」

ふたりは首を捻《ひね》って考え込んだ。そもそも妖刀を手にする機会のある者などそうそういない。それを二本所有した挙げ句に同時使用など前代未聞である。前例があるはずもなかった。

特に干渉はしないのか、あるいは呪いの相乗効果で新たな力が湧いて出るのか、その場合の効果は何なのか。まるで予想がつかなかった。

「ただひとつ言えるのは、やらない方がいいって事だな」

「何で？」

好奇心に水を差されたようで、リカルドは唇を尖《とが》らせて言った。そんなリカルドにルッツは呆《あき》れたような視線を向けた。こいつは危機感が足りなすぎると。

「死ぬぞ」

「ふぁっ⁉」

いきなりの死亡宣告である。

「おいおいルッツ先生、何を言い出すかと思えば……」

軽く笑い飛ばそうとするリカルドであったが、ルッツの表情は真剣そのものであり言葉に詰まってしまった。

「……マジで？」

「強すぎる呪いに巻き込まれて死ぬ可能性が高いって話さ」

「そんな訳が……」

ない、そう言い切れるだろうか？

リカルドはここ数日ずっと『桜花』に脳を酷使されてへばっているのだ。超集中状態をあまり長く続けていれば脳が焼き切れ死ぬ可能性だって十分にある。それがもう一本の妖刀と組み合わされればどうなるか。所有者が無事で済む保証はない。

「まあ、美女ふたりに挟まれて搾り取られて死ぬのも、ある意味で男のロマンかもしれないなあ」

他人事と思って好き勝手言うルッツであった。

「生きたままキャッキャウフフした方が絶対に良いだろうが」

「そうだな。ちなみに、お前が死んだら『椿』と『桜花』を始めとして伯爵家に預けてあるコレクションなんかも全部、関係者で形見分けをするから安心してくれ」

「安心できる要素が一ミリもないぞ。畜生、俺は絶対に死なないからな。百まで生きてやる」

「冒険者が長生きしようとは贅沢《ぜいたく》な奴だな」

　ふん、と大きく鼻息を吐いてリカルドは立ち上がった。

「忠告感謝する。だが、いつかはやってみたいものだ。二刀流も、効果の同時発動も。まずは俺の刀《おんな》を使いこなせるようにならないとな」

　そう宣言してリカルドは手をひらひらと振りながら出て行った。ちょっと話がしたかっただけでこれといった用事がある訳ではなかったらしい。

　勝手に来て、雑談だけして、勝手に帰ってしまった。いつもの事である。

　ルッツは彼の言葉を特に意外とは思わなかった。多分、そう言うだろうなという予感があった。彼は好奇心とチャレンジ精神の塊だ。そうでなければずっと以前に『椿』の効果が判明した時点で手放していただろう。

　……ひょっとすると、あいつなら使いこなすかもしれないな。

　リカルドが去ったドアをしばらく眺めた後でルッツは回転砥石のペダルを踏んで回し、斧の研ぎを再開した。

# 第七章　栄光の仮面

「怪傑《かいけつ》サムライマスク、って聞いた事あるかい？」

「……何だって？」

　夕食時になるとクラウディアはよく街で仕入れた噂話《うわさばなし》をルッツに共有していた。ルッツは工房に籠《こも》っている事が多く、世間の流れに疎いところがあるので出来るだけ教えてやろうというクラウディアの気遣いである。

　いつも簡潔にわかりやすくまとめてくれているのだが、今回に限ってはまるで意味がわからずルッツは聞き返した。

「何だいその愉快な人物は。……人物、でいいんだよな？」

　余談であるが『怪傑』とは非常に優れた力を持つ不思議な人物を表す言葉であり、『解決』ではない。『解決』でもなんとなく話は通じてしまうので余計にややこしい。

「人間だよ、多分ね。私の知り合いの行商人がこの街に戻る道中で野盗に襲われたらしいんだ」

「……相変わらず治安が悪いな」

「祈る必要はないよ、生きているからね。たまたま通りかかった冒険者らしき人に助けてもらったそうだ。瞬く間に五人の野盗をバッサリと斬り捨てたとか」

「そいつは良かった、と言っていいんだよな？　後で法外な護衛料を要求されたとかないよな？」

街の、伯爵領の、この国の治安の悪さをよく知っており、冒険者たちのガラの悪さも知っているだけに慎重になってしまうルッツであった。

「不思議な事にね、何も要求されなかったそうだよ。皆さんが無事で何よりですとか言って」

「何てキザ野郎だ」

「そういうの好きだろう？」

「好き」

うむ、とルッツは大きく頷《うなず》いた。

「生活に余裕がある訳ではないようで、死んだ野盗の懐を漁《あさ》るくらいの事はしたようだけどね。とにかく商人一行には毛ほどの被害もなかったのさ。感謝半分、怪しさ半分といった気持ちで聞いたそうだ、せめてお名前を教えて下さいって」

「それで返ってきた答えが……」

「怪傑サムライマスクと呼んでくれ、と」

「高笑いと一緒に？」

「よくわかっているじゃないか」

クラウディアは薄く笑った。それはルッツの理解の早さに感心するというよりも、男のロマンで話が通じる事に呆れているようであった。

「それで、マスクって事は顔を隠しているのかい？」

「これも知人から聞いた話だけど、東洋のハンニャーメンをふたつに割って顔の上半分を隠した男だそうだよ」

「正義の不審人物って感じだな」

「好きだろう?」

「好き」

　また同じやり取りを繰り返すふたりであった。

　頭がおかしかろうと怪しさ満点であろうと、人の為《ため》に戦う者は素直に称賛したかった。人の為、というフレーズになんとなく引っ掛かりを覚えたルッツであるが、とりあえず頷いてクラウディアに先を促した。

「それで気になって本格的に街で噂を集めたのさ。そうしたらもう、出るわ出るわ」

　クラウディアは指折り数えながら語った。

「不良騎士に絡まれていた女性を助けたとか、凶悪な魔物退治を率先して引き受けたとか、野盗の根城に乗り込んで盗まれた品を取り返したとか……」

「……うん?」

　ルッツは奇妙な事に気が付いた。クラウディアは仮面の英雄を褒め称《たた》えながらもその口調には不信感が滲み出ている。そして細められた眼《め》の見据える先は、自分《ルッツ》だ。

「ルッツくん。サムライマスクが振るう得物だが、どうやら刀らしいのだよねえ」

「……見間違えじゃないか?」

「今、伯爵領で一番ホットな商品は刀だよ。商人が見間違える訳はないじゃないか。以前と違って見る機会も増えたしねえ」

「そうか、どこで手に入れたんだろうなあ……」

普段ならばいくら見ても見飽きぬ愛妻の顔が、今は直視出来なかった。クラウディアの眼がますます細められる。彼女の追及を受ける事がこれほど心胆を寒からしめるものかと初めて知った。

「私に何か隠し事をしているね？」

「むぅ……」

「ルッツくん、この世で君の事を一番よく見ているのは私だよ。気付かない訳がないだろう」

惚気《のろけ》と脅しを同時に行われてしまった。こうなってしまえばもう隠す事は出来ないようだとルッツは観念した。別に悪事を働いている訳でもない。

「浮気とかそういうのではなさそうだから放っておいたのだがねえ、そろそろ話してくれてもいいんじゃないか？」

「……会っていたのは野郎だよ、浮気じゃない」

「マスクマンの正体に心当たりは？」

「ある。そこまで弾《はじ》けろとは言っていないのだが……」

ルッツは元騎士であるドナルドという男について語った。

彼が妖刀『椿《つばき》』によって自傷した男である事、その後山ごもりの修行をして最近帰って来た事。すっかり刀の魅力に取り付かれて騎士ふたりを殺害した事。そして名刀に相応《ふさわ》しい男になりたいと慟哭《どうこく》するドナルドをルッツが励まし、無銘の刀を与えた事などを一気に説明した。

「すまない、騎士と会っていたと言えば君が気を悪くするのではと思ってな」

話を聞いている間、ずっとクラウディアはしかめっ面をしていた。

以前、騎士団に不当逮捕されカビ臭い地下牢《ちかろう》で死と凌辱《りょうじょく》を待つばかりといった恐怖を味わわされたクラウディアは大の騎士嫌いであった。今でもたまに夢に出て、その後はルッツにしがみついていないと寝られないクラウディアにとって、過去の過ぎた話などではないのだ。

クラウディアは大きくため息をついた。ルッツの懸念通り気分は良くないが、彼を咎《とが》めるつもりもなかった。

「……まあ、夫の交友関係をそこまで縛り付けるつもりはないさ。しかしねルッツくん、人の性根とはそれほど簡単に変わるものかい？」

「容易《たやす》くはいかないだろうな。ただ、ここ一年で奴《やつ》の進んできた道も気楽なものじゃあないはずだ。人の為に生きろとはその場の思い付きで吐いた言葉だが、後から考えても悪くはなかったと思う」

「ふぅン……」

クラウディアの伏せられた睫《まつ》毛《げ》が微《かす》かに揺れていた。ルッツは何も言わず、ただ彼女の言葉を待った。

「ま、しばらくは様子見だね。騎士どもがろくでもない事に向けていた力を人助けに使ってくれるなら万々歳だ。とりあえず邪魔はしないよ」

「ありがとう、クラウ。君にも言いたい事は山ほどあるだろうに」

「あるねえ、騎士にも君にもだ」

「……ほんとスイマセン」

「でもまあ、騎士ふたりが惨めにブチ殺された事で少しは溜飲《りゅういん》が下がったし、ひとまずそれで良しとしようじゃないか」

などと、クラウディアは少々物騒な納得の仕方をしていた。

「それにしてもだよ。顔を隠さなければならない理由はわかるけど、怪傑サムライマスクっていうセンスはどうなんだろうねえ……」

「だよなあ……」

顔を見合わせて唸《うな》るふたりであった。

新たなヒーローの誕生か、新たな馬鹿のエントリーか。出来れば前者であって欲しいとルッツは願った。

これ以上、馬鹿が増えても困る。

人の為に生きろと言われ、即座に仮面のヒーローを連想し実行するような男がまともかどうかという点については考えない事にした。


朽ち果てた山小屋。

腐り落ちた木壁の隙間から漏れるは男たちの悲鳴、そして哄笑《こうしょう》。

「ふははははは！　どうした、悪党ならば悪党なりの根性を見せてもらいたいものだなあ⁉」

血刀を振るい叫ぶのは顔半分を覆ったハンニャーメンの男。彼の足下にはふたりが血塗《ちまみ》れで倒れている。ひとりは既に事切れており、もうひとりは虫の息だがとても助かりそうになかった。

数メートル離れて三人の男が剣を構えているが、どれも腰が引けている。技量うんぬんよりも既に気迫で負けていた。

手下ふたりが垢染《あかじ》みたボロ布のような革鎧《かわよろい》を纏《まと》った、一回り身体《からだ》の大きな頭領格の男へ不安げに視線を送る。こんな時にだけ頼るんじゃねえ、と頭領は内心で舌打ちした。

どうしてこうなった、わからない。つい先程まで荷馬車の襲撃成功を祝って手下たちと楽しく酒盛りをしていたではないか。それがいきなり仮面を着けてマントを羽織った変態に襲撃されて、祝いの席は地獄絵図と化したのだ。

廃屋のカビ臭さを上書きするほどの血なまぐささに耐えかねて、頭領は汗と脂で固まった口髭《くちひげ》をぐいと手で拭《ぬぐ》った。

「てめえ、俺たちをマッドドッグブラザーズと知っての事か⁉」

精一杯の虚勢を張るが仮面の男、サムライマスクはその名に恐れるどころか嘲笑《ちょうしょう》を浮かべるのみであった。

「ふはっ！　なんともダサい墓碑銘だな！」

「この変態仮面が！」

頭領は髭を震わせながら斧《おの》を振り上げ襲いかかった。それは勇気というよりも、恐怖に耐えかねての無謀な突撃であった。

サムライマスクは敵の動きを冷静に観察していた。

……ああ、猪《いのしし》の突進に比べてなんと鈍い事か。彼らはもっと鋭く素早く力強く、そして美しかった。

スッと右足を引くだけの体捌《たいさば》き。頭領の斧は空を切り、サムライマスクの刀はすれ違いざまに頭領の脇腹を深く切り裂いた。

「ひ、ひぃぃぃッ……」

頭領は斧を手放し臓物が零《こぼ》れ落ちそうになる腹に手を当てて押さえようとするが、足はもつれ数歩進んだところで倒れてしまった。ひぃ、ひぃと情けない叫びを上げる頭領に興味をなくしたサムライマスクは残るふたりの手下に眼を向けた。

しかし、もうそこには誰も居なかった。

「逃げたか……」

サムライマスクは忌々しげに呟《つぶや》いた。穴だらけの廃屋である、ドアや窓以外にも脱出経路は文字通り腐るほどあった。

追いかけるか、という選択肢を頭に浮かべてすぐに捨てた。山の中で不用意に追いかければ思わぬ反撃を食らうかもしれない。木の陰、枝の上と奇襲を仕掛ける場所はいくらでもあるのだ。

それに今はやることがある。サムライマスクは部屋の隅に眼をやった。そこには賊たちが行商人から奪った荷が積んであった。


とある商家の奥、応接室にて初老の男が信じられないといった顔でテーブルに積まれた貴金属を見ていた。

「おお、本当に取り返してくださったのですね……ッ」

「ひとりで持てるものだけ持って来た。大きな荷物はまだ山小屋に残っているからな、後で人手を出して取りに行くといい」

それなりに値打ちのある調度品に囲まれた応接室、その中でサムライマスクは異質な雰囲気を放っていた。そんなサムライマスクを初老の男、この商家の当主は不思議そうに見上げた。見た目が珍しいからではなく、その言動を不思議に思ったからだ。

「失礼ながら冒険者とはこのような時、馬鹿正直に……、いや失礼。正直に品を返すものでしょうか？　ほら、この指輪なんか簡単にポケットに入るでしょう」

「返す理由が聞きたいかね？」

「是非とも」

「拙者がサムライマスクだからだ」

「はあ、左様で……？」

答えになっているのかいないのかもわからず、当主は曖昧《あいまい》に頷いた。

「正規の報酬を支払ってくれれば良い、そういう契約だったからな。約束は守る、君たち商人だってそうだろう？」

「ええ、もちろんでございます。信用こそ何物にも代えがたい財産ですから」

本当にこれでいいのか、と首を傾《かし》げながら当主は積まれた貴金属の中から金貨一枚だけを摘《つ》まみ上げ、サムライマスクの前にパチリと音を立てて置いた。

「確かに」

そう頷いてサムライマスクはポケットに金貨を入れた。本当にそれだけか、何か難癖を付けられるのではと警戒し身構える当主であったが、サムライマスクはごく普通に立ち上がり背を向けた。

「本当に、本当にそれでよろしいので……？」

冒険者不信がすっかり身に染みついていた当主はついそんな事を自分から聞いてしまった。何も言われないというのはそれはそれで不安なものである。一般人から見れば冒険者など武装した住所不定無職の不審人物に過ぎない。野盗との違いは多少話が通じるという事だけだ。

「請負人に財宝をちょろまかされる事も計算に入れていたというのであれば、それは怪我《けが》をした使用人たちの治療費に充ててやるがいい」

「……奴らは馬車を捨てて逃げ出したのですぞ」

当主はムッとした表情で言った。荷はこうして取り戻せたが、それだけに使用人たちのふがいなさが許せなかった。

「彼らは戦士ではない、無理に抗《あらが》ったところで殺されていただけだろう。それよりもご当主に報告に来た事をまず褒めるべきではないか？」

当主は家から逃げたところで奴らに行く場所がないからだろうと思ったが、反論はしないでおいた。サムライマスクの言う事に一理ない訳でもない。

当主は使用人たちに苛立《いらだ》ちを覚えている、そう感じ取ったサムライマスクは出来る限り優しい声で言った。

「生きていれば、いつか必ず挽回《ばんかい》する機会も訪れよう」

それは当主に語りかけているようであり、己に言い聞かせているようでもあった。

「使用人たちを優しく迎え入れ労《ねぎら》ってやれば、彼らもご当主に感謝して忠義を尽くす事だろう。忠臣とは最初からそこにいるのではなく、絆《きずな》を結んで育む物なのだ」

そこまで言ってから、ひとりで勝手にしゃべりすぎたと恥じてサムライマスクは首を振った。商家の当主に説教じみた事をするなど的外れな真似《まね》ではないか、と。

「……すまん、拙者の勝手な意見だ」

「いいえ、貴重なお話でした。使用人の扱いについて思うところは色々とありますが、せっかくなので今回は冒険者どののご意見に従おうかと思います」

「冒険者ではない、サムライマスクだ！」

マントを翻し、ビシィと音が鳴りそうなほど真っ直《ま》ぐ《す》に指を立てて宣言した。

「ではさらばだ！　困った時はいつでもこの怪傑サムライマスクを呼びたまえ、ふはははは！」

高笑いを残し、サムライマスクは廊下を小走りで立ち去っていった。

「なんだありゃあ……？」

残された当主はただ、呆然《ぼうぜん》と立ちすくむしか出来なかった。

これはサムライマスクの活動のほんの一例であり、人が『なんだあれは』と呟き唖然《あぜん》とする姿は街のあちこちで見られるのであった。


サムライマスクは日課の散歩に出ていた。いや、今は仮面を外しているので元騎士のドナルドと呼ぶべきだろう。

彼は依頼で街に戻れぬ時以外、ほぼ毎日散歩をしていた。根城としている貧民街を出て職人街の資材置き場をちらと覗《のぞ》いてまた帰る。そんなコースをほとんど変えずに続けていた。

本来それなりの立場や肩書きがなければ城塞《じょうさい》都市には住めぬものだが、それでもこの街には貧民街と呼ばれる区画があった。人の立場は不変ではない。住み始めた頃には大商人でもいつか高みから転げ落ちるかもしれない。貧民街には様々な理由で堕《お》ちて流れてきた者たちが住み着き、そしてそこは元騎士で殺人犯のドナルドが潜伏するには都合が良かった。

問わず語らず、それが貧民街における唯一のルールだ。

狭い路《みち》には糞尿《ふんにょう》が撒《ま》き散《ち》らされて掃除もされず、夏にもなると悪臭混じりの熱気が漂う。うつろな目をして寝転ぶ者がいる、病で顔の崩れた娼婦《しょうふ》が声をかけてくる。

最近は教会にも行っていないが司祭に会ったら聞いてみたいものだ、地獄とはここよりマシですか、と。

最悪と呼ぶことすら憚《はばか》られるような環境だが、それでもドナルドは騎士団に所属していた頃よりも日々を楽しんでいた。

資材置き場にやって来た。ドナルドが神の啓示を受けた神聖な場所である、祈りを捧《ささ》げるならばここで良い。みすぼらしい格好で教会に行き、司祭や市民たちに汚物を見るような視線を向けられる必要はない。

資材置き場を覗くドナルドの顔がパッと明るくなった。そこに神が居たのだ。

「ルッツ様！」

上半身を露わにして斧を振るっていたルッツに声をかけて近付いた。ルッツも手を止めて軽く手を振ってみせる。

ドナルドはルッツの気楽さとは対照的に、スッと身を屈《かが》めて跪《ひざまず》いた。

「ご無沙汰《ぶさた》しております、我が神よ」

「うん、そういうの止《や》めようね。他人が見たら変なプレイだと思われるからね」

ルッツは困惑しながら言った。周囲に奇人変人は数多くいるが、ドナルドのようなタイプは初めてであり扱いにも困っていた。

侮辱してくるなら殴れば済むだけの話だが、向けられた感情が敬意であればあまり無体な真似も出来なかった。

「申し訳ありません。感激のあまり、つい……」

ドナルドは遠慮がちに立ち上がった。はて、以前に比べて背が伸びたかとルッツは内心で首を捻《ひね》るが、その理由はすぐにわかった。

背筋が真っ直ぐに伸びているのだ。人を脅して金をせびっているのではない、人助けをしているのだという誇りが彼に堂々とした姿をさせているのだろう。

皮肉な事に彼は騎士団を抜けて初めて、人々を守る騎士という名誉を手に入れた。

「一応確認しておくが、ドナルドさんが噂のサムライマスクって事でいいんだよな？」

「ルッツ様のご助言に従いまして」

ドナルドはそうハッキリ言った。

……違うよね？　俺はそこまでしろとは言ってないよね？

そう言ってやりたかったたし、ドナルドとの付き合いを続けるのはクラウディアやジョセルに対して申し訳ないという後ろめたさがあった。しかしドナルドの真っ直ぐな瞳《ひとみ》に見据えられては、梯子《はしご》を外していち抜けたとは出来なかった。

助言はした、励ましもした、刀も与えてやった。それで今さら知りませんでは通用しないだろう。何よりルッツは生きる希望を見付けたばかりの者を見捨てられるような男ではなかった。仕方ねえなあ、と胸の内で呟きずるずると引っ張られるのが彼の人生だ。

「まあ、うん、あれだ。ドナルドさんが元気そうで何よりだよ。騎士団の連中に追い回されたりはしていないかい？」

「それなのですが……」

　どう答えればよいものかと少し悩んでから、ドナルドは肩をすくめてみせた。

「私は普段からフードを深く被《かぶ》って出歩いているのですが、騎士団の連中と偶然眼が合った事があるのです。その時あいつらは眼を逸《そ》らしてそそくさと逃げていきました」

「おいおいおい、ドナルドさんを捕まえる為にパトロールしていたんじゃないのか」

「関わりたくなかったのでしょうね、ふたりも殺されていますから」

　殺した張本人であり、少し前まで騎士団に所属していた身としては苦笑いする以外にやれる事はなかったようだ。

　あまりにも酷い話にルッツは首を捻りながら言った。

「これ言っちゃっていいのかなあ。内部情報漏洩《おもらし》になるかもしれないけど、まあいいか。高位騎士のジョセルさんだけど騎士団のだらけっぷりにいい加減ブチ切れて、今回の件はお前らだけで始末しろと怒鳴りつけて一切手助けしないつもりらしいんだよねえ」

「……あれ、つまり誰も私を追っていないのですか？」

「そういう事になるな。無論、堂々と顔を晒《さら》して歩くような真似はしない方がいいだろうけど」

「なんとまあ……」

　ドナルドは安堵《あんど》よりもまず呆《あき》れが先に出て来た。そして改めてあの腐臭漂う古巣から抜け出せた事を神に感謝していた。

「ルッツ様、私は正義の味方を続ける内にひとつの悟りを得ました」

「そりゃまた大仰だな」

「善行は秘するものという考えはよくありません、むしろ逆です。善行を働いた時こそ喧伝《けんでん》するべきなのです」

「どういう事だい？」

「サムライマスクが人助けをした、悪党を倒した。そうした話をドンドン広めていけばこの街には怪傑サムライマスクが居ると人々は安心し、悪党は動きづらくなるでしょう。サムライマスクの名を広めるのは抑止力ともなるのです」

しっかりとしたビジョンを持って語るドナルドに、ルッツは感心したように頷《うなず》いた。

「へえ、色々と考えているんだな。てっきり趣味でやっているのかと」

「趣味は半分くらいです」

大真面目に言うドナルド。しばし呆れ顔をしていたルッツだが、やがてプッと吹き出した。釣られるようにドナルドも笑う。初めに出会った頃の最悪の関係が嘘《うそ》のように思える光景であった。

「……さ、もう行けよ。皆がヒーローを待っているぜ」

ドナルドは頷き、ポケットから仮面を取り出して装着して後頭部で紐《ひも》を結んだ。

顔を上げる。そこに現れたのはあの怪傑サムライマスクだ。

「ふははははは！　では、さらばだ！」

バサァ、とマントを翻し仮面の男は走り去る。と、思いきや資材置き場の出口辺りで振り返った。

「ルッツ様。私は今、本当に充実しています！　それも全てルッツ様のおかげです、本当にありがとうございます！」

叫び、深々と頭を下げるドナルド。いいから行けよ、とルッツは追い出すように手をひらひらと振った。
サムライマスクは疾走した。今日もまた新たな伝説を作り上げる為に。
彼はまだ知る由もなかった。脅威とは常に、背後から襲ってくるのだという事を。

# 第八章　集結の刻《とき》

冒険同業者組合《ギルド》は依頼を受けるカウンターと酒場を一緒にしたようなものであり、いつも冒険者たちの溜《た》まり場《ば》となっていた。仲間を探すにも情報を集めるにも、活動しているふりをするにも都合のいい場所であった。

ギイ、とドアが軋《きし》みを立ててひとりの男が入ってきた。普段ならば冒険者たちは誰が入って来たのか一瞥《いちべつ》するだけで興味をなくすのだが、その男は注目されたままであった。

最近売り出し中の冒険者、サムライマスクである。冒険者には自己顕示欲の強い者が多く奇抜な格好をする事も多々あるが、そんな冒険者たちから見ても彼は別格の変人であった。

ただの目立ちたがり屋であればまだ良かった。サムライマスクは誰もやりたがらないような危険な依頼を次々とこなし、依頼人からも正規の報酬以外は受け取らず、奪われた荷を取り返して欲しいという依頼でちょろまかしもしない。こうして彼は急速に市民たちからの信頼と、同業者からの反感を獲得した。

荷の何割かは冒険者の取り分だとうそぶくベテランたちに恨まれ絡まれた事もあったが、サムライマスクはそんな連中を全て叩《たた》きのめしてやった。

高潔で勇気があり、腕っぷしも強い。一体どこで手に入れたのか、冒険者たちの憧《あこが》れである刀をこれ見よがしに腰へと差していた。まるで絵本の中から飛び出してきたヒーローそのものだ。

以前、こんな事があった。

酒場の中でサムライマスクの行く手をひとりの男が阻んだ。それは伯爵家お抱えであり勇者の称号を持つ男、リカルドであった。彼はサムライマスクに対して悪意があった訳ではない、狭い酒場では進路がぶつかる事などいくらでもあった。

どちらが道を譲るのだろうか、それとも喧嘩《けんか》になるだろうか。興味津々のギャラリーであったが、二匹の凶犬は互いに会釈をした。

「どうも」

「どうも」

そうしてお互いに半身をずらして通りすぎた。これには周囲も拍子抜けである。

後日、ひとりの冒険者が聞いた。何故《なぜ》あそこで道を譲ったのか、お前は勇者よりも格下のつもりなのかと。

サムライマスクは答えた。

「道を譲るの譲らないのと、君にとって男の価値とはそんなものかね。男が刀を抜かねばならない時とはもっと他にあるはずだ」

こうした話はサムライマスクの評判を高めると同時に、周囲から避けられる原因にもなった。

ちなみにリカルドにも同じ事が聞かれたが、

「そういうの面倒くせえ」

という一言で済まされてしまった。やはり彼にも仲間はいない。

見栄《みえ》の為《ため》に生きるのが冒険者だと考えている者たちからすれば、怪傑や勇者の存在自体が自分たちを否定しているようで不快であったのだ。

何か依頼はないかとカウンターに近付くサムライマスクに、ギルド職員の男が脂ぎった顔に貼り付けたような笑みを浮かべて声をかけた。ギルド職員たちにとって重要なのはいかに依頼をこなしてくれるかであってサムライマスクに悪印象はない。ヒーローだろうが変態だろうが、そんな事はどうでもよかった。

危険すぎるとか金額が見合っていないとかでいつまでも残り続ける依頼、所謂《いわゆる》こげ付き依頼を次々と始末してくれるサムライマスクはありがたい存在であった。彼のおかげで月末にギルド長から嫌みを言われずに済み、頭髪の荒廃も抑えられた。

「よう、ミスターサムライ！　あんたに客が来ているぜ」

「私に名指しか」

この人に依頼を受けて欲しいと名指しされるのは信頼されている証《あかし》であり、冒険者にとって大きな名誉であった。サムライマスクは知名度が上がってきた事に満足して頷いた。

「三階、二号室だ」

「どうも」

冒険同業者組合は宿泊施設も兼ねており、二階は大部屋で三階は個室となっている。依頼人と内密の話をする時なども三階が使われていた。

軋む階段を踏みしめ三階へ上がり、二号室の戸を叩く。

「サムライマスクだ」

名乗ると中から鍵《かぎ》が開けられ、中年の男がサムライマスクを部屋へと招き入れた。

その男の頬はげっそりと痩《や》せこけ、苦悩の跡が見てとれる。何故か左眼《ひだりめ》が半開きでピクピクと震えていた。

どこかで見かけたような気がするが思い出せなかった。

「私はエスターライヒ男爵領で活動する商人、デニスと申します」

「わざわざ隣の領から？」

デニスの名乗りにサムライマスクは眼を丸くして聞いた。隣と言ってもそう気楽に来られる距離ではない。

「……領内で依頼をしても全て断られました、領主様からも冒険者たちからも。サムライマスク様ならばどんな危険な依頼でも受けてくださるという噂《うわさ》を聞き、すがる思いでお訪ねした次第であります」

「私とて神ではない、出来る事と出来ない事がある。だが、まずは話を聞こうか」

受けると決まった訳ではないがデニスの顔が少しだけ明るさを取り戻した。

サムライマスクは依頼内容よりもまず男の顔が気になっていた。特に不自由そうな左眼が。どこかで会ったはずだ。そしてそれを思い出そうとすると酷《ひど》く息苦しくなってくる。

「私の住む街がオークの集団に襲われ、ひとり娘がさらわれたのです。どうか娘を取り戻してください！」

「オークの集団とは、具体的にどれほどの規模だ？」

一体や二体ならばともかく、集団ともなればひとりで立ち向かうのは自殺行為だ。

デニスは俯《うつむ》いたまま黙っていた。言ってしまえば断られるかもしれない、そんな不安が彼を縛り付けていた。

「デニスどの、言わねばわからぬ」

「……まずは引き受けると言ってくださいませぬか？」

「私は神ではないと名乗ったはずだ。何の準備もなしに行けと強要するならばお断りしよう」

「いえそんな、強要などと……」

「ならば話してくれ。信頼関係がなければ命を預ける事など出来ぬ」

しばし流れる沈黙。ガタリ、と椅子を引く音だけがやけに大きく響いた。

「……ご縁がなかったようだな」

「お待ちください！　言います、話しますのでどうか……ッ！」

「嘘《うそ》はつくなよ。嘘とわかればその場で契約破棄をするからな」

「はい……」

デニスは絞り出すような声で説明した。

オークは確認できただけでも三十体ほど。リーダーと思われるオークは恐ろしいほどの巨体で身長が三メートルもあったという。

オークは人間よりもずっと力強く好戦的な種族である。そんな連中が三十体以上、しかもリーダーは化け物である。もはや魔物の群れとは呼べず、ひとつの軍隊を相手にするようなものだ。

現地の騎士団や冒険者たちが断ったというのも頷ける。当然の話であった。奴《やつ》らを薄情な連中だと思っていたが認識を改めた。それはそうだ、としか言い様がない。

だから言いたくなかったのだと、デニスは苦渋の表情を浮かべていた。

「……デニスどのは、いつまでこの街に滞在されるおつもりか？」

「家族が心配しております。すぐにでも戻らねばなりません」

「襲撃されたのはいつ頃の話だろうか？」

「もう、一週間も前になります」

サムライマスクは不快げに眉《まゆ》をひそめるが、仮面というのはこうした時に便利なもので表に出さずに済んだ。

一週間。それはデニスが必死に助けを求めて駆けていた期間なのだろうが、第三者としては娘さんはとっくに死んでいるよと言いたくもなる時間であった。

……死んだ奴の為にオークの群れにひとりで突っ込めってか、冗談じゃない。

出来る限りの事はするつもりであったが、これは明らかに限度を超えている。なんとかヒーローの名に傷が付かない断り方はないものかと考えていると、すがるようにじっと見ているデニスと目があった。

やはり不自然な動きをする左眼が気になった。

「デニスどの、その左眼はオークの襲撃でやられたものですか？」

「これですか。実は私は以前、この街に住んでおりまして……」

ドクンとサムライマスクの、いや、元騎士ドナルドの心臓が跳ね上がった。

聞くな、これ以上深入りはするな、あれは一週間前の傷じゃない。古傷だ。心が警鐘を鳴らすが舌は麻痺《まひ》したように動かなかった。

「ガラの悪い騎士たちに囲まれ殴られた痕《あと》なのです。その後に男爵領に引っ越したのですが、そこでもこんな目に……」

デニスが己の運命を呪い、重いため息をつく。

サムライマスクの息が荒くなり心臓を手のひらで押さえつけた。

ダメだ、逃げられない。これは自分が向き合うべき罪なのだ。ここで逃げればもう本当に取り返しがつかなくなる。

死んで当たり前の任務、それがどうした。ならば死んでしまえ。

違う、ダメだ。死ぬのは構わないが任務は成功させねばならない。娘さんが生きているなら取り戻す、既に死んでいるならばオークを全滅させて仇《かたき》を討たねばならない。どうすればいい、わからない。もう頭の中がぐちゃぐちゃだ。

「住所を教えてくれ。後から仲間を集めて必ず行く」

「そうですか……」

デニスの声に失望が混じった。どうせそのまま来ないつもりか、そう思われたのだろう。

「早まった事はしないでくれ。必ず、必ず行くから……ッ！」

サムライマスクは涙混じりの声で叫び、部屋を飛び出して行った。

デニスの心は裏切られる事と諦《あきら》める事に慣れてしまっていた。それでも、もう一度と思わせる力がサムライマスクの声にあった。

「信じていいのだろうか……？」

呟《つぶや》きながら右眼を閉じた。残る左眼は光を放つ事はなく、闇の中にあった。

ドナルドは資材置場で呆然《ぼうぜん》と立ち尽くしていた。

既に日暮れ時である、ルッツに会えるとは思えなかった。それでもここで待つ他に出来る事は何もなかった。

今すぐにでもルッツの工房に行き助けを求めたかったが、それは出来なかった。ルッツの妻であるクラウディアはツァンダー伯爵領の騎士たちを激しく憎んでいる、それも当然と言えば当然すぎるほどの理由で。こちらから押し掛ければルッツの迷惑にもなるだろう。

今のドナルドに相談事が出来る相手はルッツしかいない。しかも彼とは友人でも何でもなく、むしろつい最近まで敵だったが反省したようなので頑張ってね、という程度にしか思われていないのだ。ドナルドが一方的に好意を示しているに過ぎない。

こちらから押し掛けて迷惑だと言われ、縁を切られてしまえば完全に詰みである。資材置き場で偶然の出会いを待つしかないのだ。

ルッツと約束などしていない。彼は数日に一度くらいしかここには来ない。刀の作製に入れば数日から長くて一週間くらい工房に籠る事もある。

それでも、待つしかなかった。

日が完全に落ちて周囲は真っ暗になった。闇の中にいる、物理的にも心情的にも。全身に重りが付けられたようで立っているのも辛《つら》くなりその場にへたり込んだ。湿った土の冷気が尻《しり》から伝わってくる。

身動きが取れなかった。死刑宣告に等しい依頼を受けたのも、工房へ助けを求めに行けないのも、全ては己の行いに原因がある。ドナルドを縛り付けているのは過去の悪行という名の鎖であった。

どれだけ時間が経《た》ったのだろう、急に頭上が明るくなった。もう日の出か、そんな馬鹿な。ゆっくりと顔を上げ、そしてドナルドの全身は感動に震えた。

「あ、ああ……」

「まったく、迷子になって泣き出すような歳《とし》でもあるまいよ」

呆《あき》れたように言う男、松明《たいまつ》に照らされたその顔は待ち望んでいた相手のものであった。何故こんな時間にこんな所にいるのか、それはわからない。今はただ神の奇跡に感謝していた。

「なんという奇跡、なんという偶然！　お会いしとうございました、ルッツ様！」

「別に偶然ではないよ」

「え？」

「ご近所さんから資材置場に不審者がいるって聞いたから様子を見に来たんだ。そうしたら案の定って訳だ」

「それは何とも、ご迷惑を……」

「ま、いいさ。それより何か俺に話でもあるんじゃないのか？」

ルッツは松明を地面に突き立て、適当な木箱に腰を下ろした。呆れてはいるが怒ってはいないようでドナルドはひとまず安堵《あんど》した。

「ルッツ様、どうか愚かな我が身をお救いください！　いえ、私はどうなっても構いません。この依頼だけは何としても成し遂げなくてはならないのです！」

「んん？」

怪訝《けげん》な顔をするルッツに、ドナルドは冒険同業者組合での出来事を語った。

隣の男爵領でオークの襲撃があり、助けを求められた事。依頼主の男はかつてこの街に住んでいたのだが騎士たちに暴行され左眼を潰《つぶ》されたという事を。

「……で、そのデニスさんとやらの眼をぶん殴って潰したのがドナルドさんなのかい？」

「いえ、殴ったのは別の者です。ただ……」

罪と恥の告白とはこれほどまでに辛いものなのか。言葉に形はないはずなのに、喉《のど》に引っ掛かってなかなか出て来なかった。

痛い、辛い、それでも無理に吐き出した。

「……側《そば》で笑って見ていました」

「とんでもねえクズだな」

「ぐう……ッ」

ルッツのストレートな罵倒《ばとう》がドナルドの胸を抉《えぐ》った。

「なんだ、そんな事ないよとでも言って欲しかったか？」

「……いえ、これは私が償わねばならぬ罪です」

根っからのクズという訳ではないのだな、とルッツは小さく頷《うなず》いた。

恐らくドナルドがそういった真似《まね》をしていたのは集団心理的なものもあったのだろう。腐った組織に属していたからそうした行動が当たり前だった、流されもした、商人を庇《かば》えば今度は自分が標的になっていたかもしれない。

彼らのやってきた事は許される事ではない。それでも、自らの足で処刑台まで歩く権利くらいはあっても良いのではないだろうか。

秋も深まり、夜にもなればかなり冷えるようになってきた。ルッツは松明で手を炙《あぶ》りながら言った。

「……仲間になってくれそうな奴に心当たりがある。敵集団に突っ込んで全員ぶっ倒すような戦いに慣れた男だ、今回のようなケースでは頼りになるだろう」

「おお、ルッツ様！　ありがとうございます！」

ドナルドは座り直し、地に手をついて頭を下げた。彼に土下座されるのはこれで二回目だ。

「気が早いよドナルドさん、まだ引き受けてもらえると決まった訳じゃないんだ」

「こんな私の為に動いてくださる。それだけでも、それだけでも……ッ！」

感極まり涙声になるドナルドであった。

「リカルド、という男を知っているか？」

「この街で一番の冒険者だと聞いております。挨拶《あいさつ》くらいしかした事はありませんが」

「そいつだよ、二本の妖刀を渡した相手は」

そんな事をしている場合ではないと知りつつ、ドナルドの胸の内に嫉妬《しっと》心が湧いてきた。彼もまた妖刀に恋をした男だ。

「彼は妖刀に、ルッツ様の最高傑作を持つのに相応《ふさわ》しい男ですか？」

「どうかなあ……？」

ルッツは首を捻《ひね》るがその表情に疑問や嫌悪感はなく、どう表現すればよいのかと悩んでいるようであった。

「あいつほど『椿《つばき》』や『桜花《おうか》』みたいな危険物と真《ま》っ直《す》ぐに向き合おうって奴は他にいないだろう

な」

ルッツが納得している、ならばドナルドが口を挟む余地などない。むしろそんな男と共に戦える事を頼もしいと考えるべきなのだろう。

「それともうひとつ問題がある」

「何でしょうか?」

「リカルドは伯爵家お抱えの冒険者だ。ずっと街に張り付いていなけりゃならないって訳じゃないが、さすがに男爵領まで遠出するとなると一声かけておかねばならないだろう。つまり……」

「ジョセル様の耳にも入る、と」

ドナルドの立場は騎士殺しの逃亡犯である。高位騎士ジョセルが自ら手を出すつもりはないといっても、目の前に現れれば何の行動もしないはずがない。

「無論、あいつが犯人でございとドナルドさんを差し出すつもりはない。ただ何らかの形で接近する事はあるかもしれない。それでもいいか?」

「構いません。この戦いが終われば後はどうなっても」

即答であった。ドナルドの心にもう迷いはない。

「わかった、今日はもう帰って寝ておけ。明日の昼過ぎにまたここで会おう。寝不足で戦えませんでした、なんてシャレにならんぜ」

そう言ってルッツは背を向けて数歩、ふと何かを思い付いたように口を開いた。

「泣くのは今夜だけにしておけ。あんたは人々に勇気を与えるヒーローなんだからな」

ルッツが立ち去った後もドナルドはしばらく顔を上げられずにいた。

ヒーロー、まだ自分を信じてそう言ってくれるのか。

「おう、いいぞ」

ルッツの依頼にリカルドは拍子抜けするくらいあっさりと承諾してくれた。

ここは冒険者向けの安アパート。リカルドが朝の修行に出る前に捕まえられたのは幸運であった。

「悪いな、街が襲撃された後だからあまり報酬には期待出来ないと思うが」

「まあ、その分はお前への貸しって事で」

これはサムライマスクからの依頼だぞと言いたかったがルッツはその言葉を飲み込んだ。リカルドはサムライマスクではなく、ルッツを信用したからこそ引き受けたのだ。人を紹介するとはそういう事である。

リカルドはルッツに貸しが出来る、ルッツはサムライマスクことドナルドから徴収する。こうして関係性は深まり赤の他人といった顔が出来なくなる。これが腐れ縁というものだ。

「それよりも気になるのが……」

リカルドは急に表情を引き締めて言った。

「三メートル級のばかでかいオークが現れたっていう話だな」

「ああ、とんでもない化け物だな」

「覚えていないか？　俺が『椿』の呪いを最初に食らわせた相手も巨大オークだったんだ」

「……あったな、そんな話も」

「突然変異で一体だけ出てきたというのならわかる。納得は出来ないが理解は出来る。まあ、まあまああって感じだよ、うん」

ギシィ、と音を立ててリカルドは椅子に座り直した。安アパートに備え付けの家具であり、いつ壊れてもおかしくはなかった。

「だがな、二体目となると話は違う。そうポンポン出て来られてたまるか。それともメスオークの股《また》ぐらってのは丸太が入るくらいにデケェのか？」

「生々しい言い方をするな。……言わんとする事はわかる、巨大オークが現れたのは偶然ではなく何らかの理由があるのではないかという事だな？」

「その理由って奴を取り除かない限り、第三第四、あるいは巨大オーク軍団なんて奴まで出て来ないとは限らんだろう。最悪の想像だけどな」

むう、と唸《うな》ってふたりは黙り込んだ。話がおかしな方向に転がり、もはやサムライマスクの贖罪《しょくざい》だけでは済まなくなってきた。

「よし、早速資材置場に行こう」

ルッツが急《せ》かすように立ち上がった。

「待ち合わせは昼からじゃなかったのか？」

「あの馬鹿の事だ、家でじっとしていられずもう来ている可能性が高い。ひょっとしたら昨晩から帰らず資材置場で寝ていたかもな」

そう言ってルッツは走り出し、リカルドは二本の刀を掴《つか》んで後を追った。

案の定資材置き場で俯《うつむ》いていたサムライマスクを捕まえて、ルッツたちは城のゲルハルトを訪ねた。ルッツたちとゲルハルト、そして高位騎士ジョセルの五人も居てはさすがに狭いので付呪《ふじゅ》工房ではなく談話室に集まった。

「……と、いう訳でしばらくリカルドをお借りしたいのです」

事情はルッツが説明した。今回の中心人物であるはずのサムライマスクことドナルドは腕を組み、壁に背を預けて黙って聞いていた。

「フッ……」

ニヒルでクールでミステリアスな男を気取っていれば向こうから話しかけられる事もないだろうという、どうしようもない作戦である。そこまでしてでもジョセルと話したくなかった。

ジョセルは怪訝な顔をしているがサムライマスクがドナルドだとは気付いていないようだ。かつての上司に気付いてもらえないというのは悲しいやら安心するやら、複雑な気分であった。

「で、そっちの兄ちゃんが噂のサムライマスクか。面倒な依頼を率先して片付けてくれると組合の連中が感謝しておったぞ」

甘い考えは通じずゲルハルトに話しかけられてしまった。サムライマスクはどうしよう、と助けを求めてルッツに視線を送ると、ルッツは口元で手をグーパー開閉してみせた。

……いいから何か話せ。

……マジっすか。

サムライマスクは口元に笑みを浮かべたままだが内心はすぐにでも泣き出したかった。仮面とは本当に便利な物である。

「礼には及ばぬ、民の笑顔が一番の報酬だ。そうした意味では拙者ほど強欲な男はいるまいよ。ふ、ふ……」

「お、おう……」

　ゲルハルトが返答に詰まった。それはそうだろう、サムライマスク自身も何を言っているのかよくわかっていないのだ。

「まあ、うん、そうだな。事情はわかった。巨大オークについての話も気になるしな、リカルドの遠征についてはわしから伯爵にお伝えしよう」

「お願いします」

　ルッツとリカルドが、少し遅れてサムライマスクも頭を下げた。

「巨大オークを筆頭とした集団か、出来ればもっと戦力を送りたいところだが……」

　ゲルハルトはちらとジョセルに眼をやってから静かに首を横に振った。

「こちらから一方的に騎士を派遣すれば軍事介入と取られかねん。冒険者が依頼されて、という範囲でやるしかあるまいよ」

「男爵領単体で問題が解決出来ないとしてもですか？」

　リカルドが何を暢気《のんき》な事を、と少し苛立《いらだ》ったように聞いた。

「出来るか出来ないかを判断するのはその土地の領主だ。向こうから援助要請が来ない限り兵を入れる訳にはいかんのだ」

「市民に犠牲が出ているんですよ？」

「政治とはそういうものだ。……おい、そんな眼で見るな若造。わしだってこれが正しいなどとは思っておらぬ。だがな、こちらに侵略の意思がないと誰が証明出来る。そして何かあれば勝手に兵を入れても良いという前例を作ってしまえばどうなる」

「むう……」

納得はしていないが反論は出来ない、そんな顔でリカルドは黙り込んだ。代わりにルッツがジョセルを一瞥《いちべつ》してから言った。

「まあ、来られないものは仕方ないでしょ。冒険者たちも行くなと言われなかっただけまだマシですよ」

仕方がない、という言葉にジョセルの肩がピクリと揺れた。ルッツはそれに気付かなかったようで話を先に進めた。今はとにかく時間が惜しい。

「それよりも馬車を一台貸していただけませんか？」

「よかろう、付いてこい」

ゲルハルトが部屋を出て、ルッツたちが後に続いた。談話室にはジョセルひとりが残された。

「仕方がない、か……」

他領とはいえ魔物の襲撃に苦しむ民がいる。しかし自分にはツァンダー伯爵領の高位騎士という立場があるから動けない。仕方のない事だ。

……それでいいのか。人として、騎士として、男として誇れる行いなのか。息子たちに胸を張って言える事なのか。被害に遭った人々の前で、仕方がありませんでしたと言ってみせろよジョセル。

ジョセルは繰り返し己に問いかけた。ゲルハルトの言っていた事は正しい、勝手に動けば伯爵領全体に迷惑がかかる。それだけは絶対にやってはならない事だ。

だからオークの襲撃という危機的状況を鍛冶屋《かじや》と冒険者たちに任せて高位騎士様は留守番してい

るだけなのか。

「仕方がない、か」

もう一度呟《つぶや》く。そこに納得の色はなかった。


ゲルハルトが貸してくれた馬車は二頭立ての立派な物であった。出来る範囲で、出来る限りの事はしようという彼の心遣いであろう。

サムライマスクが御者席に座り、幌馬車《ほろばしゃ》は男爵領に向けて突き進む。

「馬に直接乗った方が速くないですか？」

疑問を口にするサムライマスクにルッツは眉《まゆ》をひそめながら答えた。

「馬術は平民にとって一般教養じゃないんだよ」

城壁外の貧乏鍛冶屋として育ったルッツは馬に乗れず、馬車も操れない。最近少しロバに乗れるようになった程度である。リカルドも同意するように頷《うなず》いていた。彼も魔物討伐に行くときは現場まで徒歩か相乗り馬車である。

「あれ、そう考えると逆に馬に乗れるお前さんは何者なんだ？」

リカルドの質問にサムライマスクことドナルドは仮面の下でしまったという顔をした。仕方ないな、とルッツは頭を掻《か》きながら言う。

「これから命を預ける仲だ、正体バラしちゃってもいいかい？」

随分と気楽に言ってくれるものである。しかしよくよく考えればこんな危険な依頼に付き合ってくれる相手に隠し事をしているのはよろしくないし、サムライマスクはこの依頼を成功させた後はどうなろうと構わないと腹をくくっている。ならばここで正体を隠す事に固執するのは意味のない話だ。

さすがに高位騎士ジョセル相手には言わないで欲しいが、冒険者ならば妥協のしどころであろう。

「ルッツ様にお任せします」

「彼ね、連続殺人犯」

サムライマスクはぎょっと驚いて身を震わせた。任せるとは言ったがいくら何でも直球に過ぎる。手綱を握るサムライマスクの背に冷たい視線がチクチクと突き刺さる。リカルドが今どんな顔をしているのか想像もしたくなかった。

「……何をやらかしたんだこいつは？」

「騎士ふたりが続けて殺されたって事件があったろ。あれの犯人」

「正義のマスクマンとして悪党に天誅《てんちゅう》を下したって訳か？」

「いや、その件に関してはまったくの私事だ。サムライマスクとして活動する前の話だしな。まあ、殺されたのは不良騎士どもだしどうでもいいだろ」

「それもそうだな」

あっさりと納得されてしまった。サムライマスクとしては人間扱いされず怒るべきなのか、深く追及されず安堵《あんど》するべきなのか複雑な気分であった。つまりはこれが騎士たちの日頃の行いに対する市民の評価なのだろう。自分がどれだけ腐ったコミュニティに属していたかを改めて思い知らされた。

「そのサムライマスク自身も元騎士で、本名はドナルドっていうんだ。人様に迷惑かけて生きてきた自分を変えたくて正義の味方として活動し始めたって訳だよ」

「やりたい事はわかるが極端だな！」

リカルドは楽しげに笑い出した。元騎士という悪印象よりも、正義の味方をやっているという好印象が上回ったようでひとまずは安心と、サムライマスクはほっと息をついた。

「あ、そうそう。サムライマスク、いざオークたちと戦闘になったらリカルドには近づくなよ。具体的に言うと半径五メートル以内に入らない方がいい。死ぬぞ」

ルッツが世間話でもするかのように物騒な事を言い出した。

「何故でしょうか？　戦い方が激しいから巻き込まれないようにしろと仰るならばわかりますが、それにしては半径五メートルとはやけに長く具体的ですね」

「ああ……」

ルッツはちらとリカルドに視線を向けた。話してもいいか、と許可を得る為である。妖刀の製作者といえど、他者の持つ能力を勝手にべらべらと話すのは冒険者の礼儀に反するのではないかと考えたからだ。

構わない、とリカルドは頷いた。現地で説明するのは面倒であるし、サムライマスクの秘密を教えてもらったばかりだ。こちらが何も言わないというのはアンフェアなような気がした。

ルッツはそうした心理を見越してこの順番で話を進めたのかもしれない。何も考えていないようで、意外に考えているような男だ。

「お前に任せるよ」

先程のサムライマスクに倣ってルッツに言わせる事にした。ルッツもそう言われるだろう事は予測していたようで淀《よど》みなく語り始めた。

「以前こいつが『椿』の所有者だって話したと思うが、そこまではいいな？」

「はい、覚えております」

サムライマスクはハッキリと答えた。微《かす》かな嫉妬《しっと》という棘《とげ》が胸に打ち込まれているのだ、忘れられるはずもなかった。

「問題はその能力だ。素の状態でも自傷したくなるほどの美しさがあったが、これに超一流付呪術師《ゲルハルトさん》が半ば悪ノリして古代文字を刻んだ結果、とんでもない妖刀が出来上がったんだよ」

「それは……？」

ごくり、とサムライマスクが息を呑《の》む。手綱を放り出して振り返りたいが、自制心を総動員してなんとか耐えた。

「半径五メートル以内の相手に自害を強要する効果だ」

「ええ……？」

驚きはしたが、あの刀ならばあるいはと頭の片隅で納得もしていた。素の状態で刃に頬ずりをして大怪我《おおけが》をしたサムライマスクならではの感想である。

「自傷行為の苦痛を快楽と勘違いしてしまうんだとさ。苦痛は訓練次第である程度は耐えられるようになるが、快楽には逆らえないって奴だな。敵味方の判別は出来ないから気をつけてな」

「判別出来ないのですかッ⁉」

「選《よ》り好《ごの》みをしない、いい女だなあ。ははは」

「笑い事じゃあないですよ！」

「笑う以外に出来る事ないし」

　変人と変刀に囲まれてすっかり毒されてしまったルッツである。サムライマスクの反応がいっそ新鮮であった。

「……まあ、確かにそれならオークの集団にも勝てるかもしれませんね」

　危険性にはとりあえず目をつぶりサムライマスクは頷いた。前からルッツがやけに気楽というか、勝算があるような素振りを見せていたのはこの為か。死ぬ覚悟をしていたはずなのに、生き残る算段が出来たとなれば少し気が楽になってきた。

　我ながら浅ましいな、とサムライマスクは自嘲《じちょう》した。

「ひょっとしたら『椿』を抜いたリカルドを突っ込ませるだけで全部終わるかもな」

「無責任な事を言ってくれる。あれ結構怖いんだぞ、たまに効かない奴とかいるし」

　半ば冗談、半ば本気といった様子でルッツとリカルドが笑いあった。

　最強の妖刀『椿』といえど効果範囲外から弓で狙われれば対処は難しい。また、ゾンビやゴーレムといった命を持たない敵には通用せず、迷宮の奥で出会った女のように既に他の呪いにかかっている相手にも効果がない。

　リカルドが一番恐ろしいと思ったのは呪いの性質を理解してその場で男性器を斬り落とした男だ。あの時は気迫でも圧倒され本気で死を覚悟したものである。痛みと出血、呪いの残滓《ざんし》で動きが鈍っていなければ確実に殺されていただろう。そう思えるほどに強敵であり覚悟が極《き》まっていた。それ以降、リカルドは常に頭の片隅にイレギュラーの存在を置いて忘れぬようにしていた。

「何が起こるかわかんねえから、お前らもサポートよろしくな」

おう、と頷くルッツとサムライマスク。

二頭立ての馬車は男爵領へと力強く突き進んだ。


ルッツたちが馬車で男爵領へ向かっている頃、高位騎士ジョセルは市場をうろついていた。

特に買いたい物がある訳ではない、別にパトロールという訳でもない。賑《にぎ》やかな所にいれば気が晴れるだろうかと期待しての事だった。結果、喧騒《けんそう》のなかに取り残されて余計に虚しくなっただけであった。

「義を見てせざるは勇なきなり、か……」

その呟きも客引きの大声にかき消された。

民が魔物に襲われた。ジョセルにも立場がある、貴族同士の関係性もある。行けない理由はいくらでもあるが、結局のところ何もしないという事に変わりはない。

正義とは何か、騎士道とは何か。少なくともここで傍観して得られるようなものではあるまい。しかし、師であるゲルハルトが提示した問題を解決せぬまま男爵領へ向かえば結局は誰も彼もが迷惑を被る事になる。ひとりよがりな正義の暴走ほど厄介なものはない。

迷い人の耳にふと、サムライマスクという名前が入ってきた。考えすぎて幻聴まで聞こえるようになったかと辺りを見回すと、そこには怪しげな小物を売っている露店があった。

ジョセルが足を止めたのを店主は目敏《めざと》く見つけて声をかけた。

「兄ちゃん見てってよ！　これね、今話題のサムライマスクグッズ！　東方から仕入れたマスクなんかお勧めだよ！」

誘われたというより、他にやる事もなかったのでジョセルは露店の前に屈《かが》み込んだ。パッチワークと呼ぶのも憚《はばか》られるようなつぎはぎのぼろ切れ、その上に使い道もよくわからぬ小物が並び、中央に怪しげな仮面があった。

確かに雰囲気からすると東方から流れてきた仮面であろう。しかしサムライマスクが着けているハンニャーメンとはまったくの別物だ。

そのマスクは笑いながら口を尖《とが》らせた、楽しいのか不満なのかハッキリしろと言いたくなるような男の顔であった。

それを指摘すると店主は、

「えへへ……」

と、曖昧《あいまい》な笑みを浮かべた。

「いやあ、実はサムライマスクに会った事ないんですよ」

そう言ってから慌てて手を振った。どんなくだらない事であっても騎士に嘘《うそ》をついたとなると後でどんな難癖を付けられるかわかったものではない。

「でもね、東方の品だっていうのは本当ですよ。この独特な造形はちょっと王国では見かけないでしょう？」

「いくらだ？」

「ひょっ？」

「値段はいくらだと聞いている」

「あ、はい。それはですね……」

店主は何故か今になって考え出した。何もかもが行き当たりばったりである。

「銀貨十枚ってとこで」

高い。最近は厄介事に巻き込まれる度に臨時収入があるとはいえ、気楽には出せない金額であった。妻に使い道を尋ねられたらなんと答えればよいのかもわからない。

「正義とは、金のかかるものだな……」

苦々しく呟きながら財布を取り出すジョセルを、店主は『こいつ正気か？』という顔をして眺めていた。


厩舎《きゅうしゃ》へ向かう途中の廊下でゲルハルトとばったり出会った。尊敬する師であるが、今は会いたくない相手である。

「何だそれは？」

当然と言えば当然のようにゲルハルトが指差した先に、ジョセルが掴《つか》む仮面があった。

「は、露店で見かけて購《あがな》った品でございます」

ちょっと見せてみろ、といった風にゲルハルトがちょいちょいと指を内向きに動かした。好奇心旺盛《おうせい》な男である、ここで断れば余計に面倒な事になるのは明白だ。ジョセルは素直に仮面を師に差し出した。

「ほう、ヒョートコメンではないか」

「そんな名前だったのですか」

「何だ、知らずに買ったのか。まあハンニャーメンに比べれば知名度は無いも同然だがな」

ゲルハルトは仮面を裏返したり逆さにしたりと、興味深そうに観察していた。

「それで、おぬしは何故こんな物を買ったのだ？」

「そのう……、子供の土産にどうかと思いまして」

「やめておけ、泣くぞ」

呆《あき》れたように言いながらゲルハルトは仮面を返し、ジョセルの脇を通って立ち去ろうとした。

「あ、そうそう……」

心中で安堵のため息をつくジョセルにゲルハルトが足を止めて声をかけた。今度は何だ、とジョセルの全身に緊張が走る。

「バレるなよ」

それだけ言うとゲルハルトは何事もなかったかのように去って行った。

やはりあの人には敵《かな》わないなと、苦笑するジョセルであった。

芦毛《あしげ》の馬が矢のような勢いで飛び出して行く。その様子をバルコニーから見下ろすふたつの影があった。付呪術師ゲルハルトと、城の主《あるじ》であるマクシミリアン・ツァンダー伯爵である。

「どいつもこいつも、好き勝手に動き回る……」

「責は全てこのゲルハルトにあります。処分はいかようにも」

ゲルハルトはマクシミリアンに向けて深々と頭を下げた。若者の後押しをするのが老人の役目だ、場合によっては皺首《しわくび》を差し出してもいいとまで覚悟していた。

「ジョセルから長期休暇の申請が出ていたな」

マクシミリアンはどこか面白がるような口調で言った。

「いえ、そのようなものは……」

「出ているはずだ。書類を紛失したというのであれば適当に処理しておけ」

勝手に出て行った事はお咎《とが》めなしにしてやるという意味か。言葉を重ねるのは無粋に思えてゲルハルトは黙って頭を下げた。

「正体を隠して正義の味方として活動するのはなかなか楽しそうだな、私もやってみたいものだ」

マクシミリアンが雲を眺めながらしみじみと呟《つぶや》いた。

「それはおよしになった方がよろしいかと」

「立場があるからか、それとも実力がないからか？」

「両方でございます、閣下」

ゲルハルトの遠慮ない物言いに鼻白んだがマクシミリアンはすぐに思い直して、

「そうだな」

と頷《うなず》いた。

無理にやろうとすれば関係者全員の胃に穴が空くだけだ、そこまで世間に対して恨みがある訳ではない。また、ゲルハルトは太鼓持ちとして側に置いている訳ではない。こうした率直な意見こそ望むところだ。

「少し身体《からだ》を動かしたくなったな。稽古《けいこ》をする、付き合え」

マクシミリアンは愛刀『鬼哭刀《きこくとう》』の柄頭《つかがしら》を指先で撫《な》でながら笑ってみせた。

背筋を伸ばし、意気揚々と中庭へ向かうマクシミリアン。三歩遅れてゲルハルトが後に続く。

「そうだ」

ふと思い付いたようにマクシミリアンは立ち止まった。

「ジョセルの『休暇中』に何かあったらお主に対応してもらうからな」

「あ、はい……」

愛弟子《まなでし》の後始末である、ゲルハルトにノーという選択肢はない。それはそれとして心から納得出来た訳でもなかった。

ゲルハルトはお抱えの付呪術師であって騎士ではない。ついでに言えば伯爵の相談役をやっている時点で何かが間違っている。

「閣下、いい加減に使える人材を増やしませぬか」

「そうは言うがなゲルハルト、無能の穴埋めに無能を入れたのではそれこそ無意味だ。私も人材の選定に慎重にならざるを得ないのだ」

下級貴族の子息で構成された騎士団が本当に、本当に何の役にも立たないので、人がいるのに人材不足という状態に陥っていた。どうにかしなければならないとマクシミリアンもわかってはいるのだが、どうにもならず先送りにされてきた問題だ。

「……いっその事、サムライマスクとやらを騎士として迎え入れるか」

マクシミリアンは半ば冗談のつもりで言ったのだが、意外にもゲルハルトは真剣に考え込んでいた。

「奇抜なアイデアですが、悪くないかもしれませんなあ。奴には市民の為に働き信頼を得たという実績があります」

「そうか、オーク退治から生きて戻ったら一度会ってみるかな」

その考えに潜む大きな矛盾に気付かぬまま、ふたりは満足そうに笑い合った。


馬車は夜営を一度挟んだだけで指定された街に辿《たど》り着《つ》く事が出来た。

朝日に照らされた街は無惨と言えば無惨であるが、オーク軍団に襲撃されたという話から想像していたよりは大分マシであった。

街に城壁の類いは無いが、代わりに水の入っていない空堀で囲まれていた。堀の内側には逆茂木《さかもぎ》が設置してあり、一定間隔で見張り台も建てられていた。なかなかの防衛設備である。

堀の下から黒いもやのようなものが立ち上っており、ルッツは荷台から飛び降りて近付いた。凄《すさ》まじい悪臭に顔をしかめながら堀へと進む。もやの正体は何千何万といった数のハエであった。羽音を聞いているだけでおかしくなりそうだ。

鼻を手で覆って堀の下を覗《のぞ》き込む。そこには革鎧《かわよろい》に身を包んだ自警団らしき男たちと緑色の肌をした豚面の魔物であるオークたちの死体がいくつも折り重なっていた。

まとわりつくハエを手で払いながらルッツは馬車へと戻り、見てきたものを同乗者たちに説明した。

「つまりこの街の連中は一方的に蹂躙《じゆうりん》された訳じゃあないんだな」

リカルドが納得したように頷いた。抵抗したからこそ街被害はそれほど大きくはなく、連れ去られたのも商人デニスの娘ただひとりで済んだという事だ。

無論、デニス一家にとってはたまったものではない。不幸中の幸いなどとは口に出来なかった。

形ばかりの門を通り馬車は大通りを進む。街のあちこちで家の建て直しが行われているが、とても活気があるとは言い難い。

またオークが襲ってくれば破壊されるだけだ、そうした思いが市民たちの手を鈍らせているのだろう。

建てた家に十年二十年住み続けられるならやる気も出よう、未来に繋《つな》がる仕事ならば今の苦境にも耐えられよう。どうせまたすぐに壊されると思えば仕事に身が入る訳もなかった。魔物の脅威を取り除かない限り、街の復興は進むはずもない。

サムライマスクは仮面の上からでもハッキリわかるくらい憂いを帯びた表情を浮かべた。

「騎士たちが駐屯している様子はありませんね」

御者席から辺りを見回しても、騎士らしき者とは一度もすれ違わず見かけもしなかった。

「最初の襲撃に援軍が間に合わなかったとしても、次の襲撃に備えたり、市民を安心させる為に騎士を置いたりはしないのでしょうか」

「帳簿を預かっている奴からすれば別の理屈があるんだろうさ」

「剣なき者の剣となる為に騎士は存在します。ここで動かないのであれば置物と何ら変わらんではないですか！」

「まったくだ、うちの騎士どもにも聞かせてやりたいね」

憤るサムライマスクに、ルッツは貴族の事など毛ほども信用していないといった口調で答えた。

その様子に気付いたサムライマスクは己を恥じて俯《うつむ》いた。自分に何を言う資格があるのかと。

「責任のない立場になった途端に、ああするべきだ、こうしなければならないといった言葉ばかりが思い浮かびます。情けない話ですが」

「何もしなかったツケをこれから払いに行くのさ」

相変わらず軽い調子でルッツが言った。端から見れば彼の態度は他人事《ひとごと》であり無責任かもしれないが、何かと思い悩む事が多くなったサムライマスクにとっては進むべき道を単純明快に示してくれるのはむしろありがたかった。

道行く人に何度か尋ね、一行はデニスの店へと辿り着き馬車を停めた。あるいは、店だったものと呼ぶべきだろうか。

オークの攻撃によって壁にはいくつも穴が空いていた。修繕する費用も気力もないようで、穴にはカーテンのように布が垂れ下げられ風除《かざよ》けとされていた。

「デニスどの、約定によりサムライマスク参上いたした！」

サムライマスクが馬車を降りて高らかに叫ぶと、店の中で人が動く気配がした。

カーテンを掻《か》き分《わ》けて出てきた中年男はサムライマスクを見て信じられない物でも見たような顔をした。

「本当に、来てくださったのですね……」

「ふふん、逃げたとでも思ったか？」

「あ、いや、それは……」

何と答えたものか、狼狽《うろた》えるデニスに近寄りサムライマスクはポンと肩を叩《たた》いた。

「良いのだ、冒険者どもが信用出来ないのはわかる。一番辛いのはデニスどのであっただろう、疑ったとして咎めはせぬ。ただ、拙者には他の冒険者とはひとつ違う所があっただけだ」

「貴方《あなた》がサムライマスクである事、ですか」

「いかにも！」

わはは、とサムライマスクは大口を開けて笑ってみせた。これからオークの集団と戦わねばならないのだ、彼とて恐ろしくないはずがない。しかしこうして豪傑である事をアピールすればデニスも少しは安心するだろうと慮《おもんぱか》っての演技であった。

心遣いが功を奏してかデニスの土気色であった顔が少しだけ明るくなった。とはいえ今も死人のような顔である事に変わりはない。あくまで気休め、一時しのぎだ。

「そちらの方はお仲間ですか？」

デニスはサムライマスクの肩越しにふたりの暇そうな男たちを見て聞いた。

「紹介しよう。義によって助太刀を申し出てくれた頼もしき仲間たち、鍛冶師《かじし》ルッツ様と勇者リカルドどのだ。我らが揃《そろ》えばオークなどいくらいようと案山子《かかし》同然、何の憂いなく吉報を待つがいい」

どうだ、と胸を張るサムライマスクであるが、デニスは怪訝《けげん》な顔をしていた。

勇者はいい、それはまだわかる。鍛冶屋が何でここにいる。

デニスが何を考えて自分に視線を注いでいるのか、それはよくわかるが何と説明すればよいのかわからず、ルッツは強者っぽい不敵な笑みを浮かべて黙っていた。

……いや、本当に俺は何でここにいるんだろうな？

なんとなく成り行きでとしか言いようがなかった。

サムライマスクとリカルドにだけ任せても良かったのだが、彼らに面識はなく知り合いの知り合いである。ルッツがいなければ微妙に気まずい雰囲気になっていたかもしれない。リカルドはなんだかんだで人見知りであり、サムライマスクことドナルドはちょっと距離感がおかしい。

ルッツが余計な苦労を背負い込んだという点に目をつぶれば、ついてきたのはベストな選択であろう。

「……あちらもお仲間でしょうか？」

デニスが大通りに目を向けて言ったが、ルッツたちには何の事やらさっぱりわからない。仲間はここにいる三人だけ、そのはずだ。

ルッツたちが一斉に振り向くと、視線の先に馬上の騎士がいた。

見覚えのある男が、
見覚えのある剣を差し、
見覚えのある馬に乗り、
見覚えのない仮面を着けていた。

「何やってんだジョセルさんは……？」

ルッツの呟きにデニスがもう一度聞いた。

「お知り合いですか？」

三人は一斉に振り返り、口を揃えて言った。

「赤の他人です」

街中でヒョートコメンを着けて馬に乗っているような不審人物とは無関係だと主張したかったのだが、向こうから寄って来たのでは言い訳のしようもない。

「間に合ったようだな」

ルッツたちの前で馬を降りるジョセルことヒョートコ男。あんたのセンスは手遅れだよ、と男たちの眼が語っていた。

「ジョセルさん、その格好は何ですか」

皆を代表してルッツがストレートに聞いた。

「私の名はマスクドナイトだ、ジョセルなどという者は知らぬ」

などと言ってジョセルは惚《とぼ》けて見せる。名前は格好良いがコミカルな仮面とまるで合っていない。

時間の無駄なのでルッツは彼の戯言《たわごと》を無視する事にした。

「助太刀に来ていただいたのは本当にありがたいのですが、立場的に大丈夫なんですか？」

聞くと、ジョセルは軽く唸《うな》ってから答えた。

「……何が一番正しい方法かなんてわからない。この世に絶対の正義なんてものはないのかもしれない。しかし助けを求める民衆の声を前にして、世間とはそうしたものだと斜に構えるのは少々格好悪い気がしてな」

「つまりツァンダー伯爵家の騎士として参戦すれば色々と面倒な事になりかねないので、仮面を着けて追って来たという訳ですね？」

「……わかっているなら解説をしないでくれ、泣くぞ」

「すいません、非難をしている訳ではないのです。むしろ無理を通して来てくださった事に感動すら覚えています。しかし言っている事もやっている事も格好良いのに、そのヒョートコメンが全部台無しにしているとしか……」

「そんなにダメか、これは」

自称マスクドナイトが仮面を外すと、そこには不満げなジョセルの顔があった。

「ダメです」

ルッツがハッキリと答え、リカルドとサムライマスク、さらにはデニスまで頷《うなず》いていた。

余談であるが『ひょっとこ』とは竈《かまど》の火を竹筒で吹く『火男』がなまったという説があり、これならば普段から火を扱っている鍛冶屋にこそ相応しい仮面であったのだが、ルッツの東方文化に関する知識は父ルーファスから伝え聞いたものだけでそれほど詳しくはなかった。

「ジョセルさん、もしよければその仮面も半分に割ってサムライマスクとお揃いにしますか？　いけないお口を削ればコミカルな雰囲気も薄れるでしょう。まあ、個人的にはヒョートコメンのアイデンティティを削ってしまうようであまり良くはないとは思いますが」

「加工する道具などは持っているのか？」

「武具の手入れをするかもしれないと、簡易的なものだけですが」

「ならば頼む。仲間に職人がいるというのはありがたい事だな」

そう言ってジョセルはヒョートコメンをルッツに渡した。

「さて……」

場が落ち着いたと判断して、ルッツがぐるりと辺りを見回した。

「オークどもをぶっ殺しに行こうか」

ピクニックに誘うような気楽さだが、今さらそこに待ったをかける者はいない。全員がやるべき事を理解し覚悟を極めていた。

「デニスさん、オークたちがどの方角から来ていたかだけでもわかりませんか？」

少し蚊帳の外に置かれていた依頼人のデニスに尋ねた。

「奴らがどこに住んでいるかもわかります。山の上にちょっとした拠点があるのです」

「なんと」

居場所がわかるのはありがたいが、拠点を落とさねばならないという条件まで飛び出して来た。

ルッツが顔をしかめたのを見てデニスが慌てて補足した。

「拠点といっても立派な石造りの砦《とりで》とかではなく、簡単な木の柵《さく》で囲ってあるだけですけどね。本当に大した事のないただのキャンプ地です」

砦攻めをする訳ではないから帰らないでくれ、とデニスは必死であった。ここまで来て無理だ諦《あきら》めようなどと言われてしまえばたまったものではない。

「それにしても、領内にオークが巣を作っているというのに放置とはなあ……」

ジョセルが苦々しく呟《つぶや》いた。騎士団の腰が重いのはどこも同じのようである。領主が住む街が襲われなければ脅威とすら感じないのだろう。

「今はケチ臭い溜《た》まり場《ば》でも、時間が経てば本格的な砦にされかねません。やはり急いで叩くべきですね」

ルッツの言葉にジョセルは眉根《まゆね》に皺《しわ》を刻みながら頷いた。

この地、エスターライヒ男爵領の騎士団ではなくジョセルたちが解決してしまえば男爵たちは、『なんだ、大した事はなかったじゃないか』と、危機感を覚えぬまま終わってしまうだろう。そしてまた同じ事が起きれば同じように放置する事を繰り返す。そこに何の意味があるというのか。

とはいえ、為政者を諌《いさ》める為だけに中心地から離れた街の人々を生《い》け贄《にえ》に捧《ささ》げるなど論外だ。目の前で困っている人が居るから助ける、後の事は後で考えればいい。

「あの、案内役として私も連れていって下さいませんか？」

男たちの気合いが移ったのか、戦う術《すべ》を持たぬはずのデニスが真剣な表情で言い出した。

「いや、しかし……」

迷うルッツにジョセルが言葉をかぶせた。

「良いではないか、地元民の案内役がいるのは頼もしい。散々迷った挙げ句に辿り着けませんでした、では笑えないからな。だがデニスどの、わかっているか？　我々がオークに負ければその場にいる貴方もただでは済まんのだぞ」

「構いません、私も共に命を賭《か》けます！」

デニスは強張《こわば》った表情で叫んだ。頼りない、だがそれは確かに覚悟を決めた男の顔であった。腹をくくった男にノーと言う習慣をジョセルは持ち合わせていない。

「わかった、ならば来てもらおう。一般人を危険に晒《さら》すのは心苦しいが……」

「俺も一応は一般人なんですけどね」

ルッツの意見をジョセルは一瞥《いちべつ》したのみで完全に無視した。毎度毎度自分から首を突っ込んでおいて今さら、本当に今さらな話である。ただの鍛冶屋と言って誰が本気で信じるだろう。

ルッツたちを乗せた馬車にデニスを加えて街を出発した。ジョセルだけは自分の馬に乗り、周囲を警戒しながら付いて来る。

義理、贖罪《しょくざい》、疑念、正義、祈り。それぞれの思いを胸に、男たちは魔の潜む山へと向かった。

# 第九章　魔人降臨

デニスの案内によりオークたちが潜んでいるという山の麓《ふもと》へと辿り着いた。

なるほど、確かにそこには木々が雑に倒され大群が通ったと思われる道があった。オークはあまり細かい事を気にしない性分のようだ。あるいは居場所が人間ごときに知られたからといってどという事はないという自信と傲慢《ごうまん》さの表れだろうか。

「いやあ、舐《な》められているなあ……」

馬車を降りて辺りを見回すルッツの口調は軽いが、その顔には緊張が走っていた。木々は斧《おの》などで切り倒されたのではない、切り口から見て体当たりなどで強引に倒されたのだ。つまり、奴《やつ》らにはそれだけの力がある。人と魔物の違いをまざまざと見せつけられた気分であった。

日は既に傾きかけ男たちの横顔をあかね色に染めていた。朝まで待とうなどという選択肢はない、オークは夜目が利く種族ではないので条件は同じはずだ。

「ジョセルさん、これをお返しします」

ルッツは半分に割って切り口を滑らかにしたヒョートコメンをジョセルに手渡した。特徴的な尖《とが》り口はなくなったが、やけに大きく左右で不揃いな眼《め》は残っているので怪しいといえば怪しいままである。

「ここにいるのは仲間かオークだけなんだし、仮面は着けなくてもいいんじゃないですか？」

「私が求めているのは正体を隠す事よりも、顔は隠していたという言い訳だ」

男爵領の人々からすればジョセルの正体について騒ぎ立てる事にあまり意味はない。無償《ただ》で魔物退治をやってくれるならばサンキュー万々歳だ。彼は伯爵領の騎士ではないという建前さえあればいいのだ。

ジョセルは仮面を着けて左右に視線を走らせ、満足そうに頷いた。

「視界が広くなっているな。覗《のぞ》き穴《あな》を大きくしてくれたか」

「はい。それと仮面の内側を磨いておいたので肌触りも良くなり、長時間着けていても気分が悪くなる事はないと思います」

「パーフェクトだ、ミスタールッツ」

細やかな仕事振りを称《たた》えながらジョセルは腰の『ナイトキラー』を抜いて軽く振ってみた。動きに問題はない。

「それでは行きましょうか。デニスさんはここで待っていて下さい」

「あの、出来れば私も一緒に……」

デニスは遠慮がちに言った。

一緒に行きたい、連れ去られた娘はまだ生きているかもしれない。言葉にすれば膨らんだ希望が泡のように消えてしまいそうで最後まで言えなかった。

そんなデニスの心中を察してか、ルッツは優しく答えた。

「何かあったら必ずご報告します。デニスさんはここで馬車を守っていてください」

足手まといが無理に付いて行って邪魔になってはいけない、それは憎いオークたちを助ける行為だ。わかりました、とデニスは血を吐くような思いで承諾した。

魔物退治に慣れたリカルドを先頭に四人の男たちが山を登る。オークたちが作った道のおかげで迷う事もなさそうだ。

「オークの鼻ってどうなんだろうな？」

「どう、とは？」

ルッツの疑問にリカルドが聞き返した。

「奴ら豚ヅラじゃん？　鼻も豚並みに利くとしたら俺たちの存在は匂いでバレているんじゃないかなって」

どうなんだろう、とリカルドは歩きながら唸った。長年冒険者をやっているリカルドだが考えた事もなかった。思い返せば確かにオークを相手に先制の奇襲を仕掛けた事はあまりなかった。

「いずれにせよこっちは風下だ、匂いを探られる事もないだろう。それに、別にバレたって構わないだろう？」

「何で？」

「どうせ皆殺しにするんだから」

リカルドの口調は変わらず、脅す事も気取る事もなくごく当たり前のように言い放った。それが逆に恐ろしい。相手を始末出来て当然といった思考である。

彼は以前からこんな男だっただろうか、それとも妖刀『椿《つばき》』に心が引っ張られたか。いずれにせよ彼が味方であるのは頼もしくありがたい限りである。

リカルドがスッと右手を挙げて皆が立ち止まった。

前方に木の柵、明らかに人工物である。よく見ると先端を尖らせた木材が積んである。逆茂木《さかもぎ》の作製中であろうか。どうやら街を襲撃した際に、これは使えると学んだらしい。時間をかけて要塞《ようさい》化されていれば、それこそ手の付けようがなくなっていたかもしれない。

「意外と近かったな」

ジョセルが安堵《あんど》したように言った。馬車を降りてから歩きで三十分ほどで到着した、これ以上時間がかかれば辺りは真っ暗になっていただろう。また、ジョセルは体力には自信があるが山登りには不慣れであった。

「山頂に住んでいたら奴ら自身も不便でしょうからね」

ルッツが背負っていた斧を引き抜き、ジョセルとサムライマスクも己の得物に手をかけた。先陣を切るはずのリカルドだけがまだ武器を手にしていない。

「さて、どう攻める?」

「正面から訪ねりゃいいさ。ノックしてもしもしってな」

そう言ってリカルドは口の端を歪《ゆが》ませた。

本当に何でもない、ただの散歩のような足取りでリカルドはオークの駐屯地へと進んだ。柵を越えると作業中のオークに見つかるが軽く手を挙げて、

「よう」

などと言って奥へと進む。

呆気《あっけ》に取られていたオークであったが数秒後に我に返り、

「敵襲だ!」

と叫んだ。八体のオークが武器を手に取って駆け寄り、リカルドを囲んだ。囲いの外で多くのオークが見物している。

これから人間惨殺ショーが始まるというのに当の本人が余裕たっぷりといった笑みを浮かべていた。何やら不気味に思い正面のオークが少し苛立《いらだ》った様子で言った。

「テメェ、何者だ⁉」

「害虫駆除業者さ」

リカルドが『椿』を抜き払うと周囲に甘い匂いが漂った。リカルドを囲むオークたちの眼に闘志とは明らかに別種の熱っぽさが宿る。

「おう、やっちまえ！」

外野の声に押されるように槍《やり》を持ったオークが飛び出した。しかし風を切る鋭い突きはリカルドの脇をすり抜け、戦友の腹《はらわた》へと突き立てられた。

穂先が腹の皮と腸を破り鮮血が吹き出た。腹を抉《えぐ》られたオークは苦痛や恐怖、あるいは戦友に対する怒りを感じる事もなく頬を朱《あか》に染めて快楽の喘《あえ》ぎを漏らしていた。

「お、おっおっおおおん……」

粗末な腰蓑《こしみの》が内側から押し上げられる。オークは槍を掴《つか》むが引き抜く訳ではなく、さらに自らの腹に押し込んだ。熱を帯びた喘ぎ声もさらに大きくなり、突然ぷっつりと途絶えた。彼は快楽の海に溺《おぼ》れて死んだのだ。

槍を突き刺したオークも後ろから戦友に斧で頭を叩《たた》き割《わ》られ、鮮血と白濁液を撒《ま》き散《ち》らしながら絶頂した。

彼らだけではない、リカルドを囲んでいた八体のオークはエクスタシーを感じながら同士討ちを続けていた。最後のひとりは辺りを見回して、自分を殺してくれそうな仲間がいない事を悟ると剣を己の口に勢いよく突き立てた。

「れろれろれろ……ッ」

剣先が後頭部から突き出ているというのに彼は実に美味《うま》そうに、激しく剣を舐め回す。やがて恍《こう》惚《こつ》の表情のまま動きが止まりその場に崩れ落ちた。

リカルドの周囲に散らばる八体の変死体。遠巻きに見るオークたちの瞳《ひとみ》に浮かんだ色は怯《おび》えであった。甘い匂いの中に不快な悪臭が混じる。どうやら恐怖で脱糞《だっぷん》した者までいるようだが、それを咎《とが》める余裕など誰にもなかった。

「ふ、ふふ……」

変死体の中央に立つ怪人が含み笑いを漏らす。『椿』を手にしたばかりの頃はあまりにも強大で悪趣味な力に恐怖と罪悪感を抱いていたものだが、今や完全にその呪いを当然の事として受け入れていた。

「さあ、次はどいつだ？」

リカルドが凶悪な笑みを浮かべながら一歩踏み出すと同じだけオークたちは後退《あとずさ》りをして、リカルドを囲んでいた輪が歪《いびつ》にゆがむ。

敵が怯える様子ほど自己の尊厳を回復させるものはない、リカルドの胸は残酷な幸福感に満たされていた。

……このまま鬼ごっこを続けていても埒《らち》が明かないな。距離を取っていれば安全だと思い込んでいるようだが、ここはひとつ引《ひ》っ掻《か》き回してやろうかい。

リカルドは正面にいる、怯えを必死に隠そうとして斧を強く握っているオークに『椿』を向けて精神を集中させた。

オークの顔から恐怖が抜けていき、快楽で表情がとろりと蕩《とろ》けた。まずい、と側《そば》にいたオークたちが慌てて跳んで距離を取った。『椿』に魅入られたオークは手の中で斧を反転させ、己の首に当てて一気に引いた。血の噴水と快楽の喘ぎ。ビクン、ビクンと何度か身体《からだ》を大きく振るわせて彼は前のめりに倒れた。

意味がわからない、離れていれば安全だという保証が失われた。それでも誰ひとりとして背を向けて逃げ出そうとしないのは大したものである。

「武器を投げろ、一斉にだ！」

勇敢なひとりのオークが叫んだ。それならばあの色欲の魔人に近付く必要はなく、人数差の利も活《い》かす事が出来る。なるほど、とオークたちの眼に力強い光が戻った。

思い切り叫んだおかげでリカルドにも聞こえてしまったが問題はない。知ったからといって防げるようなものではないからだ。

囲んで物を投げつける。それは古来、基本にして最強の戦術である。勇敢なオークの機転によって急遽《きゅうきょ》出来上がった必殺の陣形を前に、リカルドは死の恐怖を感じるどころか、

「まったく……」

と、億劫《おっくう》そうに呟《つぶや》いたのみであった。

叫んだオークが斧を振り上げる。リカルドは『椿』を地面に突き立てて二本目の刀を抜いた。新

たに作り上げた妖刀『桜花《おうか》』である。

オークの丸太のような腕から斧が放たれる。続いて槍が、剣が、武器が四方八方から投げつけられた。向かい側の仲間と同士討ちになるかもしれないが、このまま殺されるよりはよほどマシだという判断であった。

リカルドは『桜花』を強く握り精神を意識を集中した。世界から音が消え、色が消えた。最初に投げられた斧がひどくゆっくりと向かって来る。超集中状態に入る事で時間の流れが遅くなったように感じるのだ。

溶けた鉛のような世界でリカルドはちょっと首を傾《かし》げただけで迫り来る斧を避けた。次に飛来する槍を刀で軽く叩き落とす。

スローに見えているだけで現実には高速で飛んで来ているのだ、当たればただでは済まない。場合によっては即死するだろう。

避けられるものは避け、落とすべきものは落とす。こうして一斉に投げられた二十本近い武器を全て防ぎきった。

最後に残った手斧《ちょうな》を空中でキャッチし、投げ返すという芸当までやってみせる。精神集中を解除し、リカルドの視界に色と音が戻って来た。

「ぎぃえええええ！」

武器投げを提案した勇敢なオークの眉間《みけん》に手斧が突き刺さった。空気を引き裂くような悲鳴が聞こえる、天を染め上げるような鮮血の噴水が見えた。

超集中の代償としてリカルドの身に疲労が一気に襲いかかり全身から汗が吹き出るが、オークたちがそれに気付けるはずもなかった。『椿』の時以上の恐怖であり不可解さだ。何故《なぜ》今の攻撃が防がれたのか、桜花の能力を知らぬ彼らの眼にはリカルドの姿が人知を越えた死神としか映らなかった。

……よしよし、そうやって俺に怯えてくれ。後は『椿』を使ってひとりひとり斬るなり呪うなりして潰《つぶ》してやればいい。

リカルドは疲弊した顔に酷薄な笑みを浮かべ、『桜花』を鞘《さや》に納め、地面から『椿』を引き抜いて構え直した。

もはや奴らは悲鳴以外の声を上げる事は出来まい、そう思っていた。オークたちが一斉に振り向く、その顔に浮かんだものは希望であった。

「ふん、そういえば居たんだったな……」

聞こえたのは悲鳴ではなく歓声。ゆったりと強者の余裕を見せて向かって来るのは三メートル級の大型オークであった。その手には特別にあつらえたような巨大な斧《おの》が握られていた。

大型オークは左右に素早く視線を走らせ、怒りに満ちた声で言った。

「ずいぶんと好き勝手やってくれたようだな」

「悪いね。雑魚しかいなかったもんで、つい」

リカルドはへらへらと笑いながら言ったが、眼だけが笑わず鋭く相手を観察していた。これで激《げき》昂《こう》して襲いかかってくるような奴ではなさそうだ。

向こうもリカルドを探っているのか、会話を続けた。

「生《い》け贄《にえ》の儀式を邪魔しに来たか」

妙な単語が出てきた。リカルドには何の事やらさっぱりわからないが、とりあえず曖昧《あいまい》に頷《うなず》く事にした。

生け贄、儀式、それが大型オークの存在と何か関係があるのだろうか。

「いやあ、実はそうなんだよなあ」

「……嘘《うそ》だな、貴様は何も知らん」

ならば用はない、と大型オークは斧を構えて進み出た。

「待て待て、せっかちな奴だな。せっかく出会えたんだ、もっとおしゃべりしようぜ。女の好みの話とか。尻《しり》のデカい女は好きか？　紹介できるけど」

「ふ、面白い奴だな。気に入ったぞ」

「それならさ……」

「お前の頭蓋骨《ずがいこつ》を部屋に飾ってやろう」

「文化が違う！」

斧を振りかぶって襲いかかる大型オーク。もう少し情報を引き出したかったがこうなってしまっては仕方がない。リカルドは『椿』の先端を大型オークに向けて精神を集中した。

「俺の好みは黒髪の似合うエッチなお姉さんだよ、死にやがれ！」

濃厚な甘い匂いが広がった。大型オークの身体が斧を振り上げたままピタリと止まる。奴は凶悪な斧の刃《やいば》を自分の額に挿入して絶頂する事になる、リカルドはそう確信していた。

「うおおおおおッ！」

地を揺るがす咆哮《ほうこう》。大型オークが斧を掲げて叫ぶと、死を誘う甘い香りは霧散してしまった。

「なっ……！」

絶句するリカルド、これは『椿』の呪いが無効化されてしまったという事か。彼は迷宮の奥底で出会った女を思い出した。既に呪われている相手に新たな呪いは効かないのだ。どういう理屈かはわからないが魔剣のルールとはそういうものらしい。

つまり、リカルドはひとりで何の対策もなくオークの群れの中に取り残されたという事だ。

「どうやら手詰まりのようだな」

今度は大型オークが余裕の笑みを浮かべていた。そんなオークに対してリカルドは、

「あばよぉ、豚野郎！」

と言って背を向けて逃げ出した。

あまりにも切り替えが早すぎる。大型オークは一瞬、対処が遅れてしまった。

「お、追え！　奴を逃がすな！」

頭領の叫びで我に返るオークたち。散らばった武器を各々が適当に拾って追いかけるが、リカルドの背を捉《とら》える事は出来なかった。

リカルドは駐屯地の入口付近まで駆け戻り、仲間たちと合流した。

敵に囲まれ戦い続けた緊張と、妖刀『桜花』の能力を解放した代償として精神に負担が掛けられた事で彼の顔色は悪く汗まみれであった。二日酔いの朝に全力疾走すればこうなるだろう、といった有り様である。

ルッツたちも木々の間から戦いの様子を覗《のぞ》いていたのである程度の状況は理解しており、既に臨戦態勢であった。

「後は任せろ」

数々の魔剣、妖刀を作り出した鍛冶師《かじし》の何と頼もしい事だろうか。リカルドは素直に頷いた。

「悪い、少し休んでから参加するぜ」

「獲物が残っていなくても恨むなよ」

そう笑い合って、次にリカルドはサムライマスクの肩をポンと叩いた。

「さらわれた娘ちゃん、生きているかもしれんぜ」

「どういう事だ？」

サムライマスクの仮面の奥で瞳が険しく光った。

「奴ら、俺に向かってこう言ったのさ。生け贄の儀式を邪魔しに来たのか、って。生け贄って事はつまり生きた贄って事で死んでいないよな」

「それを邪魔しに来たのかという事は、裏を返せばまだ儀式とやらを行っていないという事になるな」

「やる気出たか？」

「ああ、デニスさんに良い報告が出来そうだ」

サムライマスクの声が少し明るくなった。別にサムライマスクたちのせいではないとはいえ、依頼人に娘さんのものらしき骨を拾って来ましたなどといった報告をするのは心苦しいものだ。

「喜ぶのはいいが奴らに勝てればの話だぞ」

「負けるものか、負けてたまるものかよ」

怒号と足音が近付いてきた、オークたちが追ってきたのだろう。

「行くぞ」

ジョセルが加工したヒョートコメンに触れてズレない事を確認してから、愛剣『ナイトキラー』を引き抜きオークの群れへと突撃した。

ルッツも魔斧《まふ》『白百合《しらゆり》』を振るって前に出る。よくも躊躇《ちゅうちょ》なく敵の前に身を投げ出せるものだ、とサムライマスクは感心しながら仲間たちの背を見ていた。

少し前の自分ならどうしていたか。逃げ出すような露骨な真似《まね》はしないだろうが、戦闘に巻き込まれない程度に離れて待機するくらいはしていたのではないだろうか。

今は違う、主役の座は譲らねえと言ってニヤリと笑うのが男の作法だ。サムライマスクはよし、と気合いを入れ直し無銘の業物《わざもの》を握って駆け出した。

迫るオーク軍団。彼らはリカルドの姿が消えて新手が現れた事に多少戸惑いはしたが勢いは止まらなかった。

人間の頭をかち割ってブチ殺す、やる事はなんら変わりない。

突き出された槍《やり》をジョセルは身を捻《ひね》ってかわし、柄を掴《つか》んでぐいと引っ張った。体勢を崩して身を泳がせるオーク、その頭部に『ナイトキラー』の鋭い一撃が叩《たた》き込《こ》まれた。

絶命する仲間の心配をするよりもジョセルの背が空いた事を好機と見た別のオークが剣を構えて迫る。さらにその背をサムライマスクの刀が貫いた。

「ぐぅえ！」

汚い悲鳴を上げるオークの背を蹴《け》り飛《と》ばし、サムライマスクは強引に刀を引き抜いた。

「すまんな、助かった！」

「ど、どもっ」

こんな形でかつての上司と共闘する事になるとは思わず、ジョセルに対しておかしな返事をしてしまうサムライマスクことドナルドであった。

急に周囲が明るくなった。夜明け、そんなはずはない。視線を移すとそこには火だるまになって転げ回るオークの姿があった。ルッツの魔斧『白百合』の効果である。

魔法の炎は地に転がった程度では消えず、オークは悲鳴にならぬ悲鳴を上げて助けを求めるが、仲間たちとてどうすればよいのかわからず遠巻きに見ているしか出来なかった。

燃えるオークはルッツよりも薄情な仲間たちを恨みながら、手足を縮めるような格好の黒焦げ死体になった。命の灯火が消えるのと同時に魔法の炎も消え去った。

辺りはまたすぐに薄暗くなった。熱の残滓《ざんし》が戦士たちの肌を焼く。

これで奴らは萎縮《いしゅく》するだろうとルッツは期待していたのだが、オークたちのギラギラと光る眼はどうも恐怖とは別種であるようだ。

「欲しいな……」

「ああ……」

誰かが呟き、誰かが応じた。誰が言ったかなど問題ではない、それはオークたちの総意であった。奴らの視線の意味がようやくわかった。恐怖に興味が上書きされた、そんな眼をしているのだ。

三メートル級、大型オークが己の得物を掲げて叫んだ。頭領として宣言する、という意味である。

「その男を殺せ！　殺した者に斧の所有を認める！」

頭領の権限を使って横取りなんかしないぞ、と彼は名誉に賭《か》けて誓ったのだ。

おお、と配下たちから歓声が上がる。ここに来て乱れていたはずの士気が大きく回復してしまった。

「ルッツ様、大人気ですね」

サムライマスクが苦笑しながら言った。

「まったく、オークから依頼が来たらどうしようか」

思いがけずルッツが標的となってしまった。ジョセルとサムライマスクが頷き合いルッツの左右を固めた。

即席のフォーメーションだがこれがなかなかに上手《うま》く機能した。オークたちは何度かタイミングを合わせて突撃を仕掛けるが、ルッツたちはこれを全て弾《はじ》き返した。ルッツの斧は欲しいがそれはそれとして燃やされたい訳ではない。斧を大きく振るう度にオークたちの波が引いた。

部下がひとり、またひとりと倒されていく状況に痺《しび》れを切らしたか、大型オークが前に出てきた。

「やはり俺が始末を付けねばならんらしいな」

「いいのかい、大将のアンタが死んだらおしまいだぜ」

ルッツの挑発を大型オークは『ふん』と鼻を鳴らして聞き流した。強者の余裕というのか、どうもこのオークには挑発に対する耐性があるらしい。オークは図体《ずうたい》の割に脳みそが小さい戦闘馬鹿、という認識は改めねばならないようだ。

見上げた先にある大型オークの顔に浮かぶのは怒りではなく歓喜であった。

「さあ、どちらが最強の斧使いか決めようじゃないか！」

「俺は鍛冶屋だ、そんな称号はいらん！」

ルッツの苦情を無視して大斧が振り下ろされた。地響きを立ててめり込む刃、揺れる大地。まともに食らえば良くて両断、場合によっては肉片にされるだろう。

斧が下ろされた隙に懐に入り込もうとするが大型オークの動きは予想以上に素早く、地に刺さった刃はすぐに引き抜かれ薙《な》ぎ払《はら》われた。

咄嗟《とっさ》に『白百合』を構えて防御した。刃と刃が噛《か》み合う衝撃にルッツの身体がふわりと持ち上がったほどである。

……まずいなこれ、腕が痺れる。

これを何度も受ければ押し負ける。ルッツの顔に初めて焦りの色が生じた。対する大型オークはご機嫌で叫んだ。

「さあささあさあ、もっと戦おうぜ！　この身体になってから全力を出す機会もなくってなあ、俺と一緒に遊んでくれよ！」

「やなこった、友達はよく選べってのが父の遺言でねえ！」

リーチが長いうえに恐ろしく素早い。ルッツは反撃の糸口が見いだせず避けるだけで精一杯であった。

ジョセルたちもオークたちも加勢をしたいが下手に手を出せば巻き込まれるという状況であり、固唾《かたず》を呑《の》んで見守るしか出来なかった。

大型オークはまたしても妙な言い方をした。この身体になってから、というのは後天的に巨大化したという事だろうか。いっぱい食べてすくすく育ったというのであればそんな表現はしないだろう。

巨大な斧《おの》に何の能力もなくて助かったと思っていたが、少し違うようだ。オークを巨大化させる事が斧の力なのかもしれない。

生け贄《いにえ》、儀式、呪われた武具。全てが繋《つな》がり始めた。以前リカルドが出会ったという巨大オークはこの斧で儀式を行い大型化し、他の仲間に斧を託したのではあるまいか。そう考えれば全て辻褄《つじつま》が合う。

暴風のような攻撃がルッツの思考を中断させる。大型オークの振り回す斧が次第に鋭く、凶気を帯びてきた。刃が粗末な小屋を破壊し、仲間の死骸《しがい》を踏《ふ》み潰《つぶ》す事すら厭《いと》わなくなってきた。

「どうした、どうしたッ？　逃げてばかりでは俺は倒せないぞお⁉」

「素振りばかりしていないで当ててみろよ」

大型オークが斧を振り下ろす。その先にあったオークの死体が両断され、辛うじて避けたルッツの身体に肉片がいくつか当たった。気色悪いが今はそんな事を気にしていられる場合ではない。

例外もあるだろう、隙もあるだろう、しかし身体の大きな奴は強いというのは戦いの基本である。デカくて速いとなればそれだけでもう手に負えない強さであった。

ルッツは敵の懐に入る事を諦《あきら》めた。無謀に過ぎる自殺行為だ。

……ならばここで刀鍛冶なのに斧を振るって、何故か敵のボスと戦わされている可哀想《かわいそう》なルッツちゃんはどうすればいいよ。土下座か？　通じるとは思えない。首か尻かのどちらかが犠牲になるな。

狙いは決まった。敵の方から差し出してくれる生身の部分がある、つまりは腕だ。

ルッツは足を大きく開き地を踏みしめた。

「さあ、来いよ」

揃《そろ》えた指をくいくいと内側に曲げて誘ってみせる。

面白い、と大型オークは顔が裂けたかと思えるほど大きく口を開いて笑った。

薙ぎ払いよりも振り下ろしの方が力を込められる。戦いの中で見えてきた思考と嗜好《しこう》。そして大型オークは血に酔いながらも勝負を決めきれぬ事に苛立《いらだ》ちを感じている。この相手の攻撃パターン、あるいは好みとして振り下ろしを選ぶはずだ。

薙ぎ払いや袈裟《けさ》斬りがくればそれを防いで次に賭けるしかない、そう心の片隅に置いた保険は必要なかった。

大型オークは天を衝《つ》く勢いで斧を振り上げ、大地も割れよとばかりに渾身《こんしん》の力を込めて振り下ろした。

ルッツは斧を斜めに構え、敵の攻撃の軌道をずらした。飛び散る火花に照らされるオークの顔が引きつった。オークの斧が地に刺さる。それと同時にルッツの斧が弧を描き上段から振り下ろされた。刃がオークの手首を切り裂いた。

戦闘種族であるオークにはこれでも致命傷にはならない。時間が経《た》てばまたくっついてしまうのだ。ならばルッツの攻撃は無意味であったか、否、魔斧『白百合』ならばこれで十分だ。

「ぐぅあああああ！」

響き渡る苦悶《くもん》の悲鳴。大型オークの傷口が激しく燃え上がる。やがて炎は腕を伝って全身に拡《ひろ》がるだろう。後はこんがりと焼き上がるのを待てばいい。

ルッツはまだ敵の力を見誤っていた。敵はただのオークではない、そしてそれは身体が大きいからというだけの話でもなかった。

大型オークは斧を左手で短く持ち、自分の右肘《みぎひじ》から先を切り落としたのだ。

「なっ……！」

ルッツだけでなく、その場にいた誰もが絶句した。本人にしてみれば焼け死ぬよりマシなのだろうが、それを迷いなく実行出来るかどうかというのは別の話だ。

以前、リカルドから『椿』の呪いから逃れる為《ため》にその場で陰茎を切り落とした男がいて気迫に圧倒されたという話を聞いた事があるが、こんな覚悟を見せられては確かに恐ろしくなった。

その場に固まるギャラリーを尻目《しりめ》に大型オークは屈《かが》んで、地に落ちたまま燃え盛る右手に切断面を押し付けて止血した。

苦痛で表情が歪《ゆが》み、汗も溢《あふ》れ出る。それでも必死に口元に笑みを浮かべて見せた。

「悪いな、待ってもらって。さあ死合い再開といこうか！」

大型オークは左手で斧を振り上げた。対するルッツは既に動揺を抑え込み、冷静に敵を観察していた。

……もう、勝負はついた。

振り下ろされた斧をルッツは軽々と受け流した。ギィン、という金属音も心なしか軽いように聞こえる。

「おのれ！」

無茶苦茶に斧を振り回す。突き、薙ぎ払い、袈裟斬り、そのどれもが精彩を欠く動きであった。

本来両手で扱うべき武器をいきなり左手一本に切り替えたのだ。しかも右腕を失った事で全体のバランスも悪くなっている。これで勝てるほどルッツは甘い相手ではなかった。

戦いの中でふと、互いに眼が合った。大型オークの眼に映るものは悲哀であった。勝てない事くらい彼自身が一番よくわかっている。ルッツは戦士の心を推し量る事の出来なかった己を恥じた。そうだ、彼は戦いの中で死ぬ事を望んでいるのだ。

片手持ちとは思えぬほどの強烈な一撃。ルッツは見事な足さばきで避け、斧を振り下ろした。肩へすっと刃が通った。恐らく心臓にまで達しているだろう。傷口から肉が焼ける臭いが立ち上る。今度こそ彼の命は燃え尽きる事だろう。

「……俺は、強かったかい？」

己の死を悟った大型オークが驚くほど安らかな声で聞いた。

「ああ、最高に熱い夜だった」

こんな時にまで妙な言い方をするものだと、大型オークは小さく、そして満足げに微笑《ほほえ》んだ。

「人の娘は中央にある一番大きな小屋に閉じ込めてある。持っていけ」

肩から激しく炎が吹き出した。ルッツは大型オークの身体から斧を引き抜き、介錯するように薙ぎ払いオークの首を落とした。身体が一気に燃え上がり天を焦がすが、安らかな顔をした首はそのままであった。

焼死などという苦しい死に方をさせなくてもよいだろう。彼は街を襲った憎い敵ではあるが、少なくとも今の戦いは正々堂々の真剣勝負であった。

「ダメだ、こいつら化け物だ！」

生き残ったオークがひとり、またひとりと武器を投げ出し背を向けて逃げ出した。当初は皆殺しにしてやるつもりだったが、今は追いかける気力もない。その場に座り込んでしまわない自分を褒めてやりたいくらいだ。

「まあ、それくらいデニスさんも許してくれるだろ……」

ルッツは全身の力を抜いて駐屯地の中央にあるという小屋に眼をやった。そして、そのまま固まった。

「……え？」

小屋が燃えている。朱《あか》い光が死肉の散らばる地獄絵図を照らし出していた。

わからない、何故小屋が燃えているのか。頭領は素直に負けを認めたのではなかったのか。意味がわからない。

「どうして……？」

ルッツは物言わぬ生首に語りかけるが、彼は何も答えず微笑むのみであった。

燃え盛る小屋の裏手から現れる人影、松明《たいまつ》を持ったオークはルッツたちを見つけると指差して口が裂けそうなほどに笑い出した。

「むひょひょひょひょ！　いいね、いいねえその間抜けヅラ！　人生何もかもが上手くいくはずないし、そうであってたまるものかよ！」

おまけとばかりに小屋へ松明を放り込み、放火犯のオークは背を向けて逃げ出そうとした。

白銀に光る二条の流星、それはジョセルの手から放たれた短刀であった。オークはふくらはぎと膝《ひざ》の裏を貫かれ転倒した。

「痛てぇ！　畜生、痛てぇ！」

涙を浮かべて転げ回るオークを尻目にサムライマスクが走り出す。顔は恐怖に歪み、しかし足は躊躇《ためら》いなく燃える小屋へと突撃した。

「何故、そこまで……」

ジョセルがサムライマスクの勇気を称えつつも、何故そうまでするのかと疑問を口にした。ルッツにはわかるが言えなかった、これは彼の贖罪《しょくざい》なのだと、過去と向き合う覚悟を示したのだと。

「……仕方ない、我々はサムライマスクが戻って来た時の事を考えよう。ルッツどのは水を探してくれ」

「水ですか？」

ルッツは炎上する小屋を見上げた。作りが粗末だから小屋と呼んでいるだけであり、三メートル級オークの住処《すみか》はなかなかの大きさであった。二階建ての床をブチ抜いたようなものである。ちょっとやそっと水をかけたところで消火出来るとは思えない。そんな疑問を察したか、ジョセルが先に説明した。

「サムライマスクにぶっかける為だ」

そうか、と今ようやく気がついたようにルッツは頷《うなず》いた。炎の中から出て来るとすれば服や髪が燃えているかもしれない、少なくとも火傷《やけど》はしているだろう。

水を用意するのは当然といえば当然だが、災害現場で最適な判断というのはなかなか難しいものであった。

「オークが数十体も生活していたのだ、飲み水くらいは溜《た》め込んでいたはずだ」

「わかりました、水瓶《みずがめ》なんかを探してみます。ジョセルさんは？」

「あれを縛っておく」

くい、と顎《あご》を向けた先に這《は》って逃げ出そうとするオークがいた。奴には生け贄の儀式の詳しい内容など、聞きたい事が山ほどある。

やるべき事を悟ったルッツとジョセルは同時に、逆方向へと駆け出した。


逃げ出したオークたちがひとかたまりになって走っていた。散らばって逃げた方がよいのではないかとも思うが、今さらそれも心細く離れようとする者はいなかった。

頭領を含め三十体もいたオークが今やたったの十体、半数以下にまで減ってしまった。生き残りはもう一体いたのだが、奴らに現実を教えてやるなどと訳のわからぬ事を言いながら別行動を取った。何をするつもりかは知らないが彼に明るい未来が待っているとは思えない。

「おい、どこか当てはあるのか。闇雲に走っている訳ではあるまいな?」

隣を走る仲間が問い、自称知恵者のオークはよくぞ聞いてくれたと笑ってみせた。

「奴らはここまでどうやって来たと思う? 恐らく馬車か何かを使ったのだろう、そいつを奪って逃げるのさ!」

なるほど、と大きく頷く仲間たち。その反応が知恵者の機嫌をさらに良くした。

木々を切り倒して作った道は夜でもわかりやすく、月の明かりだけでも十分であった。まだだ、まだ終わってなどいない。再起の芽は残っている。足取りは軽く、疲労を忘れた。そんな知恵者オークの走りが急に遅くなった。

数歩、ふらふらと前に進むとそのままバッタリと倒れてしまった。首はナイフで深く抉《えぐ》られており、顔には恍惚《こうこつ》の表情が浮かんでいた。

オーク族は回復力が強く少しくらいの傷ならばすぐに治るが、頸動脈《けいどうみゃく》はさすがにまずい。傷が塞《ふさ》がるよりも出血する方がずっと早いのだ。

隣を走っていたオークが血のついたナイフをうっとりと熱っぽい瞳《ひとみ》で見つめていた。裏切りではない、ただ快楽を友と共有したかった。これは友情であり親切心だ。

オークはナイフを逆手に握り、己の首も切り裂いた。体液を噴出する快楽に身を委ねながら前方にゆっくりと倒れる彼の視界に映ったものは、刀をだらりと垂れ下げて持つ魔人の姿であった。馬車への道は既に塞がれていたのだ。

もうひとりいた。死の間際にだけ見える長い黒髪の女。全裸で見事なプロポーションを披露しており、蛇のように赤い舌をちろちろと動かしている。全身に見える赤い縞模様《しまもよう》は流れ続ける血であった。

彼女を見ていると自分でもどうしようもないくらいに性欲が溢れ出て、もっともっと快楽を貪《むさぼ》りたくなるのだが、残念ながら失血によりオークの意識は薄れていった。

全裸の美女を前にして、甘い匂いに包まれ、尋常でない快楽の中で死んでいく。それを幸せと呼べるのかどうか、それを知るのは死ぬ時だけだ。

残る仲間たちも次々と自害し倒れ、ここに街を襲ったオークたちは全滅した。

燃える小屋の中でサムライマスクは焦っていた。乾燥した葉や木材で組み立てている為、火の回りが予想よりもずっと早いのだ。

……防火はどうなっているんだ、防火意識は⁉

こんな時だがオークたちの杜撰《ずさん》さに腹が立つ。

ぱちぱちと炎が爆《は》ぜる音の中に、女の子の泣き声が聞こえたような気がした。幻聴かもしれない、さらに奥へと進めば帰って来られないかもしれない。

「ええい、構うものかよ！」

己を鼓舞するように叫び、炎の道をさらに進んでいく。

次の部屋にあったものは木組みの檻《おり》。そこには五歳くらいの女の子が閉じ込められていた。こんな子供を生《い》け贄《にえ》にしようとしていたのかと思えばオークたちに怒りが湧いてくる。

「熱いよ、助けて！　出して！」

叫び、泣き、咳《せ》き込む少女。サムライマスクは刀を抜いて檻へと叩《たた》きつけた。両断は出来ない、しかしある程度の切れ目は入った。それを二度三度と繰り返すと刀身がぐにゃりと曲がってしまった。

……申し訳ありません、ルッツ様。

サムライマスクは心の師に詫《わ》びた。借り物の刀を曲げてしまった、だがこれが最も正しい使い方だったとも思う。

檻に切れ目が入った、焼かれて所々が脆《もろ》くなっている。

「うおおおおお！」

サムライマスクが勢いよく体当たりすると檻は砕け、人ひとりが通れるくらいのスペースが出来た。サムライマスクは勢い余って転倒してしまったが、そのまま一回転する事でなんとか誤魔化し、ダイナミックな登場を演出した。

失敗ではない、そういう事にしておこう。

「行こう、君を助けに来た！」

「おじさん、誰？」

炎の中に突如として現れた仮面の男。助けといえば助けなのだろうが、どちらかと言えば不審者である。少女は怯《おび》えの色を見せていた。

「正義の味方さ、君のお父さんに頼まれたんだ！」

「パパが⁉」

少女の顔がパッと明るくなる。サムライマスクはマントを脱ぎ、少女の上に被《かぶ》せて抱きかかえた。

帰り道は来た時よりもさらに炎が広がり、進めない所もあった。急ぎ、そして慎重に道を探して突き進む。

足も腕も火傷だらけで、ズボンは焦げて穴が開いていた。

「大丈夫、出口に近づいているよ」

「うん！」

少女に、そして自らに語りかける。

煙が目に染みて視界がぼんやりとしている。それでも歩みを止めず、前へ前へ。

やがて冷たい風が流れて来るのを感じた、出入り口が見えてきたのだ。

「こっちだ、早く！」

誰かの声がする。ルッツか、それともジョセルだろうか。眼を半分くらいしか開けられぬサムライマスクに誘導の声は実にありがたかった。

最後の力を振り絞り駆け抜けよう。そう決めて足に力を込めた時、目の前に燃える柱が倒れて来た。最悪の位置、最悪のタイミングだ。

……神よ、これが私への罰だというのですか。私がまともな死に方が出来ないというのはわかりますがね、この子まで巻き込むのはちょっと違うんじゃないですか。それだけは絶対に認められませんよ。

サムライマスクは咄嗟《とっさ》に抱きかかえていた少女を出入り口に向けて放り投げた。次の瞬間、頭部を激しい衝撃が襲う。彼の意識は闇の中へと引きずり込まれた。

# 第十章　仮面の告白

気が付くと夜空を見上げていた。つい先ほどまでの激しい戦いと、炎の中に飛び込んだ事が信じられないくらい静かな夜であった。

何か違和感がある、仮面を着けていないのだ。代わりに顔の右半分に包帯が巻かれていた。彼は正義のヒーローサムライマスクではない、元不良騎士のドナルドであった。

……そうか、知られてしまったのだな。

ジョセルに斬られるだろうか、デニスに軽蔑《けいべつ》されるだろうか。サムライマスクの正体がこんな惨めな人間だとは知られたくなかった。

いっそ正体不明のヒーローのまま炎の中に消えてしまえば格好も付いただろう。

……いや、そういう考え方がダメなんだろうな。ちゃんと過去と向き合って、素顔で謝罪して、その結果を受け入れなければならないんだ。最期にちょっと格好付けて死んで全部チャラだなんて都合が良すぎるか。

身を起こそうとすると頭を鈍器で殴られたような痛みが走った。

「おいおい、無理しなさんなって」

夜空を遮る男の顔。ルッツがドナルドの顔を覗《のぞ》き込んで言った。よく見ると髪の端が焦げている、彼が燃える小屋に突入して助けてくれたのだろうか。

……俺に、そこまでして助ける価値はありますか？

そう聞きたかったが、口にすれば余計に惨めになりそうで言えなかった。

「申し訳ありません。お預かりしていた刀を小屋に置いて来てしまいました」

少女が捕らえられていた檻を壊すのに刀で何度も斬りつけ、刀身が曲がってしまったのだ。曲がった刀は鞘《さや》に納まらずその場に置いていくしかなかった。

刀筋を真《ま》っ直《す》ぐに立てて斬りつけていれば木の檻を両断し、刀身も曲がる事はなかったかもしれない。ドナルドは未熟さ故に刀を捨てねばならなかった。

ルッツは特に怒る事もなく、むしろそんな事を気にしていたのかと薄く笑ってみせた。

「まったくしょうがない奴《やつ》だな。新しく作ってやるからしばらく待っとけ」

「え、それはつまり……？」

「聞き返すなよ。こういう時は何か意味ありげに、ニヤリと笑っていればいいんだ」

「そういうものですか」

「そういうもんさ」

自分だけの刀を打ってもらえる。それは飛び上がりたくなるほど嬉《うれ》しい事だが、それよりもルッツに認めてもらえたのが嬉しかった。

しかし彼が有頂天になっていたのはほんの一瞬であった。今はまず向き合わねばならない人たちがいる。全てはそれからだ。

「ルッツ様、俺の身を起こしていただけませんか？」

「何を言っているんだ。もう少し寝ておけよ、くたばり損ない」

「お願いします。逃げる訳にはいかないのです」

まったく、と呟《つぶや》きながらルッツはドナルドの上半身を起こし、背に適当な荷物を当ててやった。

ひどい頭痛がするが弱音を吐いていられない。左右に視線を動かすと、ジョセルとデニスが硬い表情でドナルドを見ていた。焚《た》き火《び》に照らされた、ジョセルの髪も焦げている。

デニスの膝《ひざ》の上で少女が寝息を立てていた。良かった、とドナルドは安堵《あんど》のため息をつく。純粋に彼女が助かった事を喜び、彼女が助かったのならば自分の命にも意味があったのだと思う事が出来た。

デニスとドナルドはしばし無言で見合っていた。先に口を開いたのはドナルドであった。

「デニスさん、俺の本名はドナルドと言います」

「……はい」

「今は脱走した身ですが、元々はツァンダー伯爵領で騎士をやっていました」

デニスの見えぬ左眼《ひだりめ》がじっとドナルドへ視線を注いだ。

「貴方《あなた》の左眼が騎士の私刑《リンチ》で潰《つぶ》された時、俺もその場にいて一緒に笑っていました。あの時は本当に、申し訳ありませんでした」

デニスは膝の上の眠り姫へと視線を落とし、またすぐにドナルドへと向き直った。

「サムライマスク……、いえ、ドナルドさんが私の無茶な依頼を受けてくださったのは罪滅ぼしの為《ため》ですか？」

「そのつもりです。無論、何をもって贖罪《しょくざい》とするかを勝手に決めるつもりはありません。これから目玉を抉られようと、殺されようと、抵抗はしません。全ての罪は俺自身にあります」

デニスは静かに首を横に振って言った。

「貴方のお気持ち、確かに受け取りました。この左眼ひとつで娘を救えたと思えばむしろお得な取引だったと、そういう事でいいじゃないですか」

「俺を許してくださるのですか？」

「今の貴方は私たち家族にとって、英雄サムライマスクです」

「かたじけない……ッ」

ドナルドの両眼から熱い涙が溢《あふ》れ出し、声は震えて声にならなかった。

だがいつまでも感動に打ち震えてもいられない。ドナルドは涙を拭《ぬぐ》い、ジョセルの方へと視線を向けた。

「ジョセル様、もう私に思い残す事はありません。伯爵領へ連行し裁いて下さい」

ドナルドの殊勝な言葉に対して、ジョセルはそっぽを向いて面倒臭そうな、どこか投げやりな調子で答えた。

「私はマスクドナイトだ。ジョセルではないし、貴様とは初対面だ。知らん」

「いや、しかし……」

「貴様が伯爵領で何をやらかしたかは知らんがここはエスターライヒ男爵領だ。ならば関係ないだろう」

犯した罪は基本的にその土地でしか裁けない。伯爵領で殺人を犯したとしても、男爵領に逃げ込まれれば咎《とが》める事は出来ないのだ。

もっとも、ツァンダー伯爵家とエスターライヒ男爵家は隣り合っていて付き合いもある。ついでに言えばツァンダー伯爵家の方がずっと格上である。犯罪者の引き渡しを要求する事は可能であり、高位騎士であるジョセルにはその権限があった。

「……よろしいのですか？」

「うるせえな、良いも悪いもないだろう。貴様の言うジョセルとやらが探しているのは刀傷の男だろう。その火傷《やけど》ヅラに興味はあるまい」

苦い顔をするジョセルに、ドナルドは黙って頭を下げた。理由はどうあれ高潔な騎士が犯罪者を見逃すのである、ジョセルは自分の為に信念を曲げてくれたのだ。

「ドナルドはもう伯爵領に帰らない方がいいだろう、どうしたって火種が残る。男爵領の冒険者になっちゃえば？」

ルッツの提案にデニスが大きく頷《うなず》いて続いた。

「ならばいっそ、我が家で一緒に暮らしませんか？　娘も寝付くまではサムライマスクのお兄ちゃんをずっと心配していましたよ」

デニスの提案にドナルドは小さく笑ってみせた。

「番犬が欲しいという事ですか？」

「何かと物騒な土地ですので」

デニスは否定せずに笑い返した。もうこのふたりは大丈夫だと、ルッツは安心して頷いた。

さて、と呟きながらジョセルが立ち上がる。

「ドナルドはここで休んでいろ、どうせ夜明けまでは動けん。リカルドはデニスさんたちの護衛を頼む」

「ん」

ずっと黙っていたリカルドが硬いパンを齧《かじ》りながら短く答えた。連合国遠征の時もそうだが、彼は人が沢山居るところで会話に入ろうとしないタイプであった。

「ルッツどのは共に来てくれ、もうひとりの客を迎えに行く」

「いましたねえ、そう言えば……」

ルッツも立ち上がり、パンパンとズボンについた土を払った。

男たちの眼から若者を見守る優しい光が消えていた。


「それで、ルッツどのはいつから知っていたのだ？」

坂道を登りながらジョセルが険しい声で聞いた。目的語を抜いた物言いだが、この場面で意味するところはひとつしかない。連続殺人犯ドナルドとの関係性についてだ。

松明《たいまつ》に照らされた、半分に割ったヒョートコメンは滑稽《こっけい》さを通り越して不気味であった。夜中に見るようなものではない。

「いつ、といえばあいつが珍妙なマスクを着け出したあたりですかねえ……」

「この騒動の最初からか！　おい、まさか騎士殺しにも荷担していたのではあるまいな？」

ヒョートコメンの奥で瞳《ひとみ》が鋭く光った。ルッツとクラウディアには騎士を憎み、殺すだけの動機がある。疑い出せばキリがなかった。

とんでもない誤解をされていると、ルッツは慌てて手を振った。

「いやいやいや、さすがにそんな事しませんって。俺もどちらかといえば巻き込まれたようなものです。まずは聞いてくださいよ」

　ルッツは資材置場でドナルドと出会ったあたりから語り出した。黙って聞いていたジョセルが大きくため息を吐く。怒りと疑いが呆《あき》れに変化したようだ。

「一応言っておくが、ルッツどのに犯人逮捕の義務がある訳ではないとはいえ名目上は騎士で、体制側に属する人間なのだ。犯人を匿《かくま》ったり正体を隠したりするのはどうかと思うぞ」

「まったくもってその通りです、申し訳ありません。奴の熱意と変人ぶりに流されて、つい協力してしまいました」

「今さら引き返して逮捕する、などと言い出すつもりはないがな……」

　次からは何かあったら言ってくれ、と釘《くぎ》を刺すのを忘れぬジョセルであった。

　誰も彼もが謝ったり許したりと忙しい一日である。

　再びオークの駐屯地へとやって来た。中央の小屋と周り数軒が焼け落ちて消し炭となっていた。火の回りは恐ろしく早かった。もしも小屋に放火された時にドナルドが飛び込まなければと思えば背筋が寒くなる。山火事に発展しなかったのが不幸中の幸いだ。

　木に縛られたオークを見る眼はますます厳しいものとなった。

「おや、お仲間は助けに来てくれなかったのかい？」

　残りはリカルドが皆殺しにした、それを知っていながらルッツがからかうように言った。オークが悔しげに睨《にら》み返すが、他に出来る事は何もない。

「貴様には聞きたい事がある。生《い》け贄《にえ》の儀式とやらについて教えてもらおうか」

　オークはふんと鼻を鳴らし、小馬鹿にするような視線を向けた。

「それが物を頼む態度かよ。俺のチンポをしゃぶっておねだりしてみろ、少しは考えてやるぜ」

言い終わるか終わらないかといったタイミングでルッツは懐からハンマーを取り出し、屈《かが》んでオークの足に叩《たた》きつけた。オークの身体《からだ》がいかに頑丈であろうとも足の小指を狙い撃ちにされたのではたまったものではない。

「うっぎゃあああああ！」

肺腑《はいふ》から絞り出すような悲鳴が夜空に響いた。

「考え直してくれたかい？」

ルッツの口調は軽いが、眼は笑っていない。必要とあらばなんでもやるつもりだ。このオークがどうなろうとルッツが損をする訳ではない。

「お、俺は誇り高きオークだ。こんな卑怯《ひきよう》な脅しに屈しはしないぞ……」

涙目で脂汗を流しながら耐えるオークであった。

「負けた腹いせに幼女を焼き殺そうとする奴が誇りを語ってんじゃないよ」

「お前だって、俺の仲間を丸焼きにしただろうが！」

「戦いの中で殺すのと、非戦闘員に危害を加えるのでは意味が違うと思うぞ」

「同じだ、やられる側にとってはな！」

オークの悲痛な叫びは途中で呻《うめ》き声に変わった。ルッツが無情にも二本目の指を叩き潰したのだ。

「見解の相違だな。まあ別にお友達になりたくておしゃべりしている訳じゃないんだ、構わないよな」

ルッツは立ち上がり、血のついたハンマーをオークの頬にぐりぐりと押し付けた。オークはそれでも答えない。だが瞳には怯《おび》えの色が浮かんでいた。

三度ハンマーが振るわれ、オークの右足中指が潰れた。オークの口から粘っこいよだれが泡のように漏れ出した。

「ま、まん……」

今度は何を言い出すつもりだと警戒していたが、ルッツが想像していたような卑猥《ひわい》な意味ではないようだ。

「満月の、夜に。処女の生け贄を捧《ささ》げ、祝福の斧《おの》で首を切り落とす……」

荒く息を吐きながら言葉を紡ぐ。ルッツが指先でオークの足の潰れた所を撫《な》で回しているので途中で止める訳にもいかなかった。口を閉じれば四本目の指が潰される、それだけは確実であった。

「首から流れ出る血を飲み干せば、そのオークは強大な力を得る……」

「ジョセルさん、あの斧『祝福の斧』っていうらしいですよ」

「悪趣味なジョークだ」

ジョセルは吐き捨てるように言い、またオークの言葉に耳を傾けた。

「力を得たオークは、新たな頭領となり……。前の頭領は斧を譲って旅に出て、新たな土地で組織を作る。こうしてオークの勢力圏を拡《ひろ》げていく、はずだった……」

話はこれで終わりらしく、オークはがくりと項垂《うなだ》れた。

リカルドが以前出会ったという巨大オークは流れて来た元頭領だったのだろう。そう考えれば辻褄《つじつま》が合う。

しかしまだわからない事もいくつかある。ルッツは夜空を見上げて首を捻《ひね》った。月は欠けている。

「満月の夜って、もう過ぎてんじゃねえか」

「……三日前、儀式の当日が雨だった」

「結構条件が厳しいのな。もっとも、あんな化け物をポコポコ量産されたら困るけど」

儀式当日は晴れていなければならない。雨は無論の事、曇りでも怪しいものだ。

儀式の度に人間の女をさらって来なければならない。その女が条件に合うとも限らない。だからこそ今回は五歳児を狙ったのだろう。

街を襲ったオークたちが少女をさらうだけで撤退したのは自警団の抵抗が激しかっただけでなく、目的を達成したからだろう。

「あの斧はどこで手に入れた？」

「わからねえ。前の前の前の、もう何代前かもわからねえくらい前の頭領が手に入れたらしい。俺の股《また》ぐらに毛もない頃の話だ」

「あの巨大オークが大陸全土に散らばっている可能性があるのか……」

ジョセルが酷《ひど》くうんざりとした様子で言った。

「これ以上増えないという事で良しとしましょうよ、今回は」

「そうだな、贅沢《ぜいたく》は言ってられんか」

ルッツたちの話がまとまったところで、オークが暗い声を出した。

「……もう、いいだろう？　俺を解放してくれよ」

未来は閉ざされた、仲間を裏切った。残されたのは自分の命だけだ。

ルッツはしばし考える。このオークを解放したとして彼はその後どうするのか。旅人を襲って武器や食料を手に入れるというのがありそうな流れだ。被害者が出るとわかって逃がすのは平和を愛する一般市民としてよろしくない。

しかし要求に応えた者を騙《だま》して殺すというのも不義理であるように思う。

ルッツはオークの後ろに回ってナイフでロープを切ってやった。

「ルッツどの⁉」

ジョセルは驚いたような声を出す、当然だろう。ルッツは答えず少し離れた所に落ちていた槍《やり》をオークに投げ渡してやった。

「俺と戦え。勝ったら逃がしてやる」

「何だって⁉」

ジョセルとオークが同時に声を上げ、提案したルッツ自身が何故《なぜ》か困ったような顔をしていた。

「なあオークの兄さん、わかるだろう。あんたをこのまま逃がす訳にはいかないって。だが質問に答えてくれた相手をそのまま殺すのもなんか、なんかこう、不義理かなあと思う訳だよ」

「……勝手だな。てめえのルールを押し付けて公平でございって善人ヅラか、反吐《へど》が出る」

「それもそうだな。じゃあふたりがかりで今すぐ殺すか」

魔斧《まふ》『白百合《しらゆり》』を構えて冷たい視線を向けるルッツにオークは慌てて手を振った。

「いやいやいや、待て待て待て！　何でそうなる⁉　普通にこのまま逃がしてくれりゃあいいじゃねえか！」

「オークを逃がしたら一般市民に被害が出るし……」

行商人が襲われるというのはルッツにとって他人事《ひとごと》ではなかった。

「しない、もう人間に悪さはしない。約束する！　田舎に帰って畑を耕して生きる、母ちゃんに親孝行しながら暮らす、それでいいだろう⁉」

「口約束を信じられるほど俺たちは友情と信頼を育んだ訳じゃないだろう」

「今から友達になろうぜ、どうすればいい。キスでもして欲しいのか⁉」

「妻帯者なので浮気はちょっと……」

暖簾《のれん》に腕押しとはこの事か、何を言ってもまったく手応えがない。決闘をする、それはもうルッツの中では決定事項だ。

「なあオークさんや。俺は自分の立場上、出来る範囲で出来る限りの提案をしているつもりだ。それをお前さんが気に入らないとしても」

ルッツは斧の先端をオークに向けた。

「俺の屍《しかばね》を越える以外に、お前の生きる道はない」

オークは汗ばむ手で槍を握りながら周囲に目を配った。囲まれている訳ではない、逃走経路と呼べるものはいくらでもあった。

奴らに比べて自分の方が土地勘がある。山の中ならばある程度まで目をつぶっても歩けるくらいだ。闇夜は自分に味方している。

問題は足だ、右足の指が何本も潰《つぶ》されている。ジョセルの短刀に貫かれた膝《ひざ》も治りかけてはいるが、どこまで信用して良いかもわからない。逃走は不可能。目の前の馬鹿の言うとおり、目の前の馬鹿を倒すしか道はなさそうだ。

「上等だ。てめえをブッ殺して、ついでにてめえの女房にも種付けしてやるぜ！」

オークは槍を構えて己を鼓舞するように叫んだ。

挑発か、あるいはただの軽口だったのか。いずれにせよ本人にとって大した意味のある内容ではなかった。しかし彼は知らぬ間に踏んではいけない箇所を踏み抜いたのだった。

「ふぅん……」

ルッツが感情のこもらぬ声で呟《つぶや》き、ジョセルのオークを見る眼に憐《あわ》れみの色が浮かんだ。武器を手に取り対峙《たいじ》するオークとルッツ。しかし槍を持つオークは腰が引けていた。

「でぇええぇい！」

オークは槍を長く持って突き出した。だがそれはリーチを活《い》かしたというよりも、敵に近づきたくないという恐れによるものであった。

そんなへっぴり腰の攻撃が当たるはずもなく、ルッツは足を引いて半身になる体捌《たいさば》きのみでかわしてみせた。下段に構えた斧が振るわれ、オークの足首が斬られた。転倒するオーク、傷口から炎が溢《あふ》れ出した。

「ひぃ、ひぃいいい！」

オークは手でバンバンと炎を叩く。土を握って炎に振りかける。魔法の炎はそんな事で消えはしなかった。

悲鳴を上げて狼狽《うろた》えるオークの様子を、ルッツは冷たい眼で見下ろしていた。

頭領との戦いを見ていたオークならば足を斬れば助かると知っているはずだ。しかしその決断が出来なかった。一度は槍の穂を握るが、怯えた表情を浮かべただけで実行は出来なかった。

……それが普通だよな。俺だって同じ状況になれば足を斬れるか自信がない。いや、多分無理だろうなあ。

ルッツとジョセルは手出しをしない。助ける事も、止《とど》めを刺す事も。

迷ううちに炎は脛《すね》へ、太腿《ふともも》へと燃え広がった。オークは泣きながら炎を叩くが何の効果もなかった。とうとう腰にまで炎が移った。もう、助からない。

「助けてくれ、助けてくれぇ！」

オークはルッツにすがりつこうとするが無慈悲に蹴《け》り飛《と》ばされ、地面に背を激しく叩きつけた。

次にオークはジョセルに目をやるが、彼は首を横に振るのみであった。もうどうしようもないのだ。

全身が炎に包まれオークは奇妙に踊り続ける。助けを求めて天に手を伸ばすが神の救いは訪れなかった。この死に様は彼への罰なのか、それとも神は彼に興味がないのか、それは誰にもわからない。開いた口に炎が入り込み悲鳴さえも焼いた。

消し炭となったオークをルッツとジョセルは黙って見下ろしていた。松明に照らされた黒焦げの死体はつい先ほどまで生きて動いていた事が信じられぬほど凄惨《せいさん》であった。

「意外に残酷な事をするものだな」

ジョセルが硬い声で呟いた。ルッツに対して気のいい鍛冶屋《かじや》の兄ちゃんという印象を抱いていたのだが、今はまったく別人格のように思えた。

「嘘《うそ》をつきたくないとか公平でありたいというのと、こいつの事が好きか嫌いかというのは別問題ですからね」

ルッツは自分の感情を整理するように考えながら答えた。

「こいつにはこいつの言い分があったのでしょうが、個人的にはやっぱり八つ当たりで幼女を焼き殺そうとするのはナシかなって」

　もうオークには何の興味もないと、ルッツはクルリと背を向けた。

「ジョセルさん、あそこら辺を照らしてもらえますか。巨大斧が落ちていたのはそこだったと思うんですよね」

「うむ、あれは放っておけないからな。持ち帰るつもりか？」

「ゲルハルトさんに買ってもらおうかなと」

「……お師様の事を魔剣買い取り業者か何かと勘違いしてないか？」

「違いましたっけ？」

「ちが、ちがわ……、どうだろうな」

　明言する事は避けるジョセルであった。持っていけば興味は示すし金も出すだろう、それは間違いない。

　斧はルッツの予想から少し離れた所に泥まみれになって落ちていた。ルッツはそれを両手で持ち上げようとするが、鍛冶仕事で鍛えているはずの彼でさえ驚くような重さであった。

「何だこりゃ？　え、こんな物を軽々振り回していたのかあいつは？」

「巨大オークが増える前に回収出来て良かったと言うべきかな」

「まったくです。俺も得物が『白百合』でなけりゃ負けていたかもしれませんね」

　普通の刃物で斬りつけてもほとんど動じない巨人が相手だ。想像してみると勝ち筋がまるで見えなかった。冗談といえど口にするとジョセルに怒られそうなので言わなかったが、あの巨大オークが百体もいればこの国は滅んでいたのではないだろうか。

ルッツたちは斧を担いで馬車へ戻り、夜明けを待って街へと凱旋《がいせん》した。

これにて、まずは一件落着である。


余談であるが今回の一件は少女の人生観に大きな影響を与え、大人しい女の子であったはずの彼女は近所の男の子たちと一緒に棒きれを振り回して遊ぶようになった。

そして十年もすると、

「お父さん、あたし冒険者になるから」

などと言って、デニスを大いに困らせたそうである。


ツァンダー伯爵領城内、中庭にて。ルッツとゲルハルトは木箱に腰を下ろし、旅の顛末《てんまつ》を語っていた。

何故いつもの工房でやらないのかといえば、土産に持ってきたオーク族の至宝『祝福の斧』が大きすぎてドアを通らなかったからである。斧は今、中庭に横たえられていた。

ジョセルも話し合いに参加したかったのだが彼は建前上、男爵領にいなかったはずの人間である。仕方なく今は街のパトロールに出ていた。

一通り話を聞き終えたゲルハルトは楽しげに笑ってみせた。

「相変わらず楽しそうな事をしおって、わしも仮面を着けて行けばよかったな。ジジイ仮面参上って」

「全然楽しくありませんよ。オークどもは強いし、髪は焦げるし。このせいで危ない事は何もなかったという言い訳が出来ずにクラウディアに叱られましたからね。叱られるのはまだいいが、その後で泣かれたのはちょっとキツかったなあ」

そう言ってルッツは申し訳なさそうにため息をついた。

「帰る前に焦げた所を切っていかなかったのか？　ジョセルはそうしていたが」

「切りましたよ。切ったからこそ不自然さに気付かれて問い詰められました。意外とよく見ているものですね」

「浮気などは出来そうにないな」

にやにやと笑うゲルハルトであったが、ルッツは大真面目に答えた。

「世界一いい女と結婚したのです、浮気をする必要性がないでしょう」

「……聞いたわしが馬鹿だったよ」

付き合ってられぬとゲルハルトは話題を変えるように大斧《だいふ》へと視線をやった。

「満月の夜に処女の生《い》け贄《にえ》を捧《ささ》げるという話だが、やったところで恐らく儀式は失敗していたであろうな」

「え、そうなんですか？」

「ふむ、ルッツどのはあまり黒魔術等に詳しくはないようだな」

「教会に目を付けられそうな事を言わんでくださいよ。そっち方面はさっぱりわかりません」

「何事も勉強だ、聞いていけ」

講義を始める教師のような顔をしてゲルハルトは話を続けた。

「まず、セックスとは新たに生命を作り出す行為であり生命の神秘だ。魔術に応用出来る出来ないというより、しない理由がない」

そこまではなんとなくイメージ出来る、とルッツは頷《うなず》いた。

「そして処女とは生命を生み出す力を持ちながら、その生命力を内に秘めた状態だ。魔力が満ち溢れており生け贄には最適だ」

「……処女だけで、童貞じゃダメなんですか？　男も男で生命の元を作り出す機能がありますが」

ルッツの質問にゲルハルトは苦笑しながら答えた。

「童貞でも構わないが条件はさらに厳しくなる。一度も精を放った事がない男だ」

「右手とか夢精でも？」

「ダメだ」

「油断して先っちょからちょっと出ちゃったとかでも？」

「ダメだ」

「ああ、それは、うん……」

などと言って曖昧《あいまい》に頷くルッツであった。確かに条件が厳しい上に確かめる方法がない。場合によっては本人に自覚がないうちに放っているかもしれないのだ。

男ならばわかるだろう、この条件がいかに難しいかを。

女ならばわかって欲しい、この条件がいかに難しいかを。

「話を戻すぞ。オークたちは女をさらってきたが処女ではなかったというのを何度か繰り返したのではないかな」

「それで、子供ならばさすがに処女だろうと考えたのですね」

「浅知恵よのう……」

ゲルハルトは嘲《あざけ》るように呟いた。

「確かに処女だろうが、逆に子供を産める身体つきではないのだ。生命力が満ち溢れてはおらぬ」

「なるほど、それで失敗するだろうと」

ルッツはオークたちの至宝である大斧を複雑な心境で見ていた。

今回の戦いで人にもオークにも多くの犠牲が出た。そしてそれは最初から無意味な行為だったのだ。彼らは一体何の為に戦い、死んでいったのだろうか。『祝福の斧』というのが悪趣味を通り越した、悪意に満ちた名であるように思えてきた。


ルッツは工房に戻り刀を打っていた。

鎚《つち》を振り下ろし、飛び散る火花を見ながら一連の騒動を思い出していた。

殺人犯の噂《うわさ》。資材置場での再会。不良騎士から正義の味方への転向。そこから仲間を集めてのオーク討伐。ヒーローの名に相応《ふさわ》しい活躍をするサムライマスク、謝罪するドナルド。

なんとも慌ただしい事である。少し前の自分に元不良騎士と共闘する事になるぞと言っても決して信じはしなかっただろう。

人は確固たる意志があれば変われるものだ。とはいえ、今も街で好き勝手やっている騎士団の連中がドナルドと同じように変われるかと言えば、そんな事はないだろう。改心するイメージがまったく湧かない。

ドナルドの性根が元々はまともであり、環境が悪かったという事か。

ルッツはいつの間にか自分が笑っている事に気がついた。そうか、楽しかったのか。何だかんだであの旅は楽しかったのか。

刀としての形を整え、土を置いて真っ赤に熱した鋼を水に入れて急冷する。研ぎを終えて出来上がったのは、反りのない真っ直ぐな刀であった。刃紋は力強く、くっきりと浮かび上がっている。良い出来だというだけでなく、なんとなくサムライマスクのイメージにも合っているように思えた。

人の気配に振り返る。そこには壁に背を預けたクラウディアがいた。いつからいたのだろうか、ひょっとするとずっと前からいたのかもしれない。集中していてまったく気が付かなかった。

「どうだいクラウ、良い刀だろう。こいつに名前を付けてくれないか？」

言ってからルッツは、しまったという顔をする。

これは彼女が心の底から嫌っている元不良騎士の為の刀だ。そんな物を作っているだけでも不愉快だろうに、銘を考えてくれというのは失言以外の何ものでもなかった。謝罪をするにしても何と言えば良いものか、悩んでいると先にクラウディアがぼそりと口を開いた。

「……『無銘《むめい》』」

「無銘？　そりゃあ名前を付けるなって事か？」

「いや、『無銘』っていう名前の刀にするのさ。もう何者でもない、まっさらな状態からやり直す男の為の刀には丁度良い名前じゃないかと思ってね」

ルッツは研いだばかりの刀、その持ち手部分に目を落とした。

……ここに『無銘』と刻むのか。無銘、それがこいつの名前だ、悪くない。

「ありがとう、クラウ」

自然と礼の言葉が口から出た。彼女がドナルドを許し認めてくれた事が、戦友として我が事のように嬉《うれ》しかった。

クラウディアは返答に困り、眉根《まゆね》を寄せながら言った。

「元騎士に会いたくも関わりたくもないが、女の子を助ける為に炎の中に飛び込むというのはなかなか出来る事ではないだろうね。本当に複雑な気分だよ、嫌いな奴が良い事をした時というのは。まあ、良いんじゃないか。男爵領でせいぜい楽しく暮らしたまえよ」

まったく、と呟《つぶや》きながら背を向けて鍛冶場を出るクラウディアに、ルッツはもう一度無言で頭を下げた。

街は以前来た時よりもずっと活気があった。直した建物がオークに再度破壊される心配もないとなれば、復興にも力が入るようだ。

ルッツとドナルドは廃材に腰かけて街の人々が慌ただしく動き回る所を眺めていた。こうしたスタイルで話すのがすっかり習慣になってしまって、部屋の中より落ち着くのだ。

ドナルドの顔右半分は火傷に覆われていたが本人は特に気にしてはいないようだった。ルッツもこれを醜いとは思わない、名誉の負傷だ。

「これ、お土産」

ルッツが本当に何でもないような態度で刀を差し出した。王国一の刀鍛冶の手による、魔術付与済みの名刀である。金銭で購《あがな》おうと思えば金貨百枚は下るまい。金だけでなくコネも必要だ。

そんな物をダサいキーホルダーを渡すのと同じような感覚で差し出されてドナルドも戸惑ってし

まった。

「何だ、いらないのかい？」

ルッツが手を引っ込めようとするのでドナルドは慌てて否定した。いらないと言えば本当に持ち帰ってしまうのがルッツという男である。

「いえいえいえ！　是非とも、是非とも頂きたい。このドナルド、このサムライマスク、ルッツ様の刀を頂き光栄の極みにございます！」

ドナルドはルッツから刀を受け取り、ごくりと喉《のど》を鳴らした。

持っただけで伝わる緊張感、これはとんでもなく斬れる名刀だ。刀の目利きなど出来ないドナルドだが、それだけは確信していた。

黒塗りの鞘《さや》に恐ろしくも力強い般若《はんにゃ》が描かれている。これは本当に自分の為に作られた刀なのだ。

そう思えば感動に身が震えるようであった。

「……本当に、いただいてよろしいのですか？」

「約束したからなあ」

「それはそうですが、あれはその場の流れというか勢いみたいなものではなかったのですか」

「たかが口約束を本気で守る。それが男の美学ってもんさ。ドナルドだってデニスさんとの約束を必死に守っただろう」

「デニスさんの反応からして、逃げたと思われていたでしょうね」

などと言って、ふたり顔を見合わせて笑った。

「……私はルッツ様のお世話になりっぱなしです。その上でこんな素晴らしい物を頂いては、こう言っては何ですがルッツ様の損ではないかと」

「あ、それなら大丈夫」

ルッツは気楽に手をひらひらと振ってみせた。

「オークの斧を金貨百枚で買ってもらえてね。俺、装飾師、付呪術師《ふじゅじゅつし》で金貨二十五枚ずつ分けたから、ちゃんと儲《もう》けになっているのさ」

それでも割に合わないだろうと思ったがドナルドは口にしなかった。これ以上あれこれ言うのはルッツの厚意を否定するようなものだ。強く目をつぶり、心の中で何度も礼の言葉を述べた。

「残る二十五枚は皆で分けるって事でいいかな。いや、事後承諾になってすまないが決定事項だ。リカルドとジョセルさんに金貨五枚ずつ渡してある。俺も刀代とは別に五枚もらった」

言いながらルッツは懐から革袋を取り出し、ドナルドに手渡した。じゃらりと鳴るその音で見ないでもわかる、金貨十枚だ。

「いや、しかし私は、頂く訳には……」

金貨袋をもて余すドナルドに、ルッツは面倒臭そうな視線を向けた。

「うるせえな、今さら金の分配を考え直せって言うのかよ。そいつを黙ってポッケにインしてくれりゃあ全部丸く収まるんだよ」

「そういうものですか……」

「そういうものさ。受け取れないって言うなら居候の代金としてデニスさんに渡したら？　店先も壊れちゃって、何かと物入りだろう」

「……そうですね。そうさせて頂きます」

ドナルドは金貨袋を一度、頭上に捧《ささ》げ持《も》ってから懐に入れた。まるで主君からの褒美のような扱いだ。少なくとも本人はそのつもりである。

「実はもうひとつお土産があるんだ。ごめん、ちょっとしつこいか？　これで最後、最後だから本当に」

ルッツは近くに繋《つな》いだロバちゃんに近寄り、背にくくりつけてある荷物袋に手を突っ込んだ。戻ってドナルドに差し出した物は顔の上半分を覆うハンニャーメンであった。

ドナルドはハンニャーメンを手に取りじっくりと眺めた。それは以前使っていた物よりもずっと繊細で迫力があり、手触りも滑らかだ。

「気に入ってくれたようだな。これは伯爵領一と言われる装飾師に頼んだ物なんだ」

「一流の職人の手による物ですか。どうりで……」

市場で買い求めたがらくたを素人が適当に加工した物とは訳が違う。安っぽい仮面を着けて正義のヒーローを気取っていた事が今さらながら恥ずかしくなってきた。

「その装飾師、パトリックさんっていうのだが。彼に今回の顚末《てんまつ》を話したらいたく気に入ってくれてね。幼女の味方ならば私の味方だ、と張り切って作ってくれたよ」

「……すいません、ちょっと意味がわからないのですが」

「独特の世界に生きている人だから、わからない事は気にしないでくれ」

「そういうものですか」

「そういうものさ」

ドナルドは貰《もら》ったばかりのハンニャーメンを着けてみた。まるでずっと以前から着けていたかの

ように ピッタリと顔に馴染《なじ》んだ。

「ところであの女の子の様子はどうだ、火がトラウマになっていたりはしないか?」

「それならば大丈夫です、今日も元気に走り回っています。火についても恐れるどころか、『オークは焼けば殺せる』などと物騒な事を口走っていますよ」

「将来は冒険者にでもなるのかな。頼もしい後輩が出来たじゃないか」

「その点ばかりはデニスさんも頭が痛い事でしょう」

それからしばらくとりとめのない話をしてからルッツは立ち上がった。

「じゃ、俺はもう行くよ」

「もう行ってしまわれるのですか? 正直な所、心細くあります。もっともっと色んな事を教え、導いていただきたいのです」

「もう俺から言うべき事なんて何もないよ。ドナルド……、いや、サムライマスクはこの街の立派なヒーローさ」

そう言ってルッツはロバちゃんを繋いでいた紐《ひも》を解《ほど》き、少し歩いてから屈んで手頃な角材を拾った。そして振り向き、角材を山なりに放り投げた。

……斬ってみせろという事か。

その意味を理解したドナルドは刀を抜くと同時に斬り上げた。ほとんど手応えもなく角材は空中で真っ二つになり、足下でカラリと音を立てた。

ドナルドは信じられないといった表情で刀身を見つめていた。凄《すさ》まじい斬れ味である。これが本物の名刀という物か。

「ルッツ様、この刀の名は何というのですか？」

「『無銘』と名付けた」

「無銘？　名が無いということですか？」

「やっぱり最初はそう思うよなあ。『無銘』っていう名前なんだ、茎《なかご》にもそう刻んである。うちの嫁さんから伝言だ、生まれ変わった気分で一から頑張れってさ」

それだけ言うとルッツはまた歩き出した。ドナルドはルッツがもう一度振り返ってはくれないかと期待してその背をじっと見ていたが、ルッツは何の未練も残さず去っていった。

男の別れ際なんてこれでいいんだ。ルッツから最後の教えを受けたように思えて、ドナルドは師の姿が見えなくなった街道に向けて深々と頭を下げた。

「ありがとうございました！　本当に、本当に……ッ！」

泣き顔を隠してくれる。仮面とは実に便利な物であった。

# 書き下ろし番外編　波の音

酒場にて、サムライマスクは五人の冒険者に囲まれていた。曰《いわ》く、あまり安い金で依頼を受けていては市場価格が崩れて皆が迷惑する。身のほどをわきまえろとの事であった。

要するにつまらない言いがかりだ。サムライマスクは面倒だなと考えながら説明してやった。

「安く受けているというが、私は値引きなどしていない。組合が提示している依頼料そのままだ。また、賊に奪われた品は出来る限り持ち主に返してやっているというだけだ」

「それが迷惑だってんだよ！」

先頭にいるリーダーらしき男が叫び、椅子を蹴飛《けと》ばした。サムライマスクは冷めた眼《め》でその行き先を追う。

安物の椅子は幸いにして他の客には当たらず、壁に激突して破壊された。

……幸い、ね。

サムライマスクの口元に浮かぶは冷笑。別の冒険者に当たらぬよう配慮された、キレた振りだ。

サムライマスクひとりに喧嘩《けんか》を売りたいのに、椅子が当たったの当たらないので第三者に出て来られては困るのだろう。

恐らく彼らは後で椅子代を弁償する事になるだろう。その場面を想像すると情けないの一語に尽きる。

「いいか、奪い返した荷の半分は冒険者の物。これが業界のしきたりってもんだろうが、知らねえなら覚えておけ！」

「市民たちには何の関係もない、勝手な言い種《いいぐさ》だ」

「あぁ!?」

最近調子に乗っている新入りを脅すも、怯《おび》えるどころか軽蔑《けいべつ》の視線を向けてくる。騒ぎが大きくなり同業者たちに注目されていた。冒険者は舐《な》められたら終わり、そう信じている男たちはもう引き下がる事は出来なかった。

「表に出ろ、テメェに礼儀ってもんを教えてやるぜ変態仮面」

「それはいいのだが……」

サムライマスクは視線を動かし、改めて敵グループの数を数えた。

「一対五では勝ち目がない、故にこいつを使わせてもらおう」

サムライマスクは立ち上がり、腰に差した刀の鍔《つば》を親指で押して白刃を覗《のぞ》かせた。これには言いがかりをつけてきた冒険者たちもぎょっと身を強張《こわば》らせた。

「お、おい。何を言っていやがる。冒険者同士の喧嘩に光り物はご法度だろう。男ならげんこつで来い、素手の殴り合いだ！」

「五人で囲んでおきながら男の勝負を語るとは笑止千万！　私はこの名、この仮面、そしてこの刀に誓ってチンピラの靴を舐める訳にはいかんのだ！」

酒場にサムライマスクの啖呵《たんか》が響き、圧倒的優位であったはずの冒険者たちが気圧《けお》されていた。

サムライマスクは自分でも不思議に思うくらいに落ち着いていた。ピンチと言えばピンチなのだろうが、数ヶ月前に戦ったオーク軍団に比べればなんの恐怖も感じなかった。

「さあ、やるのかやらんのか！　それだけハッキリしてもらおうかい！」

これで引き下がってくれればと期待していたのだが、サムライマスクはまだ冒険者の面子《メンツ》というものを甘く見ていた。

「や、やって……」

リーダーは顔を真っ赤にしてプルプルと震えながら、やってやるという言葉を吐き出そうとしていた。まるで火の点《つ》いた導火線だ。

それを言われてしまえば本当に後戻りは出来なくなる。皆殺しにするつもりはないが、ひとりやふたり斬ってやらねば収まらないだろう。

リーダーの後ろに控える男たちが落ち着きなく周囲を見回すが仲裁に入ってくれる者などおらず、それどころか誰もが好奇の眼を向けていた。冒険者たちにとって他人の喧嘩や生き死になど、ただの娯楽に過ぎないのだ。やれ、やっちまえと囃《はや》し立てる声まで聞こえた。

「やってや……」

る。最後の一字は後ろからポンと肩を叩《たた》かれ遮られた。振り向くとそこには見知らぬ男がいた。

肩幅は広く、眉《まゆ》は太く、顎《あご》が角張っている。まるで岩がそのまま動いているかのような男だ。岩男はリーダーの脇を通り抜け、サムライマスクの隣に立って振り返った。

「一対五で問題があるなら、俺がこの兄さんの助太刀をしよう。それで刃物は使わん殴り合いって事でどうだ？」

「む……」

リーダーは悩み、即答はしなかった。いや、これも正確に言えば悩んだ振りである。本当は渡りに船とばかりに飛び上がって喜びたいところだが、仕方がないから認めてやってもいいというポーズを取る必要があった。本当にそんな必要があるかどうかはともかく、彼の中ではそうなっていた。

「ふん、まあいいだろう。そいつが納得するならな」

と言って、リーダーはサムライマスクを指差した。

サムライマスクとしてもこの申し出はありがたい。これからもこの街で活動を続けていく為《ため》にも余計な恨みは買いたくなかった。

問題はこのお節介な岩男がどれだけ当てになるかだ。探るような視線を向けるサムライマスクに、岩男は厳《いか》つい顔に似合わぬ人懐っこい笑みを浮かべて答えた。

「この図体《ずうたい》を見てくれ、俺を信じてくれ。四人分の働きはしてみせるさ」

その巨体、その筋肉には強い説得力があった。使い込まれた革鎧《かわよろい》や、腰に差した太い剣から歴戦の勇者といった風格が漂っていた。サムライマスクは手の甲で岩男の胸を叩いて言った。

「わかった、頼むぜ相棒」

五分後、ふたりは酒場の裏手で鼻血を出しながら倒れる羽目になった。信じた結果がこれである。

「あんた……、弱いな」

なんとか上半身を起こし、壁に背を預けたサムライマスクが呟《つぶや》くように言った。岩男はただの一発で倒れ、結局サムライマスクは一対五で殴り合う事になったのである。

サムライマスクは修羅場を潜《くぐ》り抜け覚悟が極《き》まっているとはいえ、元はただの不良騎士である。

格闘の天才などではなく、数の差をひっくり返す事は出来ず袋叩きにされてしまった。

「いやあ、もうちょいやれると思ったんだけどなあ……」

岩男は頭を振りながらサムライマスクの隣に座った。

「役に立てず悪かったな、殴っていいぜ」

「信じる、そう決めたのは私自身だ。あんたのおかげで殺し合いをせずに済んだのも確かだしな。まあ、礼を言う気にはなれんが」

「あっははは、正直な野郎だ。気に入ったよ」

岩男は力なく笑いながら、何故《なぜ》かシャツのボタンを外して大きく胸元を開いた。

何をやっているんだこいつは。怪訝《けげん》な眼を向けるサムライマスクの顔が、岩男の身体《からだ》を見ると同時に引きつって固まった。

肋骨《ろっこつ》が浮き上がっている、腹は抉《えぐ》り取られたかのようにへこんでいる。薄暗い酒場ではわからなかったが、よく見れば顔は酷《ひど》く青白い。

岩男は寂しげに笑いながらボタンを閉じた。

「少し前まで、俺はここらじゃちょいと名の知れた冒険者だったんだ。ハッキリ言って強かった、無茶苦茶強かった。そんな不死身の英雄を殺すのが、まさか病気とはなあ……」

サムライマスクは喉元《のどもと》まで出かかった慰めの言葉を飲み込んだ。彼は同情など求めてはいないだろうし、そんな事をすれば誇りに傷を付けるだけだ。

その反応が気に入ったか、岩男は小さく頷《うなず》いて口を開いた。

「俺の名前はカイロスだ、よろしくな」

「サムライマスクだ。今更だが、まあ一応な」

「なあミスターサムライ、あんたをしばらく雇いたい。護衛としてな」

「護衛だって？」

どういう事かとサムライマスクは首を捻《ひね》って聞いた。

「カイロス、確かに私は人助けを信条としているが、それは正規の依頼料以外を受け取らないというだけであって、無償でやっている訳ではないぞ。私を雇うだけの金が用意出来るのか？」

今日会ったばかりの男だが、嫌いではない。出来れば力になってやりたい。それはそれとして無償で動くのはよくない事だ。恐らく、どちらにとっても。

カイロスと名乗った岩男は少しだけ考え込み、やがて腰を撫《な》で回しながら言った。

「報酬としてこの剣をくれてやる。それでどうだ？」

「それこそ何を言っている。冒険者が得物を手放してどうするんだ」

「いいんだ。この依頼が終わる頃には、どうせ必要なくなる」

「……話くらいは聞こうか」

引き受けると決めた訳ではないぞとサムライマスクは念押しするように言った。

「俺、海を見た事がないんだ」

「海を？」

「そう、海だ。死ぬ前に一度見てみたい。とても雄大で美しいと聞いた事がある。話の通りだったら海を見ながら死にたいと思っている」

「海に行くまで護衛しろと？」

「そういう事だな」

どうしたものかと考える。いや、これも考える振りという奴《やつ》だなとサムライマスクは自嘲《じちょう》した。この依頼にはロマンがある、引き受ける理由などそれで十分ではないか。

「わかった。ただし準備もあるので数日待ってくれ」

「俺がくたばる前に頼むぜ」

本人は軽口のつもりだったのだろうが、弱々しい声と死人のような顔色のせいで、とても冗談とは思えなかった。


サムライマスクは下宿先の雑貨店に戻ると、そこの主人であるデニスに今回の奇妙な依頼について話した。

「……と、いう訳で馬車をお借りしたいのです。小さくてもいいというか、小さい方がいいですね。幌《ほろ》のない、簡単な荷台が付いいただけの奴が」

「わかりました、すぐにご用意いたしましょう」

と、デニスは柔和な笑みを浮かべて快く引き受けてくれた。彼の左眼は半開きのまま固定され、ピクピクと震えている。

「簡単な紹介状も書いておきましょう。余所《よそ》の領地へ行った時に何かの役に立つかもしれません」

冒険者とは基本的に住所不定で武器を持ち歩く不審人物である。地元ならばともかく他の土地へ行ったらどんなトラブルに巻き込まれるかわかったものではない。

デニスとてさほど有力な商人という訳ではないが、それでも保証人がいるというのは大きな意味があった。

「重ね重ね、お世話になります」

と言ってサムライマスクは深く頭を下げた。

かつてサムライマスクは直接ではないにせよデニスの左眼から光を奪ったという罪がある。デニスはオークの集団にさらわれた娘をサムライマスクに救ってもらったという恩がある。そして今、ふたりは深い信頼で結ばれている。

奇妙と言えばこのふたりの関係だって相当に奇妙なものであった。


海を目指して進む簡易な荷馬車。サムライマスクが手綱を握り、カイロスは荷台に寝転がって空を見上げていた。

「いやあ快適、快適。ちょいと背中が痛いけどな」

カイロスは上機嫌であった。こんな風にのんびりと空を見上げて雲を眺めるなど本当に久しぶりだ。子供の頃以来かもしれない。

ずいぶんと生き急いでいたものだ。何を求めてあんなにも必死に戦ってきたのか、思い出そうとしてもよくわからなかった。

見えない何かに追い立てられていた、ただそれだけなのかもしれない。目的なんて何もなかった。金も名誉も手元に残っていない。あの青空だけが財産だ。

「なあサムライ、天国って本当にあると思うか？」

「あったとしても冒険者が行けるような所じゃないだろう」

「それもそうだな」

カイロスはゲラゲラと笑い、その後に激しく咳《せ》き込んだ。

「おい、大丈夫か⁉」

「今すぐ死ぬのかって意味ならまだ大丈夫だ。長生き出来るかって意味なら無理そうだな……」

サムライマスクは馬車を止め、水筒を手に取りカイロスの口元に当ててやった。中身は酒である。

道中、カイロスは食事を一切口にしなかった。いや、出来なかった。辛うじて胃に入れる事が出来るのは水と酒だけである。

口の端からこぼしながらもなんとか飲み込んだカイロスは青白い顔に微《かす》かな笑みを浮かべた。

「ありがとよ、少し落ち着いたぜ。酒は穀物から出来ているからな、これで飯を食ったも同然だ」

「その理屈が通るなら飲み過ぎで死ぬ奴はいない」

サムライマスクは御者席に戻り馬車を進ませた。カイロスの命の灯《ともしび》はいつ消えてもおかしくない。

カイロスは腹を押さえ、深呼吸しながら言った。

「どうして人は死に近づくと海を見たくなるんだろうな。綺麗《きれい》な景色が見たいなら山だっていいはずだろう。山頂から朝日が見たいとかさ」

「病身で山登りがしたいか？　それこそ途中で死ぬぞ」

「それもそうか。……そうか？」

カイロスはまだ納得していない様子で唸《うな》った。

「いや、たとえお前が背負ってくれると言ってもやはり俺は海が見たいぞ。海には何か、くたばりかけの人間を惹《ひ》き付けるようなものがあるんだ」

「じゃあ、これからそれを確かめに行こうか」

「そうだな、楽しみがひとつ増えたぜ。ふ、ふふ……」

そう言ってカイロスはゆっくりと眼を閉じた。死んでしまったのではと不安になり、サムライマスクがカイロスの口元に耳を近付けると微かに寝息が聞こえた。

紛らわしい奴だなと安堵《あんど》の息を吐きつつ、サムライマスクはまた手綱を握った。


カイロスが次に目を開けた頃、周囲はすでに夕暮れ時となっていた。

「そろそろ海に着いたか？」

「まだエスターライヒ領から出てもいない。今夜はこの先にある村に……」

サムライマスクが顔を上げると、黒煙が立ち上っているのがみえた。カイロスも身を起こし目を細めて言った。

「キャンプファイアでもやってんのか？」

「……そうだといいな」

前方から微かな振動が伝わる、微かな音が聞こえる。集団が迫ってくる気配が感じられた。まだ距離があるのでこれはもう冒険者のカンのようなものだ。

邪気が迫っている、サムライマスクはそう確信していた。

「やるぞ」

「ああ」

サムライマスクが険しい声で言い、カイロスは短く答えた。

馬車を横付けにして道を塞《ふさ》ぎ、サムライマスクは鞘《さや》を掴《つか》んで御者席から降りた。

迫る騎馬集団、十人もいるのは予想外だなとサムライマスクは内心で舌打ちした。しかし、ここで引き下がる訳にはいかない。

……何故なら私はサムライマスクだからだ。

目の前に悪党がいるならば、成敗する以外に道はない。

横付けにされた馬車を見て騎馬集団が止まった。サムライマスクとの距離は数メートル。

「何だあ、テメェは……？」

先頭の男が訝《いぶか》しげな声を出しながら馬を降り、背負った大荷物を放り出した。後ろの者たちもそれに続く。

ぐったりと気を失った村娘を脇に抱えた者もいたが、その女性も荷物のように落とされた。

馬は貴重だ、戦いに巻き込まれて怪我をされてはかなわない。また、馬に乗ったまま戦うというのはよほど訓練を積んでいなければ難しいものだ。

サムライマスクは視線を素早く左右に走らせ男たちを観察した。

薄汚れた服、垢《あか》まみれで手入れもしていない髪や髭《ひげ》。誰も彼もを、あるいは自分自身すら見下しているかのような瞳《ひとみ》。私たちは野盗ですと名乗っているかのような格好だ。

何故自分から賊であるとわかりやすい格好をしているのか。荒れた生活が自然とそうさせるのだろうかとサムライマスクは頭の片隅で考えていた。

……ひょっとすると、わざとそうしているのかもな。

私は凶暴な人間ですと見た目からアピールしておけば、善良な村人たちへの脅迫もスムーズに進むだろう。あるいは怯《おび》える村人たちを見て優越感に浸りたいのかもしれない。

いずれにせよ正義の看板を掲げている以上、見過ごしてはおけない存在だ。

サムライマスクは愛刀『無銘《むめい》』を抜き払い、片手で持って野盗たちに突き付けた。

「我が名はサムライマスク。義によって貴様らを成敗いたす」

しばしの沈黙、そしてドッと沸き上がる笑い声。たったひとりで十人を相手にしようというのか。

賊たちは街のチンピラとは訳が違う、全員が人殺しに慣れている者たちだ。

これは勇気ではない、蛮勇とすら言えない。もはや自殺と何も変わりはない。賊たちから見れば
サムライマスクは仮面の英雄などではなく、ただの道化である。相手が道化ならば笑うが礼儀、これが笑わずにいられれようか。

一方でサムライマスクは賊の足下で気絶している村娘へと眼をやった。自分がここで逃げてしまえば彼女はどうなってしまうのだろうか。

アジトに持ち帰られた後は屈強な男たちに弄《もてあそ》ばれ、凌辱《りようじよく》され、その後は二束三文で売り飛ばされるか殺されるかだろう。かつてツァンダー伯爵家の不良騎士たちが女商人クラウディアにやろうとしていた事がそれだ。

……贖罪《しよくざい》こそが我が使命。ならばやはり逃げる訳にはいかんよなあ。

サムライマスクはゴクリと喉を鳴らして粘っこい唾《つば》と一緒に恐怖心を飲み込んだ。

巻き込んでしまったカイロスには申し訳ないが、自分のような人間を雇った結果だと納得してもらうしかあるまい。

賊たちは一斉に得物を手にした。どうやら仮面の男は本気らしい、正気かどうかは知らないが。

まずは三人の賊が進み出てサムライマスクを取り囲んだ。馬車を背にしているので同時に戦えるのは三人が限度なのである。

「死ねやぁ！」

斧《おの》を持った賊が叫び襲いかかってくる。と、見せかけてまずは槍《やり》が突き出された。

サムライマスクは槍を左手で掴み、グイと強く引っ張った。槍使いは体勢を崩し前方に身体を泳がせる。

迫って来た斧使いの喉《のど》を『無銘』の先端が切り裂いた。喉をパックリと割られた斧使いは酸素を求める鯉《こい》のように口をパクパクと開閉しながら前のめりに倒れた。

逆方向から襲って来た剣使いを蹴飛《けと》ばし、槍を手放して短剣を抜こうとする男の頭上に『無銘』を振り下ろす。男は何が起きたのかも理解せぬまま血を吹き出して死んだ。

鮮やかである、泥臭くもある。サムライマスクは三人と同時に戦ってまだ立っていた。

たった数秒の攻防であるが、それはサムライマスクの集中力を大きく削っていた。早く短く、呼吸を整える。

これで怖《お》じ気《け》づいて逃げてくれれば。そんな淡い期待はあっさりと破られた。敵は怯《ひる》むどころかニヤニヤと笑いながら仲間の死体を踏みつけ、またふたり投入し穴を埋めてきたのだ。

「ありがとよ、役立たずが死んで分け前が増えたぜ」

後方にいる頭領らしき男が腕組みをしながら言った。強がりという訳ではなさそうだ。こんなご時世、賊の仲間になりたいという者はいくらでもいるのだろう。

「お前が一番の役立たずだった、なんてオチでなければいいけどな」

サムライマスクの挑発に頭領は舌打ちしてから手を振り下ろした。サムライマスクをとり囲む三人の賊が一斉に襲いかかる。

剣を弾《はじ》く、身を捻《ひね》って斧を避ける、隙を見て突く。なんとか対応出来たが敵のひとりに手傷を負わせただけで倒せてはいない。そのひとりもすぐに交代してしまった。

一方でサムライマスクは息があがり、腕からは血が流れ出していた。次の攻撃で殺される、火を見るよりも明らかだ。

「否、断じて否だ！　このサムライマスク、無理を通してみせる！」

自分ひとりの命ではない、守るべき者がいる。ならば倒れてはいけない、それがヒーローだ。

頭領はフンとつまらなさそうに鼻を鳴らして手を振り、死刑宣告を下した。

「ぐああああッ！」

響き渡る絶叫、飛び散る血飛沫《ちしぶき》。それはサムライマスクのものか、いや違う。

頭領の腹から大剣の先が突き出ていた。

「やっぱりテメェが役立たずだったな」

嘲《あざけ》るように笑い、頭領の背を蹴飛ばして大剣を抜き姿を表したその男の名は、カイロス。いつの間にか荷台から降りて、頭領の後ろに回り込んでいたようだ。

「一眠りしたら調子いいぜ、五分で片付けるぞ」

「おう！」

カイロスが大剣を構え、サムライマスクは刀を握り直す。仲間がやられても平然としていた賊たちの顔に初めて動揺の色が表れた。七対二、まだ賊たちが圧倒的に有利なはずだが流れ出した勢いは止まらない。

刀が振るわれ賊の指が落ちる、大剣が唸り賊の腕が飛ぶ。ふたつの暴風に挟まれた賊たちは恐怖にかられ為《な》す術《すべ》なく倒れていった。

「ひぃッ！」

情けない声をあげて賊のひとりが馬に飛び乗り、しがみついて逃げ出した。こうなってはもう戦う事など不可能だ、残った賊も一斉に逃げて行った。

「終わった、のか……？」

カイロスは疲労の滲《にじ》んだ息を吐き、大剣を地に突き立て杖《つえ》のように身体を預けた。刀身に負担がかかるのであまりよい事ではないとわかっているが、今は常識よりも疲労が勝っていた。

ふと顔を上げると、サムライマスクは倒れた賊の喉を切り、ひとりひとり止《とど》めを刺してから死体を蹴飛ばして道の脇へと放り出していた。まだ息がある者から不意打ちされる訳にはいかない。また、死体を放置していては通行の邪魔になる。

頼れる男だ、合理的でもある。まだ若いのに覚悟の極まり方が尋常ではない。

カイロスはサムライマスクという男が歩んできた人生に興味を持った。今さらと言えば今さらだが、顔の上半分だけを覆う仮面を着けて黒マントを羽織り、正義の味方を名乗って活動している時点でおかしな奴である。

その後、サムライマスクが村娘を起こして馬車に乗せてやるのを微笑《ほほえ》ましく眺めていたカイロスは急に激しく咳き込んだ。

「ごほっ、げほっ……」

ビリィ、と身体の中で何かが破けたような感覚があった。手の平には粘っこい血がべったりと付いている。

「どうしたカイロス⁉」

サムライマスクが駆け寄って来たのでカイロスは尻《しり》で血を拭《ふ》き取り、口の端を吊《つ》るような笑みを浮かべた。

「いや、何でもない。それよりあの嬢ちゃんはどうした？」

「私たちは賊ではないと説得して何とか信じてもらえたよ。これから村に送り届ける、奪われた物資も出来る限り載せて返してやろう」

「全部返すのか」

「そうだ、不満か？」

「いや、悪くない。ずっと自分だけの為に戦ってきて、結局は何も残らなかったつまらん人生だ。最後の戦いが人助けってのも、悪くない……」

それだけ言うとカイロスは膝《ひざ》から崩れ落ちた。なんとかサムライマスクが抱き止めるも、そのまま意識を失ってしまった。

眩《まぶ》しさに目を開くと、どこまでも広く青い空が見えた。

ここは天国かとカイロスは一瞬だけ図々《ずうずう》しい事を考えたが、車輪が回る音がうるさく背中にも振動が伝わってくる。そうだ、ここは馬車の荷台であり天国ならぬ海へと向かっている最中だ。

「よう、目が覚めたか」

そう声をかけてきたのは御者席のサムライマスクだ。

「あれから、どうなった……？」

賊を倒した、そこまではいい。襲われた村はどうなったのか、さらわれそうになっていた村娘はどうしたか、取り返した物資が大量にあったがそれもちゃんと返せたのか。

「お嬢さんは無事に村へと帰したよ、奪われた物資も全て返した。村で一泊して、また海へ向かっている最中という訳だ。もう二、三日泊まってもよかったんだが……」

と言って、サムライマスクは首を横に振った。

カイロスが目を覚ますのを待ってから出発するべきだったか。しかし、安静にしていれば回復するという保証など何もなかった。カイロスの顔色を見る限り、彼が死ぬのは時間の問題だという事だけはハッキリとわかった。

休むべきだったのか、急いでよかったのか。サムライマスクの中でまだ答えは出ていないようであった。

これでいい、とカイロスは掠《かす》れた声で呟《つぶや》いた。

「ところであのお嬢ちゃん、結構可愛《かわい》かったな。助けたお礼に体をごっつぁんとかしたのか？」

「急に下世話な事を言うな。私は正義の味方だぞ、そんな事出来るはずがないだろう。考えなかった訳ではないが……、まあ、そこはな」

「惜しい、とは思っていたのか」

「ハードボイルドの基本は痩《や》せ我慢《がまん》さ」

「難儀な生き方だ」

カイロスは口元を歪《ゆが》めた。本当は大声で笑い出したかったのだが、腹に力が入らずそれも出来なかった。

「皆、喜んでくれたか？」

「ああ、歓迎も歓迎、大歓迎だ。いつまでもここに居てくれと言われて、断るのが心苦しいくらいだった」

「そうか。ふふ、そうか……」

カイロスは唇だけを震わせるように笑い、またのんびりと空を見上げた。

雲ひとつない青空は眩しいが、どこか優しい。

海辺に着いた頃には既に日が落ちかけていた。ふたりは並んで砂浜に座り、波の音を聴いていた。

「いいもんだな、海って奴は……」

「そうだな」

男たちの会話は短かった。ただ言葉にしなかっただけで、多くの会話をしていたような気がする。

やがてカイロスは砂浜に大の字になって寝転んだ。

「サムライマスク、俺はもう死ぬよ」

「……そうか」

そんな事はない、養生して長生きしてくれ。サムライマスクはそう言いたかったがぐっと堪《こら》えた。言ったところでただのおためごかしにしかならない。カイロスの命の灯は尽きかけている、それは誰の目にも明らかだ。男一匹が己の死を受け入れているのだ、それを邪魔する権利などない。

「俺を置いてもう行けよ、サムライマスク。お前にだけは死ぬところを見せたくない。俺の剣が荷台にあるから、約束通りくれてやる」

「ちょっと待て、死んでほったらかしにされたら野犬の餌にされるぞ？」

せめて埋葬するくらいはとサムライマスクが提案するが、カイロスはそれも断った。

「野犬の糞《ふん》にされる、男の死に様なんてそれでいいんだ。むしろ俺の理想ですらある」

「……男の美学を少々拗《こじ》らせているとしか思えんな」

「仮面を着けた正義の味方に言われたくねえな」

ふたりは笑って頷《うなず》き合い、カイロスは鉛のように重くなった目蓋《まぶた》を閉じて言った。

「俺の事、三日くらいは覚えていてくれよ」

「死ぬ間際に思い出すさ、きっとな」

サムライマスクは立ち上がり、背を向けて歩き出した。一度も振り向く事はなかった、そうする必要はないと考えていた。

波が男たちに代わって哭《な》いていた。

# 鍛冶師ルッツ 製作刀剣一覧

【椿】——刀
手にした者に幻覚を見せる妖刀。

【ラブレター】——匕首
愛する妻・
クラウディアに向けた作。

【鬼哭刀】——刀
鋭さ・切れ味を重視した
伯爵への献上品。

【一鉄】——刀
鍛冶師・ボルビスの
遺志を継いで制作された。

【ナイトキラー】——両手剣
城塞都市内の
不良騎士が仮想敵とされた剣。

【天照】——刀
連合国への献上品。
規格外の剛刀。

【夕雲】——匕首
装飾師・
パトリックに向けた逸品。

---

【蓮華】——刀
王族を斬首するための処刑刀。

【白百合】——斧
ルッツの持つ技術を
込めて作られた鍛造品。

【薔薇庭園《ローズガーデン》】——刀
国王陛下への献上品。
重力を操る異能を具える。

【石喰らい】——刀
侯爵からの依頼で、
父の無念を晴らすべく制作。

【銀糸姫】——刀
銀髪の女剣士のために
作られた幻を打ち破る刀。

【桜花】——刀
勇者の二本目の刀。
『椿』と対になる一作。

【無銘】——刀
元不良騎士への作。
もう何者でもない男への。

# あとがき

『異世界刀匠の魔剣製作ぐらし』第四巻を手に取ってくださった皆様、誠にありがとうございます。六月にはコミカライズ版第一巻も発売予定ですのでそちらも合わせてよろしくお願いします。

連載を長く続けていると『最初は活躍させるつもりのなかったキャラが意外に大暴れしてくれた』という事がよくあります。今では人気キャラで私もかなりお気に入りの装飾師パトリックですが、当初は刀の素晴らしさをアピールする為に出した、『無謀にも伯爵への献上品を欲しがるモブ』でした。ＷＥＢ版の初登場時には名前も出ていません。今ほど存在感を出してくれるとは本当に予想外でした。

そして四巻のメインキャラと言える仮面の英雄サムライマスクも、言い方は悪いですが使い捨てのモブ悪役のつもりでした。雑に言ってしまえば『モヒカンのザコ』と同等です。それが今では罪と向き合うという良いテーマを体現する良いキャラになってくれました。

私自身、こうした世界の変化を楽しみながら書いています。

『異世界刀匠の魔剣製作ぐらし』第四巻を読んでくださった皆さん、ＷＥＢ版から応援してくださる皆さん、イラストのカリマリカ先生、編集のＯ氏、コミカライズの桜井竜矢《さくらいたつや》先生、慕潔《モトキヨ》先生、全てのスタッフの皆さんに深くお礼申し上げ、あとがきの締め括りとさせていただきます。

荻原数馬《おぎわらかずま》

カドカワBOOKS

異《い》世《せ》界《かい》刀《とう》匠《しょう》の魔《ま》剣《けん》製《せい》作《さく》ぐらし　4

2024年6月10日　初版発行

著者／荻《お》原《ぎわら》数《かず》馬《ま》

発行者／山下直久

発行／株式会社KADOKAWA

〒102-8177
東京都千代田区富士見2-13-3
電話／0570-002-301（ナビダイヤル）

編集／カドカワBOOKS編集部

印刷所／大日本印刷

製本所／大日本印刷


Printed in Japan
ISBN 978-4-04-075459-8 C0093

# 新文芸宣言

かつて「知」と「美」は特権階級の所有物でした。

15世紀、グーテンベルクが発明した活版印刷技術は、特権階級から「知」と「美」を解放し、ルネサンスや宗教改革を導きました。市民革命や産業革命も、大衆に「知」と「美」が広まらなければ起こりえませんでした。人間は、本を読むことにより、自由と平等を獲得していったのです。

21世紀、インターネット技術により、第二の「知」と「美」の解放が起こりました。一部の選ばれた才能を持つ者だけが文章や絵、映像を発表できる時代は終わり、誰もがネット上で自己表現を出来る時代がやってきました。

UGC（ユーザージェネレイテッドコンテンツ）の波は、今世界を席巻しています。UGCから生まれた小説は、一般大衆からの批評を取り込みながら内容を充実させて行きます。受け手と送り手の情報の交換によって、UGCは量的な評価を獲得し、爆発的にその数を増やしているのです。

こうしたUGCから生まれた小説群を、私たちは「新文芸」と名付けました。

新文芸は、インターネットによる新しい「知」と「美」の形です。

2015年10月10日
井上伸一郎